HUNTS BEKEHRUNG

DIE CADE-BRÜDER

JULES BARNARD

Copyright © Jules Barnard 2019, für die deutsche Übersetzung 2020.

Dieses Buch ist Fiktion. Alle Figuren, Orte und Geschehnisse sind von der Autorin frei erfunden oder werden fiktiv benutzt. Ähnlichkeiten mit realen Begebenheiten oder tatsächlichen Ereignissen, lebenden oder verstorbenen Personen sind rein zufällig.

Das Werk, einschließlich seiner Teile, ist urheberrechtlich geschützt. Jegliche Verwertung ist ohne Zustimmung der Autorin unzulässig. Dies gilt insbesondere für die elektronische oder sonstige Vervielfältigung, Verbreitung und öffentliche Zugänglichmachung. Einzige Ausnahme bildet das Zitieren von Passagen für Rezensionen.

Dieses Buch ist nur zum Eigengebrauch lizensiert und darf nicht weiterverkauft oder weitergegeben werden. Wenn Sie die Geschichte mit anderen teilen möchten, erwerben Sie bitte für jede/n Leser/in ein eigenes E-Book. Danke, dass Sie die Arbeit der Autorin auf diese Weise respektieren.

Übersetzung: Claudia Rapp

Korrektorat: Jana Oltersdorff

Umschlaggestaltung: Tempting Illustrations

KAPITEL 1

Hunt atmete den Duft von Alkohol und Parfum ein und seufzte zufrieden. Im Club von Blue Casino war er in seinem Element. Er gab dem Barkeeper einen Wink, und der quittierte das mit einem Nicken. Sein Lieblingsdrink würde in weniger als einer Minute vor ihm stehen.

Hunts Bruder Adam stand ein gutes Stück entfernt und sprach mit einem Kollegen. Adam, der Verräter, arbeitete bei Blue Casino, während Hunt und seine restlichen drei Brüder seit dem Tod ihres Vaters im Club Tahoe die Stellung gehalten hatten.

Drei, vier Jahre? War es wirklich schon so lange her, dass Ethan Cade gestorben war? Es schien ihm wie gestern, als Hunt vor dem Krankenzimmer seines Dads gestanden und es erfahren hatte. Es war kein schneller Tod gewesen. Ihr Vater hatte die Diagnose Krebs schon Monate vorher bekommen, aber im Stillen gelitten. Als Hunt und seine Brüder endlich die Wahrheit erfuhren, war ihr Vater bereits dahingeschieden.

Endlich blickte Adam von seiner Unterhaltung auf, und sein Blick traf Hunts. Er murmelte seinem Mitarbeiter etwas zu und schlängelte sich dann zu ihm durch, schick wie immer in seinem obligatorischen Designer-Anzug.

»Ich hole mir ein Bier«, verkündete Hunts Kumpel Chris. Er fungierte heute Abend mal wieder als Hunts Flügelmann. Chris machte sich auf den Weg zur Bar, stolzierte geradezu, während er einer Blondine im Vorübergehen ein Grinsen schenkte.

Adam trat zu ihm und begrüßte ihn mit einem Schlag auf die Schulter. »Warst du nicht gestern Abend schon hier?«

Hunt ließ den Blick durch den Raum wandern. »Na und?«

»Du brauchst ein Leben.«

Hunt hustete in seine Handfläche. »*Ich* brauche ein Leben? Du bist verheiratet und scheinst völlig vergessen zu haben, dass da draußen eine komplette Welt auf dich wartet.«

Adam grinste anzüglich. »Weil es drinnen mehr Spaß macht.«

Na gut, Punkt für ihn. Adams Frau Hayden war eine echte Schönheit. Zweifellos wusste sein Bruder sich mit ihr gewinnbringend zu beschäftigen. Dennoch, wo blieb denn da die Abwechslung? Wo war die Energie, die bei der Jagd in ihm vibrierte? Durchaus doppeldeutig gemeint.

Adam betrachtete ihn. »Vielleicht solltest du etwas mehr als einen One-Night-Stand in Betracht ziehen.«

»Ich bleibe bei meinem derzeitigen Unterhaltungsprogramm, vielen Dank.« Hunt hatte den Laden längst abgecheckt, ließ den Blick aber jetzt noch einmal demonstrativ schweifen, um seinem Bruder zu beweisen, dass dessen Worte an ihm abprallten.

Leider erblickte er eine Reihe bekannter Gesichter, was Adam irgendwie recht gab.

Von allen Cade-Söhnen hatte Hunt sich am meisten herumgetrieben. War das denn so schlimm?

Adam schob eine Hand in die Hosentasche und wirkte besorgt, was Hunt nervte. »Pass auf, dass du dir keine sexuell übertragbare Krankheit einfängst.«

Hunt funkelte ihn an. »Man nennt es *Kondome*. Ich bin

sauber wie ein Frühjahrsregen.« Er zog sich das am Kragen geknöpfte Hemd gerade. Dazu trug er Jeans. Auf keinen Fall würde er sich in diesen Frackschößen erwischen lassen, in die Adam sich Tag für Tag zwängte.

»Bist du dir da sicher?«

»Ja, ganz sicher«, gab Hunt zurück. »Ich gehe regelmäßig zum Arzt, Arschloch.« Herrgott, seine Brüder waren echte Nervensägen.

Adam warf einen Blick auf seine Rolex. »Ich frage ja nur.« Aber Hunt spürte genau, dass sein Bruder sich wegen seiner ›Aktivitäten‹ in den letzten Jahren Sorgen machte. Das hatte ihn doch früher auch nicht gejuckt. Erst in letzter Zeit, seit seine Brüder alle sesshaft geworden waren, bekam Hunt von seiner Familie diesen Kram weit häufiger zu hören, als normal war.

»Ich verschwinde«, verkündete Adam. »Hayden und ich haben was vor.«

Hunt kniff die Augen zusammen. »Was Richtiges vor? Oder sagst du das nur, damit du abzischen und deine Frau ins Bett zerren kannst?«

Adam schüttelte langsam den Kopf, als wäre Hunts Frage lächerlich.

So ein Heuchler. Adam machte einen geschliffenen Eindruck, aber Hunt wusste es besser. Sein Bruder hatte doch selbst eine Vergangenheit voller schöner Frauen. Dieser Teil seines Lebens mochte hinter ihm liegen, aber Adam versuchte auch gar nicht, die Tatsache zu verbergen, dass er nur Vorteile daraus zog, verheiratet zu sein. Vor allem diesen einen Vorteil, von dem Hunt überzeugt war, dass es der einzige war.

»Ich verführe meine Frau doch nicht am laufenden Band«, wiegelte Adam jetzt ab. »Levi und Emily kommen zum Abendessen, und dann schauen wir gemeinsam den *Bachelor*.«

Hunt schloss die Augen und seufzte schwer. »Wenn du mit deinem älteren Bruder und seiner Freundin abhängst und

Reality-TV schaust, habt ihr nichts ›Richtiges‹ vor. Da kannst du dir ja genauso gut eine Inkontinenz-Windel anziehen und dich im Altersheim anmelden. Du stehst doch schon mit einem Fuß im Grab, Mensch.« Adam winkte dem Kollegen, mit dem er zuvor gesprochen hatte, zum Abschied. »Schimpf' doch nicht drüber, bevor du es selbst ausprobiert hast.«

»Nein, danke«, wehrte Hunt abwesend ab, denn er wünschte sich jetzt verzweifelt, dass der Abend endlich Fahrt aufnahm. Das Liebesleben seiner Brüder war zu deprimierend.

»Dann sehen wir uns bei der nächsten Bier-Runde?«, hakte Adam nach. »Oder vielleicht auch schon morgen Abend wieder hier?« Er hob eine Braue.

Sehr wahrscheinlich, dachte Hunt. »Beim Bier bin ich immer dabei, und sieh zu, dass du Hayden diesmal mitbringst. Die Frau arbeitet zu viel.«

»Das kannst du laut sagen.« Adam schüttelte Hunt die Hand und trollte sich.

Ein paar Minuten später lehnte sich Hunt gegen die plüschigen, grauen Kissen in der Lounge, die voller schöner Urlaubsgäste und der schicken Elite Lake Tahoes war. Chris hatte den optimalen Platz für sie beide gefunden – perfekt, um sowohl die Bar als auch die Tanzfläche im Blick zu behalten.

Hunt nippte an seinem Gin Tonic und entspannte sich zum ersten Mal an diesem Tag. »An der Bar, auf vier Uhr«, sagte Chris und nahm einen tiefen Schluck von seinem Bier.

Hunt blickte in die Richtung, auf die sein Freund ihn aufmerksam gemacht hatte. Wobei ›Freund‹ vielleicht nicht das richtige Wort für die Partnerschaft war, die sie beide verband.

Chris arbeitete im Club Tahoe als Portier, und er war stets bereit auszugehen. Hunt vermutete zwar, dass das auch mit dem Gratiseintritt und weiteren Vergünstigungen zu tun hatte, die sie dank Hunts Connections überall in der Stadt bekamen. Aber ihr Verhältnis hatte ja für beide Männer Vorteile. Es war einfacher, sich Frauen zu zweit zu nähern, mit Flügelmann. Und je älter Hunt wurde, desto mehr seiner Freunde hatten sich in Beziehungen verabschiedet.

Narren, allesamt.

Hunt waren die beiden Frauen, die an der Bar saßen, auch schon aufgefallen. »Welche?«

Eine der Frauen trug ein kurzes, metallisch schimmerndes Kleid und sicher zwölf Zentimeter hohe Absätze. Sie hatte lange, dunkle Haare und war stark geschminkt; sie sah aus wie ein Instagram-Model. Die Frau neben ihr war allerdings ein eher seltener Vogel in dieser Umgebung. Sie trug eine enganliegende Jeans und ein sexy Top; das passte beides schon hierher. Was ihn aus dem Konzept brachte, waren ihre Schuhe. Sie trug diese Gummischuhe, die er sonst nur von Krankenschwestern kannte. Glogs? Clogs? Eine merkwürdige Wahl für einen Club der gehobenen Preisklasse.

»Na, die sexy Schnitte«, erwiderte Chris.

Hunt ließ den Blick über beide Frauen wandern. Unterschiedlicher Stil, aber hübsch waren sie beide. Die Frau mit den Clogs wirkte einfach etwas natürlicher. Aber Hunt fand an jeder Frau etwas Schönes.

»Bin dabei.« Hunt nahm sein Glas, und sie marschierten hinüber.

Die Clog-Frau erspähte sie als erste. Sie senkte den Kopf und flüsterte ihrer Freundin etwas zu.

»Na, habt ihr einen schönen Abend, Ladys?«, sprach Chris die Dunkelhaarige an.

Nicht gerade originell, dachte Hunt, aber an einem Ort wie diesem erwarteten die Leute keinen großen Dichter. Sie suchten nach einem Aufriss.

»Den haben wir tatsächlich.« Die Dunkelhaarige stupste ihre Freundin an, und die andere Frau murmelte etwas, das wie erstickte Zustimmung klang.

Von Nahem fielen Hunt die goldenen Highlights im langen,

welligen, hellbraunen Haar der Clog-Trägerin auf. Schönes Haar, das ihr wellig über die Schultern fiel und weich aussah. Er hatte ihre Augen noch nicht richtig gesehen, aber ihre vollen, weichen Lippen erschienen ihm definitiv einen Kuss wert.

Sie wischte über die Kondensstreifen ihres Bierglases und wich seinem Blick aus.

Vielleicht war sie schüchtern, aber Hunt trieb sich hier lange genug herum, um zu erkennen, wenn jemand nicht um der Geselligkeit willen hier war. Was ihn jedes Mal wieder verwirrte. Wieso ging jemand in einen Club, wenn er oder sie kein Interesse daran hatte, Kontakte zu knüpfen?

Hunt begegnete nur selten einer Frau, die kein Interesse an einer Unterhaltung – oder mehr – hatte, aber wenn es vorkam, dann verabschiedete er sich eben wieder. Er war hier, um zu flirten und angeflirtet zu werden.

Aber Chris hatte es fertiggebracht, zwei Frauen auszusuchen, von denen die eine kein Interesse hatte.

Hunt wollte ganz sicher nicht schuld daran sein, dass die Frau sich unwohl fühlte. Dennoch, jetzt musste er um seines Kumpels willen versuchen, sich mit ihr zu unterhalten. Das gehörte zu den Pflichten eines Flügelmanns.

Chris quatschte bereits mit der anderen, die irgendeinem Instagram-Model verflucht ähnlichsah, also wandte sich Hunt an ihre Freundin. »Ich bin Hunt. Wie heißen Sie?«

Sie stellte ihr Bier ab und schüttelte seine ausgestreckte Hand. »Abby.«

Weiche Hände und eine hübsche Stimme. »Kommen Sie oft hierher?« Tat sie nicht. Das würde er wissen, weil er schließlich fast jeden Abend hier war.

»Nein, gar nicht.«

»Sind Sie von auswärts?«, fragte er. Es war ihm ein Rätsel, was sie hier machte.

»Ich wohne hier«, stellte sie richtig. »Ich komme bloß nicht oft raus.«

»Das ist ja schade«, gab er zurück, nun mit etwas mehr Flirtlaune in der Stimme.

Endlich blickte sie auf, und das lange genug, dass er ihre Augen bewundern konnte. Sie waren hellbraun, oder eher blond, falls es sowas gab. Ein so blasser Braunton, wie er ihn noch nie gesehen hatte.

Sie legte die Stirn in Falten und kicherte leise. »Nicht wirklich. Sowas hier ist nicht mein Ding«, erklärte sie sanft.

»Sie gehen nicht gern mit Freunden aus?«

Sie warf ihm einen Blick zu, der ausdrücken sollte, dass sie sehr wohl wusste, worauf er hinauswollte. »Doch, aber nicht an Orte wie diesen.«

»Wo wären Sie denn jetzt lieber?«

»Ganz ehrlich? Wahrscheinlich zu Hause vor dem Fernseher. Dann würde ich den *Bachelor* schauen.«

Hunt lachte tief aus dem Bauch heraus. Hätte er eine Frau finden können, die noch weniger kompatibel mit seinen Vorlieben war? »Mein Bruder ist eben gegangen, um das mit seiner Frau anzuschauen.«

Sie grinste. Ein unverstelltes Grinsen, das ihre hübschen Züge in wahnsinnig schöne verwandelte und irgendwas mit seinem Brustkorb machte. Es fühlte sich an, als würde da etwas zwicken. Ganz zu schweigen von der Hitze, die sein Körper ganz plötzlich abstrahlte.

Na gut, vielleicht waren sie doch nicht ganz so inkompatibel.

»Schauen Sie die Sendung auch?«, wollte sie wissen.

»Nein, gar nicht«, wehrte Hunt ab. »Ich würde so ziemlich alles andere lieber machen, als mir ein Reality-Format über das Liebeswerben irgendwelcher Leute anzutun.«

Sie starrte ihn an und hatte offenbar vergessen, dass sie sich gar nicht mit ihm unterhalten wollte. »Sie sollten mal reichschauen. Es geht um mehr als die Liebe. Im Grunde ist die vielleicht weniger interessant als das gesellschaftliche Experiment, das da stattfindet. Der Spieß wird umgedreht, und die Frauen sind am Zug. Das ist sehr unterhaltsam.«

»Wenn Sie es so beschreiben, klingt es tatsächlich nach etwas, das mir gefallen könnte.« Er schenkte ihr sein preisgekröntes Lächeln.

Und sie fuhr zurück.

Seit wann entflammte denn sein Lächeln nicht mehr alle Höschen von hier bis zur Grenze?

Unmöglich.

Hatte er etwas zwischen den Zähnen? Nee, selbst das hatte noch nie eine Frau davon abgehalten, ihre Bedenken in den Wind zu schießen, sobald er das berüchtigte Cade-Grinsen von der Leine ließ. Er hatte keinerlei Skrupel, es einzusetzen.

Sie schloss die Augen. »Ich unterbreche Sie an dieser Stelle mal. Ich weiß nicht, was Ihnen im Kopf herumgeht, aber ich bin nicht interessiert.«

Hunt legte sich eine Hand aufs Herz und presste sie gegen seine Brust. »Autsch. Nicht einmal ein kleines bisschen?«

Sie lachte leise. »Nee.«

»Das ist aber hart«, sagte er, hörte aber nicht auf zu lächeln. Sie war auch nicht wirklich sein Typ, aber sie war echt und unverstellt. Das gefiel ihm. Die meisten Frauen, mit denen Hunt sich herumtrieb, waren eher wie Abbys Freundin. Gutaussehend und auf der Suche nach einem spaßigen Abend. Ehrlichkeit hatte da nichts zu suchen.

»Was, wenn ich der Beste bin, der Ihnen je über den Weg laufen wird?« Das war ein eher lahmer Spruch, aber er stand nun mal auf Herausforderungen. Und Abby hatte ihm den Fehdehandschuh hingeworfen, indem sie ihn geradeheraus abgeblockt hatte.

Sie sah zu ihm auf, als würde sie das in Betracht ziehen.

»Nun, der könnten Sie durchaus sein. Aber ich sage Ihnen, wo das Problem liegt: Ich trage Ballast mit mir herum.«

Hunt verdrehte die Augen. »Das tut doch aber jeder.«

»Bei mir ist es ein ganzer LKW voll.«

Er beugte sich näher zu ihr heran. »Das ist allerdings eine Menge. Wollen Sie mir auch verraten, woraus genau dieser Ballast besteht? Man kann nie wissen; vielleicht stört er mich gar nicht.« Wo zur Hölle war das denn jetzt hergekommen? Offenbar hatte ihre Abfuhr ihn ordentlich aus dem Konzept gebracht. Frauen, die mehr brauchten, als er ihnen geben konnte, mied er wie der Teufel das Weihwasser.

»Nein, lieber nicht.«

»Na gut«, sagte er. »Sie würden also nicht in Betracht ziehen, etwas mit mir auf die Beine zu stellen, weil Sie diesen Ballast herumtragen, aber Sie schauen den *Bachelor* und ziehen die Sendung sogar vor, statt neue Leute kennenzulernen. Habe ich das korrekt zusammengefasst?«

Sie tippte sich mit dem Zeigefinger an die Lippen, und Hunts Blick blieb an der weichen Fülle hängen. Ihre Lippen lenkten ihn ab, dabei versuchte sie überhaupt nicht, ihn anzumachen. »Das fasst mein Leben ganz gut zusammen, ja. Aber machen Sie sich nichts draus. Sie sind ein gutaussehender Typ.« Sie ließ den Blick an ihm hinabwandern. »Groß, ordentlich Muckis unter dem feinen Hemd, wenn ich mich nicht irre. Und Sie haben dieses kantige, attraktive Gesicht. Ihre Augen – wow. Sie haben wunderschöne Augen.« Einen Moment lang starrte sie ihn an, dann blinzelte sie. »Aber ich bin sicher, das haben Sie schon oft gehört.«

»Kann sein.« Er kniff die Augen zusammen. »Wenn ich also ein solches Musterexemplar von einem Mann bin, wieso wollen Sie dann nicht die Gelegenheit ergreifen?« Hunt war nicht einmal sicher, dass er eine Chance bei ihr wollte, aber sie hatte irgendetwas an sich ... Sie war interessant und ganz anders als die Frauen, mit denen er sich normalerweise abgab.

»Es liegt am Ballast«, erklärte sie sachlich.

»Richtig«, stimmte er zu. »Der Ballast. Ziemlich schweres Zeug, was?«

Sie nickte. »Sehr schwer.« Und diesmal hatte sie die leichtfertige Art nicht im Griff. Sie biss sich auf die Lippe und wandte den Blick ab.

Hunt unterdrückte ein Stirnrunzeln, denn er weigerte sich, ein finsteres Gesicht zu machen, wenn er in seinem legeren Element war. Er spürte, wie sich seine Kiefermuskeln spannten, während er sich bemühte, das falsche Grinsen aufrechtzuerhalten. Wenn es eins gab, womit Hunt nicht klarkam, dann war das eine traurige Frau. Das war der Grund, wieso er so viel Zeit darauf verwendete, zu versuchen, sie alle glücklich zu machen. Üblicherweise mit seinem Mund und seinem Körper.

Und dann kam ihm ein anderer Gedanke. Er genoss die Unterhaltung ja trotz allem, aber wie mochte es ihr ergehen? »Fühlen Sie sich unwohl, weil ich Sie angesprochen habe? Wären Sie lieber allein?«

Sie blickte auf. »Ehrlich gesagt bin ich nicht hergekommen, um mich mit Männern zu unterhalten. Ich bin nur hier, weil meine Freundin sich den Club mal anschauen wollte. Wir sind Arbeitskolleginnen, und ich hatte ihr versprochen mitzugehen, damit sie nicht allein wäre.«

Und damit wusste er Bescheid. Er lehnte keine Herausforderung ab, aber diese Frau hatte ganz ehrlich keinerlei Interesse. Und er war kein totaler Neandertaler.

Hunt trank den Rest seines Drinks leer und stellte das Glas auf die Theke. Er konnte ihr den Ballast nicht abnehmen, aber er konnte sie in Ruhe lassen, wenn sie sich dann besser fühlte. »Ich will Ihnen nicht auf den Geist gehen.« Er nahm ihre Hand und drückte sie leicht. »Es war mir ein Vergnügen, Sie kennenzulernen, Abby. Ich lasse Sie und Ihr Bier jetzt wieder allein.«

Hunt marschierte davon, in Richtung einiger Freunde, die er registriert hatte, als er gekommen war. Er machte große, selbstbewusste Schritte, aber die Begegnung mit Abby hatte sein Gleichgewicht durcheinandergebracht.

Die meisten Frauen, die er in Clubs und Bars kennenlernte, waren auf der Suche nach genau der Art von Aufmerksamkeit, die Hunt im Überfluss zu bieten hatte. Abby aber nicht. Er hätte sie gern näher kennengelernt. Natürlich nicht mit irgendwelchen ernsthaften Absichten …

Und gleichzeitig konnte er sich nicht vorstellen, sie auf irgendeine andere Weise näher kennenzulernen.

KAPITEL 2

Als Hunt sieben Jahre alt war, wollte er Pirat werden. Sicher, er lebte mit seinem Vater und vier Brüdern an einem See, nicht am Meer, aber das waren Kleinigkeiten, die ihn nicht abhielten. Er würde Pirat werden und Frauen auf hoher See retten, auf dem Lake Tahoe. Das Gegenteil des herkömmlichen, raubenden Piraten, aber auch das war eine Kleinigkeit. Im Alter von anderthalb Jahren hatte Hunt seine Mutter verloren und besaß keine Erinnerung an sie. Was konnte es für eine bessere Aufgabe im Leben geben, als andere Mütter zu retten? Und hübsche Mädchen – denn in jenem Sommer hatte er außerdem beschlossen, dass er hübsche Mädchen mochte.

Als Hunt vierzehn wurde, mochte er Mädchen noch viel mehr: die hübschen, die süßen, die mit einer Brille ... und er gab alles, um herauszufinden, was sie wollten, damit er es ihnen geben konnte. Er trug ihre Bücher auf dem Gang. Er steckte Briefchen in ihre Spinde, schwärmte von ihrer Schönheit, und es dauerte nicht lange, bis Hunt seine Jungfräulichkeit an eins der Mädchen verlor, die er so anbetete.

Ein paar Jahre später wurden seine piratischen Fähigkeiten

auf die Probe gestellt, denn er verliebte sich in eine wunderschöne, temperamentvolle Frau.

Es gab nur ein Problem. Lisa war ein paar Jahre älter als Hunt, und der Kerl, der seiner Geliebten schaden wollte, war niemand anderes als Levi, sein ältester Bruder.

Denn Lisa war zu diesem Zeitpunkt Levis Freundin.

Hunt wusste, dass er der mieseste Kerl auf Erden war, weil er sich in die Freundin seines Bruders verliebt hatte. Er wusste, dass es noch mieser war, mit Lisa zu flirten und ihr alles zu geben, was sein Bruder ihr nicht gegeben hatte. Das hätte jeder gute Pirat gewusst. Aber er konnte nicht anders. Und er konnte auch den Schaden nicht voraussehen, den seine Liebe zu Lisa seiner Familie bescheren würde.

Mehr als ein Jahrzehnt später hatte Levi ihm noch immer nicht vollständig verziehen. Immerhin hatten sie große Schritte aufeinander zu gemacht, um die Entfremdung zu überwinden. Levi hatte die Sache an sich seit Langem hinter sich gelassen, hatte sich in Emily verliebt, Lisas jüngere Schwester. Was für eine Ironie.

Levi hatte sich Hals über Kopf verliebt, als Emily ins Management von Club Tahoe eingestiegen war. Diese Tatsache hatte ihn dazu gebracht, sich einzugestehen, wie hart er all die Jahre mit Hunt umgesprungen war, denn schlussendlich war niemand perfekt. Nicht, wenn Amor seine Spielchen trieb.

Auch Hunt hatte seine katastrophale erste Liebe hinter sich gelassen. Er war schließlich ein Cade, und den Cade-Männern mangelte es nie an weiblicher Aufmerksamkeit. Aber Hunt strengte sich weit mehr als seine Brüder an, die Zuneigung der Frauen zu gewinnen, denn er sehnte sich danach.

Mit einer Frau zusammenzusein – mit irgendeiner Frau – war praktisch unerlässlich für sein Wohlergehen. Solange er sich nicht wieder verliebte. Das war der schlimmste Fehler gewesen, den er je begangen hatte, und es hatte seine Familie beinahe auseinandergerissen.

Hunt konnte sich glücklich schätzen, dass Abby ihn gestern Abend im Club abgewiesen hatte. Er konnte nicht sagen, was es war, das sie an sich hatte, aber er vermutete, wenn sie ihm erlaubt hätte, um sie zu werben, wäre er nicht unversehrt davongekommen.

Hunts Brüder waren alles, was er hatte. Sicher, die stritten sich ständig und oft auch heftig, aber sie waren füreinander da. Immer.

Er hob die Arme über den Kopf und streckte sich, während er den Blick über den resorteigenen Strand wandern ließ, für den er zuständig war. Es war fast sechs Uhr am Nachmittag, und die Sonnenanbeter waren nach drinnen verschwunden, um sich für einen Abend mit gehobener Küche und Glücksspiel im Club Tahoe umzuziehen.

Sein Lieblingskunde aus dem Club Kids-Programm kam auf ihn zu, den Kopf gesenkt und mit den Füßen nach dem Sand tretend.

Hunt warf einen Blick auf sein Handy. Die Abholzeit für die Kinder war längst vorbei. Und leider war es keine Seltenheit, dass Noah der letzte war, der das Resort verließ. »Was ist los, kleiner Mann? Alles in Ordnung?«

Noah war gerade fünf geworden und kam jetzt schon seit mehreren Monaten ins Kinderprogramm. Der Junge würde bald in die Schule kommen, aber Hunt hoffte, dass seine Eltern ihn auch weiterhin zum Nachmittagsprogramm und in die Sommer-Aktivitäten schicken würden. Das Kind war ihm ans Herz gewachsen, und er freute sich überhaupt nicht darauf, den kleinen Kerl gehen zu sehen.

»Meine Oma ist nicht da«, sagte Noah mit glasigen Augen, weil er die Tränen zurückhielt.

Hunts Brustkorb wurde eng. Wenn es etwas Schlimmeres gab, als eine unglückliche Frau zu sehen, dann war das ein unglückliches Kind.

Hunt konnte sich viel zu gut in Noah hineinversetzen, denn

er war selbst so oft das übriggebliebene Kind gewesen. Er war der jüngste von fünf Brüdern, ohne Mutter aufgewachsen und mit einem Vater, der die Arbeit über die Familie stellte. Hunt hatte schon früh gelernt, sich an seine Brüder zu halten, weil er sonst allein zurückblieb.

Er ging in die Hocke, um auf Augenhöhe mit Noah zu sein. »Gut, denn ich brauche deine Hilfe, den Strand und das Dock auf Vordermann zu bringen. Was sagst du?«

Noah blickte ihn misstrauisch an, aber dann wanderte sein Blick zum Boot. Ein Lächeln schlich sich auf sein niedliches Gesicht, um das herum sein blondes Haar in alle Richtungen abstand. Noah liebte Boote ebenso sehr wie Hunt, und dieser nutzte das jetzt aus, um aus der abendlichen Einsamkeit ein Spiel für Noah zu machen, damit der Junge abgelenkt wurde.

Der Kleine nickte, und sie machten sich gerade auf den Weg zum Dock, als Hunts Handy in seiner Jeanstasche vibrierte. Er warf einen Blick auf den Bildschirm.

Chris: *Heute Abend läuft was. Habe gerade heiße Schnitten aufgetan, die Bock auf Party haben. Treffen uns beim Eingang in 15 min.*

Hunt steckte das Telefon wieder ein und legte Noah seine Hand auf die Schulter. »Weißt du, wo die Lappen sind? Schnapp' dir einen, damit du mir helfen kannst, die Bootsflanken zu polieren.« Er brauchte nicht wirklich Hilfe beim Putzen des Bootes, denn das hatte er bereits erledigt, aber das war eine von Noahs Lieblingsaufgaben. »Nicht vergessen, die Füße bleiben auf dem Dock. Und nicht rüberlehnen. Ich habe keine Lust, heute noch nach Noahs zu angeln. Das Wasser ist kalt.«

Noah kicherte und rannte zum Eimer mit den Lappen, der speziell für diese Arbeit bereitstand. Er nahm ein Tuch heraus und zog die Nase kraus. Er warf es zurück in den Eimer, schnappte sich ein anderes und rannte dann auf das Boot zu.

Hunt schüttelte den Kopf. Sein ‚Assistent' war schon

beinahe genauso pingelig wie er selbst, wenn es um die Pflege der Boote ging – und wie es aussah, musste Hunt besser darauf achten, dass die Poliertücher regelmäßig ausgewaschen wurden.

Hunt war für die Aktivitäten am Strand und die Bootsfahrten von Club Tahoe verantwortlich. Von den vier Brüdern, die im Resort arbeiteten, hatte er den bei Weitem besten Job. Levi erfüllte den Part des Firmenchefs, und Hunt würde sich lieber zusammenschlagen lassen, als sich mit dem stressigen Krempel abzugeben, den Levi aushalten musste.

Hunts mittlerer Bruder Bran leitete die Restaurants. Auch diesen Job wollte Hunt auf keinen Fall machen. Bran schlug sich mit bescheuerten Servicekräften herum, die sich Minuten vor Schichtbeginn krankmeldeten, sowie mit schlechtgelaunten, hungrigen Gästen. Und dann war da noch Wes, der sich um den Golfplatz und das dazugehörige Clubhaus kümmerte. Wes und Hunt arbeiteten jetzt häufiger bei Veranstaltungen für Kinder zusammen, seit der Club Golfkurse für Kinder mit ins Programm aufgenommen hatte. Wes' Job mochte bisweilen stressig sein, aber er war Profigolfer. Irgendwie glaubte Hunt nicht, dass er groß darunter litt, den Platz zu managen.

Hunt hatte außerdem die Aufgabe übernommen, Veranstaltungen für das Kinderprogramm des Resorts zu planen, weil ihm das einfach Spaß machte. Wenn er nicht gerade am Steuer eines Bootes stand und diverse Touren für Touristen und Resortgäste begleitete, füllte das Spielen mit den Kindern seinen Tag aufs Angenehmste aus.

Jetzt sank Noah neben der alten Nussschale in die Knie, dem Boot, das Hunts Vater vor zwanzig Jahren gekauft hatte, als Reminiszenz an die alten Tage am See. Club Tahoe besaß noch andere Boote, aber das hölzerne Gefährt mochten alle am liebsten.

»So ist es richtig«, lobte Hunt. »Reib' die Planken hübsch glänzend.«

Hunt stellte den Eimer mit den Lappen weg und räumte ein paar Dinge vom Dock. Er warf einen Blick über den Strandabschnitt. Alle Kinder waren nach Hause gegangen, und noch immer war niemand gekommen, um Noah abzuholen.

Hunt winkte einer der Angestellten zu, der sich in der Nähe des Spielzimmers für die Kinder aufhielt.

Brin winkte zurück, legte ihr Klemmbrett beiseite und kam mit schnellen Schritten über den Sand zum Dock gestapft.

»Gute Arbeit, Noah«, sagte Hunt. »Den Lappen kannst du zum Ruder rüberwerfen. Wir sind hier fertig.«

Hunt hob den kleinen Jungen auf Deck, und Noah rannte nach vorn zum Bug. Er schleuderte den Lappen, der auf dem Steuerrad landete. Hunt hatte Noah nautischen Jargon beigebracht, weswegen er nun verdammt stolz war, dass der Kleine in die richtige Richtung gelaufen war. Die Feinheiten der Ordnung auf dem Boot würden sie später besprechen.

Hunt packte Noah und schwang ihn wieder zurück auf das Dock. »Und hier ist Brin.«

Die Teilzeit-Studentin, die bei Club Kids arbeitete, betrat das Dock mit einem strahlenden Lächeln, als sie Noah erblickte.

Alle wussten um seine unzuverlässige Familie, und das ganze Team versuchte, ihm die Sache soweit wie möglich zu erleichtern.

»Hey, Noah«, sagte Brin. »Willst du mir helfen, die Tiere zu füttern, bevor du nach Hause gehst? Ich könnte deine Hilfe echt gut gebrauchen.« Noah blickte zu Hunt hoch.

»Geh ruhig mit, Kumpel. Ich muss noch etwas erledigen, aber ich komme dann wieder.«

Hunt sah zu, wie Noah und Brin sich entfernten, und zog die Brauen zusammen. Wenn er Noahs Eltern etwas Verstand einbläuen und sie dazu bringen könnte, ihren Sohn wertzuschätzen, würde er das tun.

Er machte sich auf den Weg in Richtung Eingang, um sich

mit Chris abzusprechen, war aber mit den Gedanken immer noch bei Noah und dem Fehlen eines verlässlichen Familienumfelds für den Jungen.

»Hast du meine SMS bekommen?«, fragte Chris zur Begrüßung.

Hunt lächelte einer Familie zu, die den Club betrat, und machte einen Schritt zur Seite, um sie vorbeizulassen. »Habe ich, ja.«

»Bist du dabei?«

»Natürlich bin ich dabei.«

Chris betrachtete ihn. »Hast ja lange genug gebraucht; wieso hast du mir denn nicht geantwortet?«

»Du bist doch nicht meine feste Freundin, Alter, mach dich locker.« Noah kam definitiv vor irgendwelchem Blödsinn, den Chris klargemacht hatte. Also gab es gewissermaßen schon Dinge, die eine höhere Priorität in seinem Leben genossen als die Schürzenjägerei.

Hunt ging auf die Dreißig zu und half seinen Brüdern, ein millionenschweres Resort zu leiten, während Chris ein Portier war, mit dem er oft durch die Clubs zog. Hunt mochte ein Aufreißer sein, aber er wusste durchaus, was im Leben wirklich zählte.

Chris schnippte einen Fussel von seiner Club Tahoe-Uniform. »Normalerweise meldest du dich immer sofort, wenn ich dir eine SMS wegen irgendwelchen Weibern sende.«

»Und?« Hunts Blick wurde von einem Wagen abgelenkt, der direkt vor dem Club stotternd zum Stehen kam.

»Zuerst lässt du mich mitten im Süßholzraspeln bei dieser heißen Tussi gestern Abend stehen, und jetzt trödelst du rum, wenn es ums Partymachen geht. Was war denn da überhaupt los gestern? Ich hatte den Aufriss schon in der Tasche, aber dann bis du abgezischt und hast ihre Freundin sitzengelassen.«

Hunt hatte am Vorabend die übliche Rolle gespielt, aber es gab nun mal Grenzen dabei, was er für eine Freund zu tun gewillt war. Eine Frau zu bedrängen hätte die Grenze überschritten. »Ich zwänge mich doch nicht in eine Sackgasse«, erklärte Hunt, dessen Aufmerksamkeit immer noch bei der Klapperkiste und der Frau, die gerade ausstieg, war.

Sie hatte ihm den Rücken zugewandt, als sie sich eine Strähne ihres hellbraunen, welligen Haars hinter das Ohr steckte und etwas zum Parkbediensteten sagte. Sie wedelte mit den Händen, zeigte auf den Wagen und dann auf den Eingang zum Club.

»Ist das also das Problem?«, nervte Chris weiter. »Endlich hat dich mal eine Frau abgewiesen ...«

Und in diesem Moment hörte Hunt Chris überhaupt nicht mehr zu. Denn er erhaschte einen Blick auf ihr Gesicht. Ihre Wangen waren gerötet, und er hätte sie überall wiedererkannt.

Hunt winkte den Hoteldiener heran, und der kam herübergetrabt. »Was ist da los?«

»Das Fahrzeug der Dame ist vor dem Eingang stehengeblieben. Ich habe ihr gesagt, dass sie hier nicht parken kann.«

Hunts Blutdruck stieg augenblicklich. »Wenn der Wagen nicht mehr anspringt, kann sie ihn wohl kaum wegfahren. Gehen Sie zu ihr und sagen Sie ihr, dass Sie sich darum kümmern werden.«

»Werde ich? Ich ... ich meine«, stammelte der Mann. »Wie denn?«

»Rufen Sie den Chef der Wartung an. Vielleicht bekommt der die Karre zum Laufen. Wenn nicht, dann sagen Sie ihm, er soll ihn zu Jeffrey's Werkstatt abschleppen lassen. Der Club kommt fürs Abschleppen auf. Wir sind ja keine Absteige; wir kümmern uns um unsere Gäste.«

Der Hoteldiener rannte zu der wartenden Frau zurück und schien sich bei ihr zu entschuldigen.

Sie hatte die Arme um die eigene Taille geschlungen und nickte. Und dann blickte sie in Hunts Richtung, und aus irgendeinem dummen Grund wandte er den Blick nicht ab.

Abbys und Hunts Blicke trafen sich, und sie öffnete überrascht ihren Mund.

Sie trug einen Krankenhauskittel – was auch die Clogs von gestern Abend erklärte.

»Hunt?« Chris schnippte mit den Fingern vor Hunts Gesicht. »Bist du noch da?«

Hunt funkelte ihn zornig an. »Mach das nochmal und du verlierst einen Finger.«

Chris hob die Hände. »Entspann dich, Mann.« Er schaute in die Richtung, in die Hunt gestarrt hatte. »Wer ist die Frau? Sie kommt mir bekannt vor.«

»Niemand«, erwiderte Hunt knapp, aber aus dem Augenwinkel beobachtete er, wie Abby den Club betrat und durch die Tür eilte, die der Hoteldiener ihr aufhielt.

»Aha«, machte Chris, der zwischen dem Wagen und Abby hin und her blinzelte. »Jetzt verstehe ich es. Du bist einer von diesen ritterlichen Schleimern. So kriegst du all die Frauen herum.«

Hunt wandte sich seinem Pseudo-Freund zu, der mit jedem Tag weniger ein Freund zu sein schien. »Wenn mich die Frauen mögen, dann liegt das daran, dass ich ihnen gebe, was sie wollen. Und ich bin nett zu ihnen. Das solltest du auch mal versuchen.«

Chris lachte. »Pff, klar doch. Wir sehen uns um zehn in der Sky Lounge.« Hunt betrat die Lobby, aber Abby war nirgends zu sehen.

Als er zum Club Kids zurückkehrte, war auch Noah weg.

Für den Bruchteil einer Sekunde fragte sich Hunt, ob Abby wohl sein liebstes Kind abgeholt hatte, aber von einem Kind hatte sie ja nichts gesagt. Sie hatte nur von Ballast gesprochen. Und Hunt sah Kinder nicht als Ballast an. Wenn Noah Abbys Kind wäre ... Nun, es war wohl das Beste, dass er sie nicht näher kennengelernt hatte, denn so etwas konnte er trotz seiner laxen Moralvorstellungen gar nicht abhaben. Er würde niemals etwas mit einer Frau anfangen, die ihr Kind vernachlässigte.

Soweit Hunt wusste, wurde Noah immer von seinen Großeltern abgeholt. Abby musste also aus einem anderen Grund hier sein. Und da er sie nirgends entdecken konnte, würde er diesen Grund wohl auch nie erfahren.

KAPITEL 3

Abby arbeitete schon wieder einen Zwölfstundentag und war völlig erschlagen nach ihrer eigenen Schicht und der Vertretung einer halben Schicht für eine andere Gesundheits- und Krankenpflegerin, die sich krankgemeldet hatte.

Sie hatte Kurse belegt, um als staatliche geprüfte Krankenschwester weiterzumachen, als ihr Leben sich abrupt verändert hatte. Und nun schob sie endlose Schichten als Pflegerin, und dabei lag so viel Verantwortung auf ihren Schultern, dass ihr Traum, das Schwesterndiplom abzuschließen, längst verblasst war. An Tagen wie heute, an denen alles schiefging, fragte sie sich, ob sie denn jemals wieder zum Luftholen kommen würde.

»Abby«, meldete sich Vivian, Noahs Großmutter väterlicherseits, am Telefon. »Wir können deinen Sohn heute nicht abholen.«

Abby verschluckte sich fast an der Limo mit Koffein, die sie in ihrer kurzen Pause hinuntergekippt hatte. »Aber ich mache eine lange Schicht.«

»Willst du mir damit sagen, dass du deinen Mutterpflichten nicht nachkommen kannst? Das ist *deine* Aufgabe. Aber ich habe es dir bereits gesagt und sage es gern noch einmal:

Trevors Vater und ich wären mehr als bereit, die Verantwortung für Noahs Erziehung zu übernehmen, wenn du deine Karriere verfolgen möchtest.«

Mit anderen Worten, wenn Abby das Sorgerecht für ihren Sohn abgeben würde.

Auf keinen Fall. Niemals.

Nach Trevors plötzlichem Tod, als Noah noch ein Baby war, spielte nichts mehr eine Rolle, nur noch, dass sie sich um ihr kleines Kind kümmerte. »Ich habe alles unter Kontrolle.«

Aber das stimmte nicht. Nicht wirklich.

Abby beendete den Anruf und biss die Zähne zusammen. Vivian war herzlich und liebenswürdig gewesen, als ihr Trevor noch gelebt hatte. Aber jetzt war seine Mutter ein ganz anderer Mensch. Der Verlust traf manche Menschen auf diese Weise, und offenbar war das mit Vivian geschehen.

Alles, auch Trevors Girokonto, wurde an jenem Tag eingefroren, als er starb. Die Urkunde für sein Haus lief auf den Namen seiner Eltern. Obwohl Abby mit ihm zusammengelebt hatte, war sie gezwungen, auszuziehen, weil sie die Miete, die seine Eltern verlangten, nicht bezahlen konnte. Das war ungefähr zu dem Zeitpunkt, als Abby klarwurde, wie weit Vivian tatsächlich gehen würde, um nur ja nichts loszulassen, was sie an ihren Sohn erinnerte.

Abby musste schließlich das Studium aufgeben, eine Vollzeitstelle annehmen und in die winzige Hütte ziehen, die sie bis heute mit Noah bewohnte. Sie verdiente kaum genug, um sie beide über Wasser zu halten, aber wenn sie ab und zu Doppelschichten machte, ging es irgendwie.

Abby rief, so schnell sie konnte, Patienten zurück, die sich an ihre Ärzte gewandt hatten, bevor sie erneut früher als geplant Schluss machte. Aber es half ja nichts. Sie durfte sich bei Noahs Erziehung und Betreuung keine Fehler erlauben. Im Hintergrund lauerte Vivian zu eifrig und wartete nur auf den Moment, wenn Abby Mist baute.

Sie ging zu ihrem schrottreifen Wagen und fuhr zu Noahs Tagesbetreuung. Gott, wie sie es hasste, ihn zu spät abzuholen. Die Zeit reichte nie für die Arbeit, den Haushalt und die wirklich gemeinsam verbrachte Zeit mit ihrem Sohn. Sie machte sich Sorgen, dass er gar nicht wusste, wie sehr sie ihn liebte. Machte sich Sorgen, dass er nicht wusste, dass er ihr ein und alles war.

Abby näherte sich der Einfahrt von Club Tahoe, wartete kurz im Leerlauf, während eine Familie aus dem Wagen vor ihr ausstieg, und fuhr dann wieder an. Aber weil dieser Tag schon bisher eine Katastrophe gewesen war und nicht besser werden zu wollen schien, wählte ihre Karre ausgerechnet diesen Moment, um den Geist aufzugeben. Direkt vor dem schicken Resort.

Scheiße.

Abby stieg aus und versuchte, dem Parkbediensteten zu erklären, dass der Wagen schon immer etwas unzuverlässig war und manchmal absoff. Dass er nach fünf oder zehn Minuten wieder anspringen würde. Der Hoteldiener wollte nichts davon hören.

Bis er etwas – oder jemanden – über ihre Schulter hinweg erspähte. »Einen Augenblick, bitte.« Der Mann entfernte sich rasch, und Abby schaute auf die Uhr. Sie schlang die Arme um ihre Taille, ärgerte sich über ihr unzuverlässiges Auto und sorgte sich um Noah.

Als der Hoteldiener einen Moment später zurückkehrte, war sein Ausdruck viel zugänglicher geworden. »Ich werde mich um Ihren Wagen kümmern, Ma'am. Gehen Sie nur hinein.«

»Sie werden …? Ich meine … sind Sie sicher?«

»Ja, Ma'am.« Er bedeutete ihr mit einer Geste, die Lobby zu betreten.

Abby nahm den Gefallen als ein Geschenk des Himmels

und eilte auf die Eingangstür zu. Aber zuerst blickte sie sich um. Wohin war der Hoteldiener so schnell gelaufen?

Sie entdeckte Hunt, den gutaussehenden Mann von gestern Abend.

Was um alles in der Welt?

Hunt war mit seinem Freund aufgekreuzt, damit dieser Abbys wunderschöne Arbeitskollegin anquatschen konnte. Aber was als Pflichtübung angefangen hatte, während ihre Kollegin sich mit seinem Freund unterhielt, verwandelte sich dann in ein ganz natürliches, ungezwungenes Gespräch. Sie hätte beinahe lockergelassen bei dieser Unterhaltung, bis ihr klar wurde, dass selbst ein Flirt mit einem Mann wie Hunt überhaupt keine Option darstellte. Nicht, solange ihr Sohn klein war und sie brauchte.

Sie hatte den enttäuschten Ausdruck auf seinem Gesicht sehr wohl registriert, als sie ihm erklärte, dass sie kein Interesse an ihm hatte, und obwohl es ihr leidtat, dass sie ihn abgewiesen hatte, war es das einzig Richtige gewesen. Dessen war sie sich sicher.

Beinahe sicher. Ziemlich sicher.

Es war lange her, seit irgendein Mann Interesse an Abby gezeigt hatte. Sie war geradezu schockiert, dass sie die Stärke besessen hatte, seinem schönen Gesicht und dem sexy Lächeln zu widerstehen. Es war tatsächlich ein regelrechter Kraftakt gewesen, wenn sie jetzt daran zurückdachte. Seit Trevor gestorben war, hatte sie enthaltsam gelebt, aber das hieß keinesfalls, dass sie es nicht vermisste, jemanden in ihrem Leben zu haben. Ihr Sohn und ihre Arbeit ließen ihr schlicht keine Freizeit.

Sie wandte den Blick ab, und ihre Wangen brannten, weil es ihr so peinlich war. Natürlich musste ihr Wagen ausgerechnet vor den Augen dieses Mannes den Geist aufgeben.

Es war ein seltsamer Zufall, dass sie Hunt erneut begegnete, nachdem sie ihn erst gestern kennengelernt hatte, aber sie hatte jetzt keine Zeit, darüber nachzudenken. Wenn er in irgendeiner Form dafür verantwortlich war, dass sie den Wagen jetzt kurz stehenlassen konnte, dann schuldete sie ihm etwas. Darüber konnte sie sich aber auch später noch Gedanken machen.

KAPITEL 4

Hunt erwachte mit einem unglaublichen Brummschädel. Letzte Nacht hatte seine Mission gelautet, seinen Verstand mit ausreichend Alkohol zu benebeln, und verflixt nochmal, das war ihm gelungen.

Der Schmerz tobte in seinem Kopf, und er zuckte zusammen, als er sich umdrehte und einen Blick auf den warmen Körper neben sich warf.

Gestern Abend hatte er die Lounge, zu der Chris ihn mitgeschleppt hatte, mit einer Frau namens Jade verlassen, die nun neben ihm lag. Sie waren zu ihr gefahren, wo er ihr einen Orgasmus verschafft hatte und dann umgehend eingeschlafen war. Er hatte nicht einmal ein Kondom gebraucht, war nicht in der Stimmung für Sex gewesen. Wenn er darüber nachdachte, hatte er Jade nur mit nach Hause genommen – oder besser, war mit zu ihr gegangen, denn er nahm niemals jemanden zu sich nach Hause mit –, um die Bar endlich verlassen zu können, ohne Chris erklären zu müssen, wieso er denn so früh ging. Denn es war untypisch für ihn, dass er eine Party früh verließ und allein nach Hause ging.

Irgendetwas stimmte nicht. Aber er kam nicht drauf, was das sein könnte.

Er schüttelte den Kopf und bereute es sofort. Er presste die Finger gegen die Stirn, bis der Schmerz abebbte, und griff dann nach seinen Klamotten, die neben dem Bett lagen. Es war fünf Uhr morgens und noch immer dunkel. Ohne ein Wort glitt er vom Bett und verließ das Zimmer.

Jade wohnte in einem Apartment nahe Stateline. Keine Mitbewohner, zum Glück. Im Wohnzimmer zog Hunt sich rasch an und hinterließ ihr einen Zettel auf der Küchentheke, neben einer Schachtel Erdbeer-*PopTarts*.

Jade,
danke für letzte Nacht.

Keine Unterschrift. Und seine Telefonnummer hinterließ er auch nie. Er wollte keine Anrufe von Frauen, die er ja doch nicht wiedersehen würde.

Vielleicht würde sie seinen Namen vergessen. Frauen schienen kein Problem damit zu haben, dass es mit ihm nur ein One-Night-Stand war. Er sorgte dafür, dass sie auf ihre Kosten kamen, behandelte sie respektvoll, aber gaukelte ihnen niemals vor, dass mehr daraus werden könnte.

Ein paar Mal war er früheren Affären wiederbegegnet, und sie hatten sich immer gefreut, ihn zu sehen. Waren scharf auf Runde zwei gewesen. Was er nach Möglichkeit vermied. Wenn man mehr als eine Nacht mit jemandem verbrachte, führte das schnell zu Erwartungen, und er wollte den Frauen nie etwas vormachen.

Jade war genau der Typ Frau gewesen, auf die Hunt am meisten abfuhr. Eine Frau, die Spaß haben wollte, keine weitergehenden Absichten hegte. Und in ein paar Stunden hätte er sie bereits vergessen.

Dafür gingen ihm Abby und ihr Auto einfach nicht aus dem

Kopf, und das ging ihm gewaltig auf die Nerven. Er hatte sie ja noch nicht einmal geküsst, als er ihr im Club begegnet war, geschweige denn mit ihr geschlafen. Wieso also spukte sie ihm ständig im Kopf herum?

SPÄTER AN DIESEM MORGEN ERFUHR ER, dass der Chef der Wartungscrew bei Club Tahoe Abbys Schrottmühle zu Jeffrey's Werkstatt geschickt hatte, weil er den Wagen nicht wieder zum Laufen gebracht hatte.

»Ist die Lichtmaschine«, sagte der Mann.

»Das kostet richtig Geld«, murmelte Hunt mehr zu sich selbst.

Der Wartungschef brummte seine Zustimmung.

Für den Bruchteil einer Sekunde fragte sich Hunt, ob er für die Reparatur des Wagens aufkommen sollte. Er konnte es sich leisten, aber wieso zum Teufel dachte er überhaupt darüber nach, so etwas zu machen? Er war Frauen gegenüber zuvorkommend, bezahlte das Essen, die Drinks und was sonst noch anfiel, wenn er mit einer ausging, aber das hier ging weit darüber hinaus. Er kannte Abby gar nicht. Wusste noch nicht einmal ihren Nachnamen.

Natürlich sollte er nicht für die Reparatur bezahlen.

Hunt schob die Gedanken an Abby beiseite und bereitete den Ponton für eine nachmittags anstehende Vergnügungsfahrt auf dem See vor. Als er einige Stunden später wieder zurückkam, räumte er das Boot auf und ging dann zum Club Kids, um den Spätnachmittag damit zu verbringen, mit den Kindern zu spielen, die noch da waren, bis ihre Eltern Feierabend hatten.

Das war ihm der liebste Teil seines Tages, aber seinen Brüdern würde er nie auf die Nase binden, wie sehr er die Arbeit mit den Kindern liebte. Die würden eh nur abwinken, es läge daran, dass er im Herzen selbst noch ein großes Kind sei.

Womit sie vielleicht nicht ganz unrecht hatten. Aber wenn er ihnen die anderen Gründe erläuterte, warum er so gern Zeit mit den Kids verbrachte, würde er einen äußerst persönlichen Teil von sich enthüllen. Und ehrlich gesagt würden seine Brüder ihm das sowieso niemals glauben. Sie hatten ein unumstößliches Bild von ihm, das er nicht ändern konnte. Hunt wusste das so genau, weil er es erfolglos versucht hatte.

Es war schon eine Weile her, dass er zuletzt ein Tauziehen angeleiert hatte – Kinder gegen Betreuer und Betreuerinnen. Darauf hatte er mal wieder Lust, und die Gewinnergruppe würde Eis bekommen.

Wes' Ehefrau Kaylee war aus ihrem ausgedehnten Mutterschaftsurlaub zurückgekehrt, um wieder die Leitung des Club Kids-Programms zu übernehmen. Ihre Tochter Harlow war inzwischen groß genug, sie zu begleiten und auch dort betreut zu werden. Kaylee stand an der Seite und sprach mit einer der Betreuerinnen, also nutzte Hunt die Chance und huschte in den Baby-Bereich, wo eine andere Betreuerin mit Harlow spielte.

Er nahm sie hoch und verteilte Küsschen auf die Speckröllchen in ihrem Nacken – womit fütterten sie das Kind eigentlich? –, und Harlow lachte und klatschte ihm die Patschehändchen gegen den Kopf.

Seine Nichte ohrfeigte ihre Onkel viel zu gerne, und sie alle ließen es geschehen, weil sie das einzige Mädchen nach zwei Generationen von Cade-Männern war. Was Hunt anging, war sie eine Prinzessin, und er und seine Brüder behandelten sie entsprechend.

»*Huuuuunt*«, sagte er mit tiefem Blick in Harlows Augen, um ihr seinen Namen einzuprägen.

Seine Brüder und er hatten eine Wette laufen, wessen Namen Harlow als erstes sagen würde. Bisher sagte sie nur ›Momma‹ und ›Dada‹, und alle waren gespannt auf die nächsten Wörter. Hunt, Bran, Levi und Adam achteten darauf,

Harlow ihre Namen vorzusagen, wann immer sie die Gelegenheit dazu bekamen. Dem Gewinner der Wette winkte eine Runde Freibier.

Seine Familie hatte genug Geld, um mehr als ein Leben im Luxus zu verbringen, aber sie waren eben Cades. Auch wenn der Einsatz nur ein Cent gewesen wäre, würden sie erbittert darum kämpfen. Für sie war keine Herausforderung zu gering.

Hunt wiederholte seinen Namen noch einmal, obwohl ihm Harlow jedes Mal einen Schlag gegen den Kopf verpasste und lachte.

»Du schummelst ja.«

Hunt blickte auf und sah Kaylee mit den Händen in die Hüften gestemmt vor sich stehen.

Er wandte sich wieder Harlow zu. »Ich schummle gar nicht, ich muss doch sicherstellen, dass sie übt.«

Kaylee lächelte ihr Töchterchen an und nahm sie Hunt aus den Armen.

Verdammt. Es war echt schwierig, Harlow auch mal für sich zu haben, wenn seine Brüder oder ihre Mutter dabei waren. Also eigentlich immer.

Kaylee stützte Harlow auf ihrer Hüfte ab. »Hör auf, mein Baby zu belästigen«, warnte sie ihn mit nachdrücklichem Blick.

Alle seine Brüder waren sesshaft geworden, die Idioten. Und natürlich mussten sie sich starke Frauen aussuchen, die Hunt ebenso das Leben schwermachten wie seine Brüder. Was offenbar bedeutete, dass er das Training mit Harlow heimlich betreiben musste, wenn Kaylee nicht in der Nähe war.

»Sicher, sicher. Was immer du sagst, Kaylee.« Er schenkte ihr sein charmantestes Lächeln. Das bei Abby nicht funktioniert hatte. Sie war die bizarre Ausnahme gewesen, und er hoffte, das würde jetzt nicht zur Norm werden.

Kaylee funkelte ihn an. »Dieses Grinsen mit Grübchen hilft bei mir gar nichts. Dein Bruder hat mich gegen den Cade-Charme abgehärtet.«

Hunt seufzte. »Was hat er jetzt wieder angestellt?«

Kaylee küsste ihre Tochter auf die Stirn. »Wes hat gar nichts angestellt. Noch nicht. Aber ich habe beim Zusammenleben mit ihm gelernt, mich nicht veräppeln zu lassen.«

»Wes würde alles für dich tun.«

Kaylee blies eine Strähne ihrer Haare aus dem Gesicht und schob ihre Tochter auf die andere Hüfte. »Allerdings, nach allem, was er mir aufgebürdet hat, bevor wir geheiratet haben.«

Dem wollte Hunt nicht widersprechen. Wes hatte seine Beziehung mit Kaylee ruiniert, als sie auf dem College zusammen gewesen waren, und Jahre später beim zweiten Versuch hätte er es beinahe erneut versaut. Zu seinem eigenen Glück hatte Wes sich aber irgendwann besonnen und Kaylee oberste Priorität eingeräumt. Und Harlow. Hunt hätte nie gedacht, dass er das mal erleben würde, aber sein Bruder vergötterte sein Töchterchen und war ein sehr guter Vater.

Hunt streckte die Hand aus, um Harlows Bauch zu kitzeln, und wiederholte dabei stumm seinen Namen. Er zählte darauf, dass Kaylee zu sehr damit beschäftigt war, eine der Betreuerinnen heranzuwinken, um es zu bemerken.

Schnell wie eine Klapperschlange schlug sie seine Hand weg. »Bist du hergekommen, um mir den letzten Nerv zu rauben, oder hatte dein Besuch einen vernünftigen Grund?«

Verdammt, sie war schnell. »Ich bin vorbeigekommen, um nach den Kindern zu sehen und zu hören, ob du Hilfe brauchst. Ich habe frei für den Rest des Tages.«

Kaylees Schultern sanken herunter. »Das höre ich doch gern. Ja, ich brauche Hilfe. Das Programm ist doppelt so umfangreich geworden, seit ich in den Mutterschaftsurlaub gegangen bin. Wir platzen aus allen Nähten. Als erstes muss ich mehr Betreuungskräfte einstellen, aber würdest du in der Zwischenzeit Brin helfen, auf die Kinder aufzupassen? Besonders die größeren musst du im Blick behalten. Einige von ihnen können ganz schön wild sein.«

Hunt verdrehte die Augen. »Hat Wes dir nie von unserer Kindheit erzählt? Wir haben das Wildsein erfunden.«

Kaylee schürzte die Lippen. »Guter Punkt. Also gut, dann los. Brin lässt sie sich gerade an der Tür aufstellen, während ich für die Kleineren eine Bastelarbeit vorbereite.«

Er nickte mit dem Kopf in Richtung Harlow. »Ich kann sie mitnehmen, wenn du die Hände freihaben willst.«

»Nein! Und jetzt raus mit dir, bevor du meiner Tochter irgendwelchen Unfug einflüsterst.«

Hunt kicherte leise und folgte den Kindern zur Tür hinaus, nahm aber vorher noch das Seil zum Tauziehen mit.

Eine Stunde später hatten die Kinder ihr Eis bekommen, nachdem die wilde Horde ihn und Brin beim Tauziehen haushoch besiegt hatte. Er hockte vornübergebeugt im Sand und baute ein Meisterwerk von einer Sandburg.

»Noah«, sagte er, »unsere Burg braucht eine Flagge. Es soll doch jeder wissen, wem sie gehört.«

Noah verzog das Gesicht. »Wie male ich denn eine Flagge? Wir haben kein Papier und keine Malstifte hier draußen.«

»Wir haben was Besseres«, erwiderte Hunt. »Hol' einfach einen der Polierlappen, die ich vorhin auf dem Steg gelassen habe. Such einen aus, auf dem das Logo von Club Tahoe ist. Und auf dem Weg hältst du Ausschau nach einem schönen, langen Stock.«

Noah lächelte und sprang mit der sprudelnden Energie eines Fünfjährigen auf.

Hunt grinste und werkelte weiter an der Sandburg, half auch den anderen Kindern und lobte ihre Werke. Er ließ den Blick über den Strand schweifen, um sich zu vergewissern, dass alle Kinder noch da waren, und erspähte seinen Bruder Bran, der aus Richtung *Prime* herüberkam, dem preisgekrönten Steak- und Fischrestaurant.

Hunt kam auf die Füße und klopfte sich den Sand von der Hose. »Na, wie geht's?« Er schaute sich um. Noah ließ sich Zeit, aber er erhaschte einen Blick auf den Jungen, der am Ende des Stegs beim Eimer mit den Lappen hockte und jeden einzeln betrachtete. Er suchte wahrscheinlich nach der perfekten Flagge.

Hunt lachte in sich hinein. Sein Assistent war ein Perfektionist.

»Hast du Zeit zu reden, oder bist du von der neuen Badeaufsicht zu sehr abgelenkt?« Bran blickte hinüber zu der erwähnten Rettungsschwimmerin.

Hunt war kein bisschen auf Gabrielle fokussiert gewesen, aber seine Brüder nahmen immer automatisch das Schlimmste von ihm an.

Die neue Badeaufsicht machte ihren Job ganz toll. Sie war sehr aufmerksam und achtete darauf, dass sich die Kinder immer so verhielten, dass nichts passieren konnte. Sobald Hunt gesehen hatte, dass sie die Sache im Griff hatte, dachte er nicht weiter über sie nach. Aber Hunts Brüder hielten ihn für einen pausenlosen Schürzenjäger. Und er konnte das auch schlecht von der Hand weisen, denn wenn er nicht arbeitete, sicherte er sich all die weibliche Aufmerksamkeit, die er kriegen konnte. Er sorgte sich außerdem ebenso sehr um den Club wie die anderen und wäre nie mit jemandem ausgegangen, den er selbst eingestellt hatte. Aber das würde ihm keiner der anderen glauben. »Gabrielle ist in der College-Schwimmmannschaft. Ich habe sie wegen ihrer Kompetenz eingestellt.«

Bran schnaubte. »Sicher hast du das. Hat überhaupt nichts damit zu tun, dass sie ein echter Volltreffer ist, richtig?«

»Wo ist Ireland?«, schoss Hunt zurück. »Ich dachte, sie wäre die einzige Frau, für die du Augen hast?« Bran hatte lange wie ein Mönch gelebt und jahrelang keinen Sex gehabt, bevor er sich dank Ireland in einen anhänglichen Freund verwandelt hatte. Die Erwähnung ihres Namens würde ihn sicher von der falschen Fährte abbringen.

»Meine schöne Geliebte ist unterwegs. Wir haben geplant ...«

Hunt hörte nicht mehr hin, denn seine Aufmerksamkeit wurde abrupt von einem orangefarbenen Vorbeihuschen beim Dock abgelenkt.

Und dann rannte er auch schon in den See, wo er Noah aus dem kalten Wasser fischte.

»Alles okay, Kumpel?«, fragte er, während er Noah an seine Schulter drückte und ganz festhielt.

Der Junge vergrub sein Gesicht an Hunts Nacken und weinte leise.

»Ist ja gut. Ich hab' dich.«

Brin kam mit einem Handtuch hinzugerannt, gefolgt von Gabrielle. »Was ist passiert?«, wollte Brin wissen.

Hunt zeigte mit dem Daumen über die Schulter zurück. »Der neue Junge im orangenen T-Shirt hat Noah vom Steg geschubst.«

»Ich habe gesehen, wie es passiert ist«, bestätigte Gabrielle, »aber ich war viel zu weit weg, um einzuschreiten.«

»James.« Brin zog finster die Brauen zusammen, als sie Noah in das Handtuch einwickelte. »Ich werde mit ihm reden«, sagte sie und marschierte auf den Jungen zu.

»Alles in Ordnung mit Noah?«, fragte Gabrielle. Sie berührte ihn am Rücken, und der Junge verbarg sein Gesicht noch tiefer an Hunts Schulter.

Hunt nahm den Kopf ein Stück zurück, um einen Blick auf den Jungen zu werfen, der wie eine Seepocke an ihm klebte. »Ich glaube schon. Ich gehe mal eine Runde mit ihm spazieren.« Er wickelte das Handtuch enger um den Kleinen. »Behalte du die anderen im Auge, okay?«

»Natürlich«, erwiderte Gabrielle. Sie drehte sich um und blies laut genug in ihre Trillerpfeife, dass Trommelfelle beeinträchtigt wurden, um die Kinder zusammenzurufen.

Bran hatte unrecht, was Hunts Absichten betraf. Gabrielle

war attraktiv, klar. Sie war jung, besaß eine sportliche Figur, aber Hunt hatte sie nicht wegen ihres Aussehens eingestellt. Das Mädchen hatte es allen gezeigt bei dem harten Schwimm-Wettbewerb, den er mit allen Bewerbern um die Stelle zur Badeaufsicht veranstaltet hatte. Sie hatte das Ding mit Bravour bestanden. Und sie war mitfühlend mit den Kindern umgegangen. Das war der Grund, warum er sie eingestellt hatte.

Jetzt hielt sie die Kinder dazu an, ihr Sandspielzeug einzusammeln und zurück zum Aufenthaltsraum vom Kids Club zu gehen.

Bran und Ireland kamen auf Hunt und Noah zu. »Ist alles in Ordnung?«, fragte Ireland mit besorgtem Blick.

Hunt nickte und winkte ihnen zu, dass er später zu ihnen kommen würde. Noah war ein aufgewecktes, fröhliches Kerlchen. Es war untypisch für ihn zu weinen, und Hunt wollte ohne Zuschauer feststellen, ob es ihm gut ging, selbst wenn es sich nur um Bran und Ireland handelte.

Er ging ein Stück den Strand entlang und rieb Noah über den Rücken. »Wie geht es dir, kleiner Mann?«

»Er hat mich geschubst«, murmelte der Junge zittrig.

»Das habe ich gesehen.«

»Er sagte, ich bin ihm im Weg.«

Hunt seufzte. »Was er gemacht hat, ist nicht in Ordnung. Niemals. Und ganz besonders nicht am Wasser. Brin spricht gerade mit ihm, und ich werde dafür sorgen, dass wir mit allen nochmal darüber sprechen. Hier wird nicht geschubst, und am Wasser müssen alle besonders vorsichtig sein.« Hunt spürte, dass sich Noah ein ganz kleines bisschen entspannte.

»Die großen Kinder hacken immer auf mir herum.« Noah lehnte sich nach hinten und blickte Hunt mit den traurigsten Augen an, die dieser je gesehen hatte.

»Manchmal sind Kinder gar nicht nett zueinander«, stimmte Hunt zu. »Aber das bedeutet nicht, dass du genauso mit ihnen umgehen sollst. Sei weiter so zu ihnen, wie du dir wünschst, dass sie zu dir sind. Aber wenn sie Streit suchen, dann gehst du weg.« Himmel, er klang ja genau wie Esther, die ehemalige Empfangsdame seines Dads und die einzige Mutterfigur, die er und seine Brüder je gehabt hatten.

Esther und ein paar andere treue Mitarbeiter von Club Tahoe waren wahrscheinlich der einzige Grund dafür, dass aus Hunt und seinen Brüdern immerhin halbwegs anständige Menschen geworden waren.

Nach einem fünfzehnminütigen Spaziergang, bei dem er Noah mit lauter Gequatsche über die Boote ablenkte, kehrte er mit einem nunmehr lächelnden Jungen an der Hand zum Club Tahoe zurück.

Die meisten Kinder waren inzwischen abgeholt worden, aber Noahs Großeltern waren nirgends zu sehen. Wie üblich.

Hunt ließ den Nacken kreisen, weil er spürte, wie er sich verspannte. Brin musste Noahs Notfallkontakt angerufen haben, um sie über den Zwischenfall zu informieren. Man sollte doch meinen, dass die verantwortlichen Erwachsenen an einem solchen Tag zur Abwechslung einmal pünktlich zum Abholen kämen.

Hunt war froh, dass er für Noah da sein konnte, aber sein Herz hämmerte bei dem Gedanken, wie viel schlimmer die Situation hätte enden können. Der Junge hätte auch kopfüber ins knietiefe Wasser fallen und sich das Genick brechen können.

Kinder hatten immer mal wieder Unfälle. Glücklicherweise erholten sie sich meist rasch davon. Aber Hunt konnte nicht aufhören, sich jedes mögliche, schreckliche Szenario vorzustellen.

Fühlte sich das ständig so an, wenn man selbst Kinder hatte? Wenn man ein richtiger Elternteil war, nicht so einer wie sein Vater gewesen war. Abwesend, frustriert, lieblos. Nein, jemand, der wirklich für sein Kind da sein wollte? Denn es fühlte sich furchtbar an.

Sollte er je ein eigenes Kind haben, würde er vor lauter Sorgen sicher jung sterben. Er hatte doch bereits heute ein paar Jahre seines Lebens im Bruchteil einer Sekunde verloren, als er hinübergerannt war und Noah aus dem Wasser geholt hatte. Und Noah war nicht einmal sein Kind.

Er drückte Noahs Hand und redete sich gut zu, dass dem Jungen ja nichts passiert war. Die plötzliche Besorgnis war bestimmt nur der Harlow-Effekt. Seine kleine Nichte war in sein Leben getreten, und er hatte eine Liebe empfunden, die er bis dato nicht gekannt hatte. Er würde Harlow mit seinem Leben beschützen, und es schien, dass dieser Beschützerinstinkt sich nun auch auf andere Bereiche ausdehnte.

Hunt hatte das Gefühl, dass er mehr Mitgefühl mit Kindern empfand, weil er selbst seine Mutter so jung verloren hatte. Es war beinahe, als hätte sie nie existiert. Aber das hatte sie. Und sie hatte mit der Chemotherapie gewartet, damit Hunt, der in ihrem Bauch heranwuchs, leben durfte. Das Opfer seiner Mutter war die eine Sache, mit der Hunt niemals klargekommen war. Denn schließlich war er ja nicht der einzige, der aufgrund ihrer Entscheidung, die Chemotherapie zu verschieben, seine Mutter verloren hatte; auch seine Brüder hatten ihre verloren. Und Hunt fühlte sich immer noch schuldig deswegen.

»Wo ist meine Mom?«, fragte Noah.

Er saß neben Hunt auf einer der Parkbänke in der Nähe vom Club Kids. »Ich dachte, du lebst bei deinen Großeltern?«, hakte Hunt nach.

»Nee«, sagte Noah mit einem Kopfschütteln. »Ich lebe bei meiner Mom, du Dummi.«

»Ich bin ein Dummi? Wer ist denn derjenige, der Brin Sand in die Jacke geschüttet hat?«

Noah kicherte. »Du bist ein Dummi!«, sang er nun.

Offensichtlich ging es dem Kleinen wieder besser. »Dann ist deine Mom ...«

»Da ist sie ja!« Noah sprang von der Bank auf und rannte zum hinteren Ende der Lobby, die sich zum Pool hin öffnete.

Und in diesem Moment rutschte Hunt das Herz in die Hose. Oder setzte es aus ... stockte es? Ach, egal.

Denn Noahs Mom war niemand anderes als Abby.

KAPITEL 5

Abby zog Noah in ihre Arme und bedeckte sein Gesicht mit Küssen, atmete seinen verschwitzten Kindergeruch ein, den er nach einem Tag im Club Kids immer trug. Der Mist, den sie auf der Arbeit aushalten musste, die Drohungen seiner Großeltern ... all das löste sich in Wohlgefallen auf, sobald sie ihren Sohn in den Armen hielt.

Er wurde immer größer. Schon bald würde sie ihn nicht mehr so einfach hochheben und abküssen können. Deswegen stahl sie sich jetzt noch jeden Kuss, den sie kriegen konnte.

Abby hielt Noah fest, während er über seinen Tag drauflosplapperte. Sie betrachtete sein zerzaustes Haar und fühlte seine ... durchnässte Kleidung? »Wieso bist du denn so nass?« Die Feuchtigkeit drang durch ihre Arbeitskleidung und macht auch sie nass.

Noahs Lächeln erstarb, und sein Kinn begann zu zittern. »Ein Junge hat mich vom Bootssteg geschubst.«

»*Wie bitte?*« Abby starrte in Richtung des Hauptraums vom Club Kids – und erspähte ein bekanntes Gesicht. Nachdem sie einander begegnet waren, hatte sie nicht damit gerechnet, den Mann je wiederzusehen, und dennoch lief er ihr plötzlich ständig über den Weg.

Hunt saß auf einer Bank und beobachtete sie. Es war schon merkwürdig genug gewesen, ihn am Vortag zu sehen, als ihr Auto sie im Stich ließ, aber heute schon wieder?

Sie ging zum Hauptraum hinüber und blieb vor Hunt stehen. »Was ist hier los?«

Stalkte der sie etwa? Er war ihr nicht wie ein Stalker vorgekommen. Er hatte sie in Ruhe gelassen, als sie ihm gesagt hatte, dass sie nicht interessiert war. Sie war schon vielen Männern begegnet, die ihren Einwand ignoriert und sie weiter bedrängt hätten, weil sie einer Herausforderung nicht widerstehen konnten.

Abby hätte wetten können, dass Hunt ihr auch gestern mit dem Wagen zu Hilfe gekommen war. Zuerst hatte der Hoteldiener sie gedrängt, die Karre sofort wegzufahren, und dann plötzlich half er ihr, den Wagen abschleppen zu lassen, nachdem er mit Hunt gesprochen hatte.

Der betrachtete immer noch Noah und sie, und er sah gar nicht glücklich aus. Was war hier los?

»Ich arbeite hier«, erklärte er. »Was machen Sie hier?«

»Ich hole meinen Sohn von der Tagesbetreuung ab. Aber wie es scheint, hatte er einen schlimmen Tag.« Das war eine Untertreibung, aber sie wollte sich vor dem Jungen nicht aufregen. Und wenn Hunt wirklich hier arbeitete, würde er schon noch früh genug einiges von ihr zu hören bekommen.

Sie hatte angenommen, dass ihr Kind im Club Tahoe gut aufgehoben wäre: eins der angesehensten Unternehmen der Umgebung mit einer Kinderbetreuung, von der so viele Eltern schwärmten. Sie war davon ausgegangen, dass er gut behütet war, während sie sich abrackerte, um ihnen das Dach über dem Kopf und das Essen auf dem Tisch zu ermöglichen. Offenbar war dem doch nicht so.

Sie atmete tief durch und zwang sich zur Besonnenheit. Lieber keine voreiligen Schlüsse ziehen. »War es ein Unfall, dass Noah heute ins Wasser gestoßen wurde?«

Hunt fuhr sich mit der Hand über den Nacken und wich ihrem Blick aus. »Nicht wirklich«, erwiderte er, und auch Noah schüttelte den Kopf.

Abby sah rot. Kinder waren manchmal zu wild beim Spielen. Das musste nicht heißen, dass sie aus Bosheit handelten. Aber anscheinend hatte dieses Kind ihrem Sohn mit Absicht wehgetan.

Es ging um *ihren* Sohn, und sie zahlte hier ihr sauer verdientes Geld – mehr, als sie sich leisten konnte –, damit er Club Kids besuchen konnte. Dafür konnte sie etwas Besseres erwarten, als dass ihr Kind vom Dock gestoßen wurde. Ihr Sohn hätte sich den Kopf aufschlagen und ertrinken können.

Sie warf Hunt einen zornigen Blick zu und betrachtete dann erneut ihren Sohn. »Was ist passiert?«

Noahs Blick wich ihrem ebenfalls aus. »Manchmal triezen die größeren Kinder die Kleinsten. Aber die Babys nicht. Die spielen ja nicht mit uns zusammen.«

Das reichte. Es war ihr egal, wie gut der Ruf von Club Tahoe war; es war nicht der richtige Ort für ihr Kind. »Komm mit. Wir holen deine Sachen und verschwinden von hier.«

NACHDEM SIE VERKÜNDET HATTE, dass sie jetzt gehen würden, blickte Abby Hunt noch einmal an. Ihre Augen sprühten Blitze. Oder das hätten sie getan, wenn Augen Blitze versprühen könnten.

Hunt konnte es ihr nicht verdenken, dass sie aufgebracht war, weil ein anderes Kind Noah geschubst hatte. Er war ja selbst aufgebracht. Aber wieso tauchte diese Frau so spät auf, wenn ihr das Kind so wichtig war? Ganz gleich, wie herzerwärmend die Begrüßung ausgefallen war, ihm war jeder Mensch suspekt, der sein Kind nach einem schlimmen Erlebnis nicht einmal pünktlich abholen konnte.

Brin hatte den ganzen restlichen Nachmittag damit verbracht, mit den Kindern zu reden, ihnen den Vortrag über ›behutsamen Umgang‹ miteinander gehalten, wie Kaylee das nannte, wenn sie in den Kinderpsychologen-Modus verfiel, was im Grunde nur darauf hinauslief: Lasst eure Pfoten bei euch und tut niemandem weh. Aber Hunt war immer noch aufgebracht, dass so etwas überhaupt passiert war. Er wollte nicht, dass jemand Noah wehtat oder irgendeinem Kind. Was nicht einer gewissen Ironie entbehrte.

Hunt und seine Brüder hatten einander als Kinder ständig getriezt und sich nahezu täglich geprügelt. So war er aufgewachsen. Im Grunde waren sie aggressive Tiere in Polohemden und feinen Hosen gewesen, ohne eine Mutter oder einen aufmerksamen Vater, der ihnen beigebracht hatte, was richtig und was falsch war. Irgendwann waren sie den ständigen Prügeleien entwachsen – zumindest größtenteils –, aber Hunt wollte nicht, dass es Noah ebenso erging. Der Junge war sanftmütig, und wenn andere Kinder ihn piesackten, konnte das den kleinen Kerl niederwalzen.

Bevor der Junge nun davonrannte, lächelte er zu Hunt hoch. »Das ist meine Mom«, erklärte er stolz und huschte dann zum Hauptraum.

Es war offensichtlich, dass Noah seine Mutter liebte. Und ob sie nun pünktlich erschien oder nicht – was Hunt immer noch extrem ärgerte –, sie schien ihren Jungen ebenso zu lieben.

Hunt schenkte ihr das gleiche Lächeln, mit dem er schon am ersten Abend nichts ausrichten konnte, aber ihm war daran gelegen, die Wogen zu glätten.

Abbys Gesicht wurde nur umso finsterer.

Was zum Teufel? Sein Lächeln wirkte bei dieser Frau überhaupt nicht. Auch nicht beim zweiten Mal. Das war Rekord, und den wollte er nur ungern wiederholen.

»Wie konnten Sie zulassen, dass irgendein Tyrann Noah ins

Wasser stößt?«, warf sie ihm vor. »Was für eine Einrichtung ist denn das bitte!«

Hunt schaute sich um. »Eine wirklich gute, wenn man sich die Bewertungen anschaut.« Sein Kommentar hatte es noch schlimmer gemacht. Ihre vollen Lippen verzogen sich. Immer noch küssenswert. »Seien Sie versichert«, fügte er hinzu, »dass wir das Kind, das Noah gestoßen hat, ins Gebet genommen haben. Nichts ist hier wichtiger als ein bewusster, sicherer Umgang mit dem Wasser.«

»Hunt ist mit mir danach spazieren gegangen«, erklärte Noah, der gerade wieder hinzugerannt gekommen war und nun die Arme um die Taille seiner Mutter schlang. Offenbar hatte er den letzten Teil noch gehört.

»Ich wusste nicht, dass Sie einen Sohn haben«, sagte Hunt, der das Offensichtliche endlich ansprechen wollte. »Den haben Sie vorgestern Abend gar nicht erwähnt.«

»Sie haben mich doch schon gestern hier gesehen. Ich bin sicher, Sie haben nicht vergessen, wie mich mein Auto im Stich gelassen hat.«

Natürlich erinnerte er sich daran. Er hatte schlicht nicht glauben wollen, dass ausgerechnet sie die Mutter seines Lieblingskindes sein sollte. »Hat Jeffrey's den Wagen repariert?«

Ihre Schultern sackten herab, während sie einen tiefen Seufzer ausstieß. »Ja, haben sie. Danke, dass Sie mir behilflich waren. Aber das hier?« Sie machte eine Geste, die den See und Noah einschloss. »Das ist nicht okay. Es tut mir leid, aber das ist dann hier nicht länger das Richtige für Noah.«

»*Mom*«, brachte Noah entsetzt hervor und starrte seine Mutter nur an.

Sie betrachtete ihren Sohn, als wäre sie hin- und hergerissen, und legte ihm eine Hand auf die Schulter. »Es tut mir leid, mein Liebling. Ich weiß, wie gern du hier bist, aber ich muss aufpassen, dass dir nichts passiert.« Sie wandte sich an Hunt. »Ich habe die unerschwinglichen Gebühren für den Club Kids bezahlt, weil ich dachte, dass es das Beste für Noah ist. Aber wenn er getriezt wird und–«

»Aber es ist das Beste«, mischte Noah sich ein. »Ich lerne ganz viele Sachen. Hunt bringt mir alles über Boote bei, und ich darf ihm helfen, mich um sie zu kümmern.«

Hunt räusperte sich. »Noah hilft mir, die Rümpfe zu polieren. Ich habe ihn dabei die ganze Zeit im Blick. Und er ist mir eine große Hilfe.« Hunt achtete darauf, dass Noah sein anerkennendes Nicken auch mitbekam.

»Das ist ... schön«, erwiderte sie. »Ich bin sicher, das hat ihm großen Spaß gemacht. Aber ich kann das Risiko wirklich nicht eingehen, dass meinem Sohn noch einmal etwas zustößt.«

»Sie haben recht«, sagte Hunt.

»Ich ... Sie stimmen mir zu?« Abby wurde rot, als hätte sie nicht mit diesen Worten gerechnet.

»Ich will nicht, dass Noah oder einem anderen Kind irgendetwas zustößt, und darum stellen wir weitere Betreuer und Betreuerinnen ein, um jedes einzelne Kind besser im Blick zu haben.« Na gut, das war Kaylees Idee gewesen, aber sie hatte ja recht gehabt. Club Kids florierte, und sie brauchten Unterstützung. »Ich kann Ihnen versichern, dass Ihr Sohn bei uns in den besten Händen ist.«

Aus irgendeinem Grund hinterließ der Gedanke, dass Noah die Kinderbetreuung verlassen könnte, einen bitteren Nachgeschmack bei Hunt. Er wollte den Jungen nur ungern gehenlassen. Er musste seine Mutter davon überzeugen, dass der Kleine bei ihnen gut aufgehoben war.

»Und ich glaube Ihnen, dass Sie das aufrichtig meinen«, gab sie zurück, »aber das Programm ist teuer. Den besseren Betreuungsschlüssel kann ich auch woanders finden. Irgendwo, wo mein Sohn nicht Gefahr läuft zu ertrinken.«

Zuerst hatte Abby ihn abgewiesen, als er sich an der Bar an sie herangemacht hatte. Dann hatte eben sein magisches

Lächeln versagt, als er versuchte, ihr das nötige Vertrauen zu vermitteln. Sein Lächeln war normalerweise narrensicher. Er ignorierte den Aussetzer bei Kaylee, denn die hatte Wes geheiratet, und ganz offensichtlich hatte sein Bruder Kaylee eine gesunde Skepsis beigebracht. Aber nun blieb Abby darüber hinaus auch vollkommen unbeeindruckt von seinen einschmeichelnden Beteuerungen? Was zur Hölle?

Hunt war der geschmeidige Bruder, der alle herumkriegte. Na schön, zumindest war das sein Selbstbild. Aber er hatte ein offensichtliches Händchen für den Umgang mit Frauen, was selbst seine kritischen Brüder nicht leugnen konnten. Nur heute fiel es ihm ungewöhnlich schwer. Oder es lag an Abby. Sie war seit einigen Tagen die Konstante.

Nichts hatte bei ihm höhere Priorität, als einer Frau das Gefühl zu geben, dass sie gut aufgehoben war. Jeder Frau. Stand die Welt denn plötzlich Kopf? Oder war Merkur rückläufig? Was war diese Woche bloß los?

Frauen wiesen ihn nicht ab. Nicht, wenn er sich einmal in den Kopf gesetzt hatte, sie für sich zu gewinnen.

Moment, hatte er denn vorgehabt, Abby für sich zu gewinnen? Auf keinen Fall hatte er das, als sie sich im Club begegnet waren. Aber nun, da er wusste, dass sie Noahs Mutter war, wollte er ... etwas. Vielleicht wollte er lediglich mehr Zeit, um sie davon zu überzeugen, dass Noah im Club Kids gut aufgehoben war. Noah gehörte doch dazu. Es musste einen Weg geben, das wieder hinzubiegen.

Hunt und seine Brüder hatten schon von klein auf beigebracht bekommen, wie man sicher am und im Wasser unterwegs war. Ihr Vater hatte einen verdammten ehemaligen Navy SEAL angeheuert, der ihnen gezeigt hatte, wie man ein Boot steuert. Der Mann hatte ihnen die Sicherheitsregeln in die Dickköpfe gehämmert. Hunt war durchaus in der Lage, für die Sicherheit der Kinder hier zu sorgen; Abby musste ihm nur eine Chance geben.

Noah drückte das Gesicht gegen den Bauch seiner Mutter und schien zu weinen.

»Abby«, sagte Hunt. Er versuchte jetzt nicht mehr, um sie zu werben. Er wollte die Sache nur wieder hinbekommen. Also sprach er aufrichtig, von Herzen, auch wenn er das nicht gewohnt war. »Ich verstehe Ihre Besorgnis, aber Kinder sind nun einmal nicht perfekt. Sie streiten und machen Fehler. Unsere Aufgabe hier besteht nicht nur darin, dafür zu sorgen, dass sie Spaß haben und neue Erfahrungen machen, sondern wir helfen auch bei der Sozialisierung und leiten sie an, bessere Entscheidungen zu treffen.« Himmel, er musste sich wirklich vor zu viel Zeit mit Kaylee in Acht nehmen. Er klang schon wie eine Kindergärtnerin. »Wieso gehen wir nicht zusammen ins Spielzimmer von Club Kids? Wir können nochmal in Ruhe darüber reden.«

Sie hielt inne, schüttelte dann aber den Kopf.

»Es tut mir leid, aber ich kann da einfach kein Risiko eingehen. Heute ist Noahs letzter Tag hier.«

KAPITEL 6

Niemand verstand, unter wieviel Druck Abby wegen Trevors Eltern stand. Es würde Stunden dauern zu erklären, was geschehen war, seit ihr Freund gestorben war, also machte sie sich erst gar nicht die Mühe, es zu versuchen.

Hunt winkte eine Frau heran, auf deren Polohemd das Club-Kids-Logo prangte. »Brin, kannst du Noah mit ins Diner nehmen und ihm ein Root Beer Float ausgeben?«

»Mom?«, bat Noah hoffnungsvoll.

Hunt kannte ihren Sohn offenbar gut. Er war verrückt nach dem Vanilleeis in einem Glas Root Beer. Er wäre zwar hinterher total aufgedreht, aber er hatte einen schlimmen Tag hinter sich, da konnte sie ihm das wohl kaum verweigern. Sie strich ihm übers Haar. »Sicher, mein Liebling.«

Es war offensichtlich, dass Hunt mit ihr allein reden wollte. Es störte sie aber nicht, denn sie wollte ihrem Ärger ebenfalls Luft machen. Und erfahren, wieso niemand den anderen Jungen davon abgehalten hatte, ihren Sohn zu triezen. Sie glaubte nämlich absolut nicht, dass es sich um einen einmaligen Vorfall handelte, so wie Hunt die Sache darstellte.

Sobald Noah außer Hörweite war, ergriff Abby das Wort, noch bevor Hunt eine Chance hatte, sie dazu zu überreden, Noah im Programm zu lassen.« »Auch wenn wir beiseitelassen, dass Sie es mit einer Mobbing-Situation zu tun haben, kann ich mir die Kosten für die Unterbringung im Club Kids nicht länger leisten.« Sie schlang die Arme um ihre Taille. »Die Betreuung ist zu teuer, und nun hat Noah körperlich Schaden erlitten. Er sagte, dass die Kinder ihn triezen. Wie konnten Sie zulassen, dass sowas passiert?«

Hunts Kiefer arbeitete. »Wie ich schon sagte, Kinder benehmen sich manchmal grob, aber wir billigen dieses Verhalten keineswegs. Der heutige Zwischenfall wurde mit dem betreffenden Kind besprochen, und zwar gleich, nachdem es passiert war. In Zukunft werden wir alles unternehmen, um sicherzustellen, dass Situationen dieser Art nicht erneut vorkommen. Ich kann kaum versprechen, dass die Kinder immer alle nett zueinander sind, aber ich kann Ihnen versprechen, dass wir uns darum kümmern, wann immer etwas Derartiges vorkommt.«

Sie schüttelte den Kopf. »Das spielt ja auch keine Rolle mehr. Noah wird es nicht mehr betreffen.«

Sein Kiefer wirkte jetzt sehr angespannt. »Wegen der Kosten?«, wollte er wissen.

Ihre finanzielle Situation preiszugeben, war entwürdigend. »Ja, zum Teil. Ich kann mir aber auch schlicht nicht erlauben, dass irgendjemand meinem Sohn ein Haar krümmt, wenn ich für ihn verantwortlich bin.«

Hunt kniff die Augen zusammen. »Naja, das wird schwierig sein. Noah ist ein liebes Kind, aber selbst er bewirft manchmal andere Kinder mit Sand. Und was die monatlichen Kosten angeht, bieten wir ja jetzt auch einen gestaffelten Zahlungsplan. Egal, wie hoch Ihr Einkommen ist, wir können darauf eingehen.«

»Ich ... Das können Sie?« Sie hörte zum ersten Mal von einem gestaffelten Beitrag im Club Tahoe. Tat sie ihm bloß leid? Wollte er ihr entgegenkommen, weil sie so offensichtlich überfordert war?

Das hatte ihr gerade noch gefehlt, dass ihre Unzulänglichkeit in die Welt hinausposaunt würde. Wenn die Leute um sie herum Vivian zustimmen würden, dass Abby nicht in der Lage sei, ordentlich für ihren Sohn zu sorgen, dann hätte sie keine Hoffnung mehr.

Abby schloss ganz fest die Augen und spürte das allzu bekannte Brennen von Tränen, die sich hinter ihren Lidern formten. Sie würde jetzt nicht weinen. Nicht vor Hunt, dem viel zu gutaussehenden Mann, dem sie im Club ganz sicher nachgegeben hätte, wäre sie sorgenfrei und jünger. So wie sie dem liebenswerten, charmanten Trevor damals nachgegeben hatte.

Sie hatte ihren Sohn. Die wenige Zeit, die sie mit Trevor verbracht hatte, würde sie ebenso wenig jemals bereuen wie die Konsequenzen, die sie in Form seiner Eltern tagtäglich zu tragen hatte.

Sie blickte auf und blinzelte, um wieder einen klaren Blick zu bekommen. »Ich weiß zu schätzen, was Sie da tun, aber ich bin alleinerziehende Mutter und arbeite momentan schon Doppelschichten, um uns zu ernähren. Ich halte das nicht viel länger durch.« Noah brauchte sie. Irgendwie musste es ihr gelingen, weniger zu arbeiten und trotzdem die Rechnungen zu bezahlen. »Selbst mit einem reduzierten Beitrag könnte ich das nicht mehr stemmen.« Es war noch demütigender zuzugeben, dass sie auch einen niedrigeren Beitrag nicht zahlen konnte.

Hunt wartete keine Sekunde, bevor er anbot: »Wenn Sie es sich nicht leisten können, werden wir Ihnen entgegenkommen.«

Sie riss ungläubig die Augen auf. »Niemand verschenkt einfach so kostenlose Kinderbetreuung.«

»Noah ist Teil der Gruppe bei Club Kids. Wenn er und seine Familie unsere Unterstützung brauchen, sind wir für ihn da.«

Für ihren Sohn da oder für sie? Nein, natürlich ging es gerade nicht um sie. Wieso sollte Hunt Interesse an ihr haben – einer alleinerziehenden Mutter mit dunklen Ringen unter den Augen, die nicht weggingen?

Richtig heiß. Innerlich lachte sie über die Richtung, die ihre Gedanken eingeschlagen hatten. Der Stress und die Tatsache, dass sie ihr Kind allein großzog, hatten verräterische Anzeichen von Erschöpfung in ihr Gesicht gezeichnet, die kein Mittagsschlaf wieder glätten konnte. Sie bräuchte einen ganzen Monat Dauerschlaf, um das irgendwie einzuholen.

Also war sie sein Wohltätigkeitsprojekt. Großartig. Aber es gab noch weitere Punkte, die sie in Betracht ziehen musste.

»Danke. Das ist sehr nett von Ihnen, aber ich kann das nicht annehmen.«

Was, wenn sich die Nachricht, dass sie sich die Tagesbetreuung nicht leisten konnte, bis zu Noahs Großeltern herumsprach? Konnten die so etwas gegen sie verwenden? Vivian hatte ihr so viele Male auf so viele unterschiedliche Arten angedroht, dass sie ihr Noah wegnehmen würde, dass ihr alles möglich schien.

Hunt atmete schnaubend aus. »Ich habe das Problem mit den Kosten aus der Welt geschafft. Und wir haben besprochen, dass unsere Mannschaft erweitert wird, um sicherzustellen, dass die Kinder auch dann gut aufgehoben sind, wenn das Betreuungsprogramm wächst. Was kann es denn noch für Probleme geben?«

So viele Probleme.

Sie ließ die Arme sinken, und eine Träne stahl sich aus ihrem Augenwinkel. Toll, richtig toll. Nun stand sie nicht nur auf finanzieller Ebene verzweifelt da, sondern auch noch schwach. Sie wischte sich rasch über die Wange und setzte ein Lächeln auf.

Hunt fasste sie sanft am Ellbogen. Sie ließ ihn gewähren, als er sie in eine ruhige Ecke der Lobby führte. »Was ist denn los, Abby?«

Wie er mit ihr sprach, so als würde er sie kennen, das war ... entwaffnend. Sie wollte alles bei ihm abladen, aber das brachte sie einfach nicht fertig. Wenn er nicht so fest entschlossen wäre, Noah im Programm zu behalten, und wenn Noah ihn nicht so offensichtlich vergöttern würde, dann hätte sie auch das Bisherige nicht über die Lippen gebracht.

»Noah ist ein guter Junge. Ich würde gern helfen«, erklärte Hunt.

Sie schenkte ihm einen Seitenblick. »Sie haben doch schon mehr getan, als Sie müssen. Das Auto. Das Angebot, mir die Gebühren zu erlassen. Aber mehr Hilfe kann ich unmöglich annehmen. Auf lange Sicht könnte das mir und Noah nur schaden.« Auf seinen besorgten Blick hin fügte sie hinzu: »Ist eine lange Geschichte.«

Er lehnte sich aus dem Sessel ihr gegenüber nach vorn und stützte die Ellbogen auf die Knie. »Ich habe Zeit.«

Sie müsste eigentlich verlegen sein. Er hatte die dumme Träne gesehen, die ihr über die Wange gerollt war, Herrgott nochmal, aber Hunt war jetzt nicht der charmante Playboy, der er an der Bar gewesen war, als er sie angesprochen hatte. Seine wunderschönen, beinahe türkisfarbenen Augen sahen sie eindringlich an, und er wirkte ernsthaft besorgt.

Diese Augen waren eine echte Landplage.

Auch ohne den Blick dieser Augen war Hunt extrem überzeugend. Seine Worte, seine Selbstsicherheit und die Art, wie sich ihr Körper ihm instinktiv entgegenreckte, wenn er in der Nähe war, als wittere er etwas, das ihm gefiel. Es war bloß gut, dass Abby ihren Hormonen schon lange keine Beachtung mehr schenkte und das andere Geschlecht kaum wahrnahm.

Noahs Vater war groß, aber nicht so muskulös wie Hunt gewesen, aber ebenfalls gutaussehend und charmant. Und sanft, so wie ihr Sohn.

Hunt wirkte keineswegs sanft. Er war muskelbepackt, besaß ein kantiges Gesicht und diese wahnsinnig blauen Augen. Aber jeder Funke, den sie in seiner Nähe verspürte, wurde vernichtet, sobald sie sich Noahs Rufe mitten in der Nacht vorstellte, wenn er einen schlimmen Traum gehabt oder auf ihre Klamotten gekotzt hatte, als er krank war. Kein Mann in der Blüte seiner Jahre würde irgendetwas mit Abby zu tun haben wollen. Nicht, wenn er ganz leicht eine attraktive, unkomplizierte Frau ohne ihre Probleme finden konnte.

»Die Mutter meines Freundes will mir meinen Sohn wegnehmen«, brachte sie hervor. Es war raus und sollte ausreichen, ihn abzuschrecken. Er dachte, dass es ihr nur um Geldprobleme ginge? Er wusste nicht einmal die Hälfte von dem, was Sache war.

»Was sagt denn dein Freund dazu?«

»Er ist tot.«

Hunt blinzelte und wandte den Blick dann ab. »Das tut mir leid. Muss schwer sein für dich und für Noah.«

»Ist es. Auch wenn Noah sich nicht an seinen Vater erinnert. Er starb, als Noah ein Jahr alt war. Ein Unfall beim Felsenklettern.« Damals war ihr Leben völlig aus den Fugen geraten. Sie hatte nicht gewusst, wie sie ohne Trevor überleben wollte. Vier Jahre später wusste sie nur allzu gut, wie sie weiterleben würde: indem sie sich abrackerte und mühsam alles zusammenhielt und hoffte, dass sie es weiterhin hinbekam.

Sie vermisste Trevor, aber sie müsste lügen, wenn sie behaupten würde, dass sie keinerlei Verbitterung darüber verspürte, dass er die Dinge hinausgezögert hatte, statt sie direkt zu heiraten, als sie ihm gesagt hatte, dass sie schwanger war. ›Wir heiraten, nachdem das Baby auf der Welt ist‹, hatte er gesagt, als sie im vierten Monat war. › Dann brauchst du dir keine Gedanken um die Hochzeitsplanung zu machen, während du schwanger bist.‹

Monate vergingen, und Trevor sprach nie wieder davon. Als

Abby dann ein halbes Jahr nach Noahs Geburt davon anfing, dass sie ein Datum festsetzen sollten, hatte er ihr eröffnet, dass er das Finanzielle erst mit seinen Eltern besprechen müsse. Er wollte, dass sie einen Ehevertrag unterschrieb, und Abby hatte nichts dagegen gehabt. Aber Trevor kam nicht mehr dazu, irgendetwas in die Wege zu leiten, denn er starb nicht lange nach diesem Gespräch und ließ sie beide mittellos zurück.

Trevors Tod war ein Unfall. Aber er war immer dem Adrenalin-Kick nachgerannt, und das Felsenklettern ohne Klettergurt und Sicherheitsseil war sein ultimativer Kick gewesen. Nun war er tot, und sein Sohn zahlte den Preis dafür. Trevors Eltern weigerten sich, ihr auch nur im Geringsten entgegenzukommen. Sie wollten, dass sie versagte und ausbrannte, damit sie das Sorgerecht für das einzige Kind ihres Sohnes bekamen.

Hunt rieb sich über die Augen. »Es tut mir leid«, wiederholte er.

»Wir kommen zurecht.« Abby war es so gewöhnt, sich das im Kopf immer wieder vorzusagen, dass die Worte praktisch automatisch aus ihrem Mund kamen.

Hunt blickte hoch. »Das wünsche ich keinem Kind – so jung einen Elternteil zu verlieren.«

Sie nickte und hielt ihre Emotionen zurück, bevor sie überflossen. Sie war diese Woche besonders gestresst gewesen. Das musste die Träne erklären, die ihr ohne Erlaubnis entwichen war.

Noah kam in die Lobby gestürmt, dicht gefolgt von Brin, und er lächelte begeistert. »Mom!« Er rannte zu ihr herüber und warf sich quer über ihren Schoß, sodass seine Beine bei dieser Bruchlandung in die Luft schnellten.

Abby hielt ihren Sohn fest und zog die Schultern ein, als die zappelnden Beine ihrem Kopf gefährlich nahekamen. »Wie war das Root Beer Float?«

»So super!«, freute er sich. Dann drehte er den Kopf, um

Hunt anzuschauen. »Hast du meine Mom überredet, dass ich bleiben darf?«

»Noah«, ermahnte sie ihn warnend.

»Ich arbeite daran«, erwiderte Hunt und zwinkerte Noah zu.

Er arbeitete daran? Sie hatte ihm doch klargemacht, dass daraus nichts werden würde. Hunt war ein sturer Mann. Wenn er nicht so liebevoll mit ihrem Sohn umgehen würde, wäre sie jetzt genervt.

Sie warf einen Blick auf die Uhr. Es war spät, und sie musste immer noch Abendessen machen. »Wir gehen jetzt besser.« Sie erhob sich und nahm Noah seinen Rucksack ab.

Brin umarmte den Jungen zum Abschied, und er drückte sie ebenfalls ganz fest.

Er wird hier geliebt. Wenn die Dinge nicht so schlimm stünden, würde sie Club Tahoe noch eine Chance geben.

Hunt erhob sich ebenfalls vom Sessel. »Werden Sie über mein Angebot nachdenken? Wir hätten Noah wirklich gern weiterhin bei uns. Geben Sie mir ein oder zwei Tage, dann schicke ich Ihnen die Unterlagen, um das Finanzielle zu regeln. Dann wäre das erledigt, und Sie können Ihre Entscheidung immer noch treffen.«

Sie brachte ein halbes Lächeln zustande, aber da gab es nichts zu überlegen.

Abby verließ den Club mit Noah an der Hand.

KAPITEL 7

Sie hatte geweint.

Als Hunt Abby drängte, ihm den Grund zu sagen, warum sie Noah aus dem Programm nehmen wollte, hätte er nicht damit gerechnet, dass sie zusammenbrechen würde.

Hunt kam nicht damit klar, wenn eine Frau weinte. Das widersprach seiner Philosophie, in der sich alles darum drehte, Frauen glücklich zu machen. Er würde sich dann am liebsten in einen großen, grünen Kerl verwandeln und Steinmauern einschlagen, um sie zu beschützen.

Bisher hatten kaum je Frauen in Hunts Gegenwart Tränen vergossen, abgesehen vielleicht von Freudentränen. Aber Abby ging es miserabel. Er sah es ihren starren Schultern und dem ängstlichen Blick ihrer goldenen Augen an, unter denen sich Schatten der Sorge abzeichneten. Jemand oder etwas machte ihr Angst, und das machte wiederum ihn wütend. Wahrscheinlich war das auch der Grund, wieso er ihr angeboten hatte, vom nichtexistenten Staffelpreis für die Kinderbetreuung zu profitieren. Und dann noch eins draufgesetzt hatte, indem er vorschlug, Noah auch umsonst teilnehmen zu lassen.

Levi würde ihn dafür an den Eiern kriegen.

Egal. Mit Levi würde er sich später beschäftigen.

Noah war nun mal etwas Besonderes, auch im Betreuungsprogramm. Er war schon lange genug dabei, um die immense Erweiterung miterlebt zu haben, die Club Kids im Verlauf des vergangenen Jahres mitgemacht hatte. Was Hunt anging, schuldete der Club es Noah, ihn und seine Mutter zu unterstützen.

Aber das war noch nicht alles. Er musste wissen, dass für Noah gesorgt wurde. Und für seine Mutter auch. Diese Gedanken verwirrten ihn ganz schön.

Ja, er liebte die Frauen. Ja, er wollte sie beschützen und glücklich machen. Aber er lehnte sich nie so aus dem Fenster wie jetzt. Nicht seit Lisa.

Es war beinahe ein Jahrzehnt vergangen, seit er sich in Levis Freundin verliebt hatte. Damals war Hunt im letzten Highschool-Jahr gewesen. Und nach dem riesigen Sturm der Entrüstung, den das Ganze nach sich gezogen hatte, hatte er keinen guten Grund mehr gefunden, irgendjemanden so beschützen zu wollen.

Es war der Junge. Hunt wollte, dass Noah gut behütet und sicher versorgt war, und um das zu erreichen, brauchte Noahs Mutter Unterstützung, das war alles.

Es war eine dumme Idee, aber er konnte nicht anders. Er würde für Noah und Abby tun, was er konnte, und die Konsequenzen waren ihm egal.

Hunt streckte den Nacken und stieß einen harschen Seufzer aus, während er zusah, wie Noah und seine Mutter den Club verließen.

Seine Brüder hielten ihn für unfähig, sich um jemanden außer sich selbst zu sorgen, und ähnlich dachten auch alle anderen Leute über ihn, aber da irrten sie sich.

Als Abby ihm davon berichtete, dass Noahs Großeltern wie die Geier über ihrem Sohn kreisten, war er stocksauer gewesen. Er hatte es nicht so deutlich gezeigt, aber er war außer sich gewesen.

Wie konnte es jemand wagen, einer Mutter ihr Kind wegzunehmen? Einer guten Mutter, wohlgemerkt. Sicher, sie holte Noah nicht immer pünktlich ab, aber es war offensichtlich, dass sie ihn liebte. Hunt sah, wie sie ihren Jungen anschaute, sah die Liebe, die zwischen beiden leuchtete. Der Anblick war so einnehmend gewesen, dass er selbst beinahe eine Träne verdrückt hätte. Aber nur *beinahe*. Bloß nicht übertreiben. Hunt war von seinen raubeinigen Brüdern großgezogen worden; er würde sich eher freiwillig den kleinen Finger brechen, als auf diese Weise Gefühle zu zeigen.

Apropos raubeinige Brüder – Hunt machte sich gerade auf die Suche nach ihnen. Sie trafen sich einmal wöchentlich abends auf ein Bier, normalerweise in der Fireside Lounge des Clubs, aber heute Abend hatten sie sich beim Mexikaner verabredet. In den letzten Jahren waren nach und nach die Partnerinnen zu diesen Treffen dazugekommen, was Hunt zunächst gestört hatte. Inzwischen war ihm aber klar geworden, dass die Damen bessere Ratschläge gaben und es gut war, sie dabeizuhaben.

»Du willst was machen?«, fragte Levi eine Stunde später. Seine tiefe Stimme grollte wie Donner.

Hunt griff nach einem Tortilla-Chip und tunkte ihn in die extrascharfe Salsa des resorteigenen mexikanischen Restaurants. »Kostenlose Kinderbetreuung für Noah. Eine besondere Ausnahme.«

Levi sah zu Emily hinüber, die nicht nur seine Freundin, sondern auch Geschäftsführerin des Clubs war, als wolle er sagen: ›Hörst du diesen Kerl?‹

»Hunt«, sprach Emily ihn an, »was ist denn passiert?«

Hunt kaute seinen Chip fertig und nahm einen Schluck seiner riesigen Margarita, die hier mit umgedrehten Mini-Flaschen Corona auf dem Rand serviert wurden. »Seine Mom kann sich die Unterbringung nicht mehr leisten, und ich finde, wir sollten einen gestaffelten Zahlungsplan haben.« Er blickte seinen Bruder finster an. »Nicht alle Kinder wachsen so auf wie wir. Wir wären arschig, wenn wir nur Kinder teilnehmen lassen, die sich unsere Gebühren, die weit über dem Durchschnitt liegen, leisten können.«

Levi kratzte sich am stoppelbärtigen Kinn. »Das mag ja sein, aber wir können es uns auch nicht leisten, jedes Kind gratis teilnehmen zu lassen. Gestaffelt ist eine Sache, aber umsonst? Das wäre ja nicht fair den Eltern gegenüber, die zahlen.«

Hunt lehnte sich zurück und überlegte kurz. Dann zuckte er die Achseln. »Ich zahle für seinen Platz.«

Nun sah Levi ihre anderen Brüder an, die bisher geschwiegen hatten, seit Hunt das Thema Noah und seine Mutter angeschnitten hatte.

»Was denn?«, fragte Hunt.

Adam räusperte sich. »Es ist ein bisschen merkwürdig, das ist alles. Dass du ein solches Interesse an einem Kind zeigst. Oder ... überhaupt an irgendjemandem.«

Typisch. Die Leute unterschätzten ihn ständig. Besonders seine Brüder.

»Ganz und gar nicht merkwürdig«, widersprach er geduldig. »Ich verbringe gern Zeit mit den Kindern im Club. Noah braucht ganz zufällig meine Hilfe, und ich will ihn nicht leiden sehen. Seine Mom hat eine ziemliche Scheiße mit den Schwiegereltern am Laufen. Naja, es sind nicht mal wirklich ihre Schwiegereltern. Sie war nie mit Noahs Vater verheiratet, und der ist schon vor einigen Jahren gestorben. Der Punkt ist, sie ist eine alleinerziehende Mutter, die ihr Bestes gibt, und ich will dafür sorgen, dass sie dabei unterstützt wird – dass Noah unterstützt wird«, stellte er klar.

Bran zeigte mit dem Finger auf ihn. »Das ist der Teil, der mich aus dem Konzept bringt. Du hast nie eine Freundin gewollt. Naja, nicht seit ... Jedenfalls war dir seit Jahren keine Frau wichtig, und jetzt willst du für diese Mom und ihr Kind sorgen?«

»Ich sorge doch nicht für sie. Ich will Noah helfen.« Na gut, er wollte auch Abby helfen, aber offenbar kamen seine Brüder ja nur auf dumme Ideen, wenn er das sagte.

»Interessant«, kommentierte Wes.

»Was soll das heißen, interessant?« Hunt funkelte seinen Bruder an und lehnte sich zurück.

»Oh, gar nichts. Es ist schlicht interessant.«

Hunt fuhr sich mit der Hand übers Gesicht. Warum machten seine Brüder das Ganze so kompliziert? Es war doch keine große Sache.»Ihr Arschlöcher geht mir seit Jahren wegen meiner lockeren Aufrisse auf den Sack, und jetzt, wenn ich Interesse zeige, einer kleinen Familie zu helfen, die Hilfe braucht, da seid ihr plötzlich die oberflächlichen Ärsche. Was soll das?«

»Ignorier' sie«, riet Kaylee, die Harlow im Arm hielt, während das Baby mit ihren Haaren spielte. »Mir gefällt das, Hunt.« Sie blickte in die Runde. »Noah ist ein wirklich lieber Junge. Im Club Kids hatten wir alle den Eindruck, dass er es zu Hause nicht leicht hat. Jetzt wissen wir, warum. Ich bin dafür, ihm zu helfen.« Sie lächelte Hunt zu.

Endlich jemand mit gesundem Menschenverstand.

»Außerdem«, setzte Kaylee hinzu, »ist Noahs Mom hübsch. Ich verstehe, dass Hunt sie mag.«

Der knirschte mit den Zähnen. »Es geht nicht um die Mom.«

»Dennoch«, meldete sich Levi wieder zu Wort, »können wir den Jungen nicht einfach gratis betreuen. Schlechtes Beispiel. Und ich bin nicht sicher, ob wir nicht sogar Ärger wegen Bevorzugung bekommen können, wenn sich das herumspricht.«

Hunt winkte die Kellnerin heran und bestellte einen extra großen Steak-Burrito mit Beilagen. Es laugte ihn aus, mit seinen Brüdern über Abby zu reden, also brauchte er jetzt etwas, um seine Nerven zu beruhigen. Glücklicherweise setzte er kein Gewicht an. »Ich habe doch schon gesagt, dass ich die Gebühr zahlen werde. Nehmt es einfach als private Spende.«

»Und ist das okay für Noahs Mom?«, hakte Kaylee nach.

Na toll, selbst seine Unterstützerin hinterfragte ihn. »Kann ich nicht sagen. Ich habe sie nicht gefragt. Müssen wir sie das wissen lassen?«

Kaylee blickte Levi an, der wiederum Emily ansah.

»Nicht unbedingt, denke ich«, erklärte diese vorsichtig. »Ich glaube nicht, dass es illegal ist. Aber es erscheint mir zwielichtig, ihr nicht zu sagen, was du tust. Du würdest praktisch lügen, indem du es unterschlägst.«

Hunt verzog nachdenklich den Mund. »Damit kann ich leben.«

Noah musste im Club Kids bleiben, und seine Mutter brauchte Hilfe. Was für ein Mann wäre er, wenn er ihr nicht beispringen würde?

Und wenn seine Brüder recht hatten und er nie zuvor im Leben etwas Ähnliches getan hatte? Nun, Noah war eben etwas Besonderes. Das hatte nichts mit seiner Mutter zu tun.

Auch wenn sie hübsch war.

Und ihren Sohn beschützen wollte.

Und auch wenn er sie irgendwie heiß fand, wenn sie wütend war und sich vor ihren Sohn stellte.

Aber es ging hierbei nur um Noah.

KAPITEL 8

Abby schickte ihre Bewerbung um einen reduzierten Beitrag an Club Kids, weil sie sehen wollte, ob Hunt die Wahrheit gesagt hatte und sie die Betreuung tatsächlich umsonst bekäme. Denn mal ehrlich, das konnte doch nicht stimmen. Und wenn er unrecht hatte, wäre ihr die Entscheidung abgenommen worden, und sie müsste niemandem erklären, warum Noah nicht mehr hingehen konnte. Sie konnte es sich schlicht nicht leisten; da konnte niemand widersprechen.

Allerdings stimmte es offenbar wirklich: Club Kids bot Noah eine kostenlose Betreuung an.

Abby erhielt prompt die Antwort, dass Noahs monatliche Gebühren ab sofort übernommen werden würden.

»Übernommen?« Es handelte sich doch nicht um eine staatliche Betreuungseinrichtung. Es handelte sich um das Kinderprogramm von Club Tahoe, die protzigste Kinderbetreuung des protzigsten Resorts der Stadt. Das ergab doch alles keinen Sinn.

Weswegen Abby Noah auch erst einmal nicht wieder hinbrachte, Gratisangebot hin oder her. Sie sorgte sich nach wie vor wegen der Sache mit dem Mobbing und war nicht bereit, das einfach zu ignorieren. Stattdessen probierte sie eine

Betreuungseinrichtung aus, die näher an ihrem Arbeitsplatz lag. Das lief überhaupt nicht gut.

»Ich hasse es hier«, verkündete Noah, als sie ihn vom Mountaineers-Kindergarten abholte.

»Ist irgendwas passiert?« Sie ließ den Blick über Arme und Beine ihres Sohnes huschen.

»Es ist sooo langweilig bei denen. Wann kann ich zurück zum Club Kids?« Abbys Schultern sackten herunter. Aus irgendeinem Grund war sie nicht bereit, Club Kids eine weitere Chance zu geben. Hunt war dort, und das war ihr unangenehm. Nein, das stimmte nicht ganz. Er machte sie eher nervös. Ja, er machte sie nervös mit seinem schönen Gesicht und den vielen Muskeln und der Bereitwilligkeit, Probleme zu lösen. Das letzte Mal, als sie es einem Mann überlassen hatte, sich um ihre finanzielle Situation zu kümmern, damit sie ein Vollzeitstudium belegen konnte, war er gestorben und hatte sie mit ihrem kleinen Sohn alleingelassen.

Sie war eine erwachsene Frau. Ihre Familie war nicht für sie da, und Gott wusste, die hatten auch kein Geld übrig. Das hier war ihr Leben, und es blieb an ihr hängen, ihre Probleme allein zu lösen. Was auch bedeutete, dass sie dafür verantwortlich war, die bestmöglichen Entscheidungen für ihr Kind zu treffen.

»Was, wenn wir noch eine Weile im Programm der Mountaineers bleiben? Die achten doch gut auf dich. Es gibt keine großen Kinder, die dich tyrannisieren können.«

»Nein, Mom!« Noahs traurigem braune Augen blickten flehentlich zu ihr hoch. »Ich will zurück zum Club Kids und Hunt mit den Booten helfen.«

Mist. Dies war der Teil des Elternseins, den sie gar nicht mochte. Man wollte sein Kind in Sicherheit wissen, aber das Kind wollte etwas, das es unter Umständen in Gefahr brachte.

Aber war es denn wirklich so gefährlich im Club Kids? Vielleicht stellten sie ja wirklich umgehend neue Leute ein, so wie Hunt es ihr versprochen hatte? »Ich werde dort anrufen und schauen, ob sie immer noch einen Platz für dich haben.«

»Juhu!«, freute sich Noah lautstark.

Es tat ihr in der Seele weh, ihrem Sohn etwas zu verweigern, gerade weil er sich so selten beklagte. Tatsächlich war die Rückkehr in den Club Kids das erste, worum er sie je ernsthaft gebeten hatte.

Und es bereitete ihr Sorgen, dass das etwas mit Hunt zu tun haben könnte – und mit der Bindung, die sich zwischen ihm und ihrem Sohn entwickelt hatte.

NOAH WAND sich aus Abbys Armen, nachdem sie ihm einen Kuss auf die Wange gedrückt hatte. »Mir geht's gut«, quiekte er und rannte schnurstracks auf Hunt zu, der keine drei Meter weit entfernt stand und eine Liste auf einem Klemmbrett abhakte.

Nachdem Noah ihr gesagt hatte, wie unglücklich er in dem anderen Kindergarten war, hatte sich Abby bei Club Kids gemeldet und nachgehakt. Ja, sie hatten weitere Leute eingestellt. Drei neue Betreuungskräfte. Und ja, sie hatten noch Platz für Noah.

»Wir würden uns sehr freuen, wenn er wieder bei uns wäre«, hatte die aufgeweckte Betreuerin gesagt. Brin, wenn Abby sich nicht irrte. Also hatte Abby nachgegeben. Club Kids war auch wirklich der angesehenste Ort für Kinderbetreuung in der ganzen Stadt.

Hunt sah auf und suchte kurz ihren Blick.

Ein Schwarm von Schmetterlingen wirbelte durch ihren Bauch.

Sie schloss die Augen. Echt jetzt? Musste das sein? Hunt war ihr mit Noah und der Betreuung behilflich gewesen; verflixt, und auch mit ihrem Wagen. Wenn sie ihm erlauben wollte, sich mit ihr und ihrem Sohn anzufreunden, musste sie die Sache auf jeden Fall platonisch halten. Es war etwas ganz anderes, ob einem ein Freund aus der Patsche half oder ob ein Mann für sie sorgte. Das würde sie nicht noch einmal mitmachen. Nicht ohne eine Heiratsurkunde.

Noah packte Rucksack und Vesper in eine Wanne an der Tür, die zu diesem Zweck dort aufgestellt war, und Hunt sagte etwas zu ihm, klopfte ihm auf die Schulter.

Noah schenkte ihm ein breites Lächeln und rannte dann weiter zu den anderen Kindern. Hunt blickte wieder auf sein Klemmbrett, aber Abby konnte spüren, dass seine Aufmerksamkeit nach wie vor ihr galt.

Das war der Zeitpunkt, ihn wissen zu lassen, wie die Dinge standen. Sie trat näher und sagte: »Das ist nicht fix.« Er blickte nicht auf. »Noah möchte unbedingt hier sein, aber ich bin noch nicht überzeugt, dass es wirklich der beste Ort für ihn ist. Und ich werde wahrscheinlich jeden Tag spät dran sein. Ich kann die Arbeit erst um fünf verlassen. Dazu der Verkehr, besonders im Sommer.« Hunt wandte endlich den Blick vom Klemmbrett ab und sah ihr in die Augen.

Ihre Brust wurde eng, und ihr Herz hämmerte.

Sie ballte die Fäuste. Diese Wirkung hatte er im Club nicht auf sie gehabt.

Na gut, das war auch gelogen. Aber da hatte sie noch alles schön unter Verschluss und Kontrolle gehabt. Sie hatte die Schmetterlinge ignoriert, und jetzt waren die verdammten Dinger richtig intensiv geworden.

Selbst wenn sie sich zu Hunt hingezogen fühlte, sie hatte doch gar keine Zeit für sowas. Wirklich überhaupt keine. Aber er war ja auch gar nicht interessiert. Die Schmetterlinge und das pochende Herz waren sicher komplett einseitig.

Hunt hatte sie noch nie in etwas anderem als ihren Arbeits-Clogs aus Gummi gesehen. Er hielt sie sicher für altbacken. Naja, war sie ja auch.

Irgendwann war Abby mal eine attraktive Frau gewesen, die sich jeden Tag die Haare wusch, sich schminkte und niedliche Klamotten trug. Heute war sie froh, wenn der Schwesternkittel nicht zerknittert war. Meist war sie abends zu müde, um noch die Wäsche zu falten, und schlief sofort ein, wenn Noah seinerseits eingeschlafen war. Alleinerziehend zu sein, erstickte die Möglichkeit, eine heiße Mama zu sein, ziemlich schnell im Keim. Nicht, dass sie heiß sein musste. Abby brauchte für niemanden mehr heiß zu sein, seit Trevor gestorben war.

»Machen Sie sich keine Sorgen wegen des Zuspätkommens«, sagte Hunt. Seine Stimme war tief, verführerisch, was ihr nun wirklich gar nicht weiterhalf. Als wären auffallend blaue Augen und ein athletischer Körper nicht schlimm genug.

Sie war eine alleinerziehende, altbacken aussehende Mutter, Herrgott nochmal! Das Universum könnte ruhig ein wenig Mitleid mit ihr haben.

»Naja, aber ich mache mir Sorgen«, widersprach sie, hob das Kinn und versuchte seinem Blick auszuweichen. Die Schmetterlinge gebärdeten sich am wildesten bei Blickkontakt.

Er zog sein Handy aus der Tasche. »Geben Sie mir Ihre Nummer?«

Schmetterlings-Explosion. »Wie bitte?«

Noah wieder hierher zu bringen, war die schlechteste Entscheidung gewesen, die sie je getroffen hatte.

»Ihre Nummer«, wiederholte er. »Ich leite Ihnen dann meinen Kontakt weiter. Sie können mich anrufen, wenn Sie absehen, dass Sie sich verspäten, dann kann ich Noah Bescheid sagen, und er muss sich nicht sorgen. Ich beschäftige ihn, bis Sie da sind. Wir sind dann bei den Booten.«

Hunt würde sie noch umbringen. Er war außerdem hartnäckig. Sie war sich nicht sicher, ob sie ihm gänzlich vertraute, aber das war ihr übervorsichtiger Verstand. Ihr Bauchgefühl war ganz auf seiner Seite.

Sein Gesichtsausdruck war fürsorglich. Sie verhielt sich ein wenig überängstlich, was ihren Sohn betraf, aber konnte er ihr das verdenken? »Na schön«, gab sie nach. »Wobei ich sicher bin, dass Sie meine Nummer in Ihren Unterlagen haben.«

Er tippte die Zahlen ein, als sie ihre Nummer herunterratterte, und steckte das Handy dann wieder ein. »Das habe ich sicher. Aber so habe ich jetzt auch Ihre Erlaubnis, Sie anzurufen. Damir wir uns absprechen können.«

Sich absprechen? Wieso wurde ihr ganz flau im Magen, wenn er das sagte? Andererseits half er ihr nur mit Noah, und sie täte gut daran, endlich einen Gang runterzuschalten.

Sie drehte sich um und ging. Immer noch fühlte sie sich nervös und unsicher, ob sie wirklich das Richtige machte. Bevor sie den Poolbereich verließ, sah sie sich noch ein letztes Mal nach Noah um. Der saß auf Hunts Schultern.

Er trug ihren Jungen zu einem Kreis von Kindern am Strand, und Noah lachte, reckte die Faust in die Luft, als wäre er der König der Welt.

Ihre Kehle wurde trocken. Das war es, was ihrem Sohn gefehlt hatte. Was sie ihm nicht hatte geben können. Eine Vaterfigur. Und es schien, als hätte Noah ganz allein eine gefunden.

Aber um Himmels Willen, warum musste das ausgerechnet dieser Mann sein?

KAPITEL 9

Zu Abbys großer Überraschung lief alles wie am Schnürchen, nachdem Noah wieder im Club Kids war. Sie schrieb Hunt eine SMS, wenn sie spät dran war, und Noah war immer beschäftigt und fröhlich, wenn sie dann eintraf. Wenn er nicht bei Hunt war, wenn sie ihn abholte, dann war der zumindest ganz in der Nähe.

Wochenlang plapperte Noah auf der Heimfahrt immer nur über Hunt und all die spaßigen Dinge, die er tagsüber unternahm. Es gab keine weiteren Schwierigkeiten zwischen den Kindern, aber sie suchte die Schuld für den Zwischenfall am Bootssteg auch nicht mehr bei der Einrichtung. Das Problem lag in der Natur der Sache; wo Kinder zusammentrafen, passierten immer auch mal Unfälle und wildes Toben. Alles, was sie tun konnte, war dafür zu sorgen, dass Noah die bestmögliche Aufsicht durch Erwachsene hatte, wenn sie nicht bei ihm war. Und vorerst war das wohl Club Kids. Und vor allem war Noah dort glücklich.

Abby holte ihre Handtasche aus dem Spind, um endlich einmal früher Feierabend zu machen, als Maria ihr zuwinkte.

»Also, was sagst du?«, fragte sie und hakte damit erneut bei ihrem Gespräch aus der Mittagspause ein. »Es ist Wochen her, seit wir im Club waren.«

»Ich weiß nicht«, gab Abby zurück. »Ich habe kein Interesse, Männer kennenzulernen. Nicht bei alldem, was mit Noahs Großeltern läuft. Wozu sollte ich mich also mit Vertretern des anderen Geschlechts unterhalten?«

Maria schob sich die langen, dunklen Haare über eine Schulter. »Es ist vier Jahre her, dass Trevor starb. Ich finde einfach, du solltest mal wieder ausprobieren, unter Leute zu gehen. Und wenn es nur für ein paar nette Gespräche ist. Wenn mehr dabei herauskommt«, sagte sie achselzuckend, »umso besser, richtig? Dann kannst du Noah zeigen, wie eine gute Beziehung aussieht.«

Abby lachte in sich hinein und schnappte sich ihren Schlüsselbund. Maria trug wieder mal dick auf. Ihre Freundin wollte ausgehen und Party machen, aber zur Hälfte hatte sie ja recht. Es waren Abbys beste Jahre. Aber sie gab das alles auf, um gut auf Noah aufzupassen. »Ich weiß nicht, Maria.«

Abby vermisste Trevor. Aber der tiefe Schmerz, den sein Verlust in ihr ausgelöst hatte, war gedämpft und abgeklungen, als seine Eltern ihre Kampagne gestartet hatten, ihr das Leben schwerer als nötig zu machen. Sie gab Trevor keine Schuld für das, was seine Eltern taten, aber sie gab ihm sehr wohl die Schuld dafür, kein Testament gemacht zu haben, bevor Noah geboren wurde.

»Ich will nicht riskieren, dass Trevors Eltern mir wieder etwas Neues vor den Latz knallen und mich aussehen lassen wie eine schlechte Mutter. Ich bin sicher, wenn ich ein Date hätte, würden sie es so hindrehen, als hätte ich jeden Abend einen anderen Kerl im Bett.«

Marie packte ihre Handgelenke. »Abby, du hast immer noch nicht mit dem Anwalt gesprochen, den ich dir empfohlen habe, oder?«

»Aber klar habe ich das. Weißt du, wie viel er für eine

einstündige Konsultation verlangt? Damit kann ich das Essen für einen ganzen Monat kaufen. Ich kann es mir schlicht nicht leisten.«

»Es muss doch noch einen anderen Weg geben. Die Stadt oder der Staat muss in solchen Situationen einspringen.«

Abby ließ die Hände aus Marias sanftem Griff gleiten und rieb sich über die Stirn. »Vielleicht. Ich weiß es nicht. Wenn Trevors Eltern sich dazu entschließen sollten, wegen des Sorgerechts vor Gericht zu gehen, kann ich mir dafür vielleicht Unterstützung holen. Im Moment sind es ja nur Drohungen. Und ich habe auch kaum Zeit, mich da genauer zu informieren. Ich müsste mir quasi einen Nebenjob suchen, um die Fachleute zu bezahlen, und wann ich mich tiefer in die Sache einlesen soll, weiß ich auch nicht.«

»Umso mehr ein Grund, dass wir beide ausgehen. Wir brauchen ja nicht in den Club zu gehen. Wir suchen uns ein respektables Plätzchen, wo wir reden und darüber nachdenken können, wie wir Vivian auf Abstand bringen, damit sie dich in Ruhe lässt. Ich bin sicher, wenn wir gemeinsam überlegen und ein bisschen googeln, finden wir eine Lösung.«

Abby lachte. »So willst du deinen Samstagabend verbringen?«

»Klar doch. Ich bin für dich da, Mädel. Du sagtest, die böse Schwiegermutter hat Noah morgen Abend?«

»Ja. Die stopfen ihn wahrscheinlich den ganzen Tag mit Mist voll, sodass er völlig aufgedreht ist, wenn er nach Hause kommt.«

»Aber das ist ganz normales Großeltern-Verhalten. Daraus kannst du ihr keinen Strick drehen.«

»Ich weiß, ich weiß«, beschwichtigte Abby und seufzte dann. »Es fällt mir einfach so schwer, nicht alles, was sie machen, als Angriff aufzufassen.«

»Weswegen wir uns auch einen Ort suchen werden, wo wir nicht flüstern müssen, wenn wir darüber sprechen.«

»Richtig. Ich will auch nicht, dass Noah mitbekommt, was seine Großeltern da veranstalten, auch wenn er ein schlauer Bursche ist. Ich bin sicher, dass er die Spannungen spürt. Es gefällt mir nicht, was die beiden machen, aber ich möchte, dass er ein gutes Verhältnis zu ihnen hat. Selbst wenn ihr Ziel dieser Tage nur noch darin zu bestehen scheint, mich aus dem Rennen zu drängen.«

»Und mit diesen ermutigenden Worten: Haben wir eine Verabredung? Morgen Abend?«

Abby nickte, aber sie glaubte nicht wirklich, dass Trevors Eltern jemals aufgeben würden, ganz gleich, was Maria und ihr dazu einfiele. Trevors Eltern waren sehr wohlhabend und besaßen großen Einfluss, sowohl in Lake Tahoe als auch im weiteren Umkreis. Sie fürchtete, dass sie sich als Gazelle mit einem Löwen anlegte.

Sie wusste nicht, was sie machen würde, sollte sie Noah je verlieren. Aber sie war bereit, alles dafür zu tun, dass es niemals passieren würde.

Erst als Maria auf den Parkplatz von Club Tahoe einbog, begannen die Alarmglocken in Abbys Kopf zu schrillen. Sie war so froh gewesen, einmal für ein paar Stunden keine Verantwortung für irgendetwas tragen zu müssen, dass sie nicht darauf geachtet hatte, wo sie hinfuhren. »Wieso sind wir hier?«

Maria stellte die Schaltung auf ›Parken‹. »Ich dachte, wir setzen uns in die Fireside Lounge. Die Barkarte wechselt immer wieder, und diese Woche gibt es Mini-Burger mit Truthahn-Hack und Äpfeln.« Sie wackelte mit den Augenbrauen. »Und der Cocktail der Woche ist Island Mule.«

Abby schloss die Augen und atmete langsam aus. »Können wir nicht woanders hingehen?«

»Wieso denn?«

Wegen Hunt.

Maria starrte sie perplex an.

»Ich komme hier jeden Tag her, um Noah zu bringen und wieder abzuholen«, erklärte Abby.

»Ja, du kommst wegen der Kinderbetreuung. Aber du kommst nie her, um einen netten Abend zu verbringen. Das wird toll.« Maria öffnete die Fahrertür und stieg aus. Als Abby es ihr nicht augenblicklich gleichtat, steckte sie den Kopf erneut zur Tür hinein. »Muss ich dich aus dem Wagen zerren? Das mache ich, wenn nötig. Du musst mal wieder raus. Selbst, wenn wir keine neuen Bekanntschaften schließen, solltest du wenigstens mal wieder einen Ausflug ins Land der jungen Single-Menschen machen.«

Abby löste ihren Sicherheitsgurt. Sie hatte keine plausible Ausrede, aber die Wahrheit wollte sie Maria auch nicht sagen. Wenn sie Maria von Hunt erzählte – was er für sie getan hatte, dass sie sich so zu ihm hingezogen fühlte –, würde sie ihrer lieben Freundin nur Munition für unerwünschte Fragen in die Hand geben.

Club Tahoe war kein reiner Single-Treff. Viele Familien und Paare machten im Resort Urlaub, also konnte es ja so schlimm nicht sein. Außerdem, wie wahrscheinlich war es wohl, dass Hunt sich hier aufhielt? Jeder normale Mensch würde nach Feierabend möglichst weit weg von seinem Arbeitsplatz sein wollen.

Offenbar war Hunt aber kein normaler Mensch.

Sobald sie die Fireside Lounge betraten, erspähte Abby ihn hinten links in der Ecke an einem der Tische, zusammen mit einer größeren Gruppe Männer und Frauen. Eine Frau saß auf seinem Schoß.

Abbys Kehle wurde eng. Er war Single; natürlich hatte er was mit irgendeiner Frau. Mit vielen Frauen höchstwahrscheinlich.

Als würde er ihre Gegenwart spüren, blickte Hunt auf, und sein Gesicht verfinsterte sich.

»Bist du sicher, dass ich dich nicht überzeugen kann, woanders hinzugehen?«, wandte Abby sich an Maria, aber es war schon zu spät. Maria hatte einen kleinen, freien Tisch entdeckt. Direkt neben dem von Hunt und seinen Freunden.

Abby zog den Kopf ein, als sie den Raum durchquerten. Na toll. Großartig. Wieso war er hier? Er sollte im Blue Casino sein und dort trinken und Frauen anbaggern.

Wie um alles in der Welt sollte sie sich denn entspannen, wenn er sie so finster anstarrte? Und warum tat er das überhaupt? Er war derjenige, der eine attraktive Frau auf dem Schoß hatte. Der Busen der Frau war seinem Gesicht so nah, dass er nur den Kopf drehen müsste, um es zwischen ihren Brüsten zu vergraben.

Herrgott, war das schrecklich.

Abby straffte die Schultern und setzte ein Lächeln auf, ignorierte Hunts Tischgesellschaft, als sie auf den kleinen Tisch daneben zuhielten. Bis sich Maria den Stuhl aussuchte, der sie dazu zwang, in seine Richtung zu schauen.

Sie war hier, um unter Leute zu gehen und sich eine neue Strategie für den Umgang mit Noahs Großeltern zurechtzulegen. Wen interessierte es, ob Hunt auch da war? Sie konnte ihn und die Schmetterlinge, die er zum Flattern brachte, einfach ignorieren.

Sie bestellten die berüchtigten Mini-Burger und Island Mules, und Abby versuchte, überallhin zu schauen, nur nicht auf die Szene vor sich. Die Männer schienen gute Freunde von Hunt zu sein. Sie lachten miteinander und amüsierten sich großartig. Er allerdings nicht, wie es aussah, denn er blickte immer noch so finster drein, auch wenn er zumindest nicht mehr sie ansah.

Nun, da Abby genauer hinsah – denn natürlich tat sie das doch, auch wenn sie sich ständig im Stillen ermahnte, woanders hinzuschauen –, erkannte sie die Leiterin von Club Kids, die für die Aktivitäten verantwortlich war, als eine der Frauen am Tisch. Abby hatte Kaylee und ihr Baby kennengelernt, als diese aus dem Mutterschaftsurlaub zurückgekehrt war.

»Also, ich habe über dein Problem nachgedacht«, unterbrach Maria ihre Grübeleien über Hunt. »Was, wenn du dir eine Mitbewohnerin suchst, um die Kosten zu senken?«

»Das habe ich doch vor ein paar Jahren schonmal versucht, als ich darüber nachdachte, den Abschluss nachzuholen. Hast du schonmal Vorstellungsgespräche mit Leuten in dieser Stadt gehabt, wenn es um ein Zimmer ging? Es war irre. Die eine Hälfte war high und die andere viel zu jung.«

»Abby, du bist selbst noch keine dreißig.«

»Das weiß ich auch, aber ich könnte ebenso gut fünfundvierzig sein. Ich stehe nicht auf Partys, nehme keine Drogen und muss mich um meinen Sohn kümmern. Auf gar keinen Fall kann ich irgendjemanden in mein Haus lassen, der auch nur im Entferntesten schräg drauf ist.«

Maria verzog den Mund. »Das schränkt die Auswahl ein, ja.« Sie wackelte nachdenklich mit dem Kopf. »Ich könnte natürlich bei mir ausziehen ...«

»Nein«, wehrte Abby sofort ab. »Du liebst dein Apartment. Und mit deiner Mitbewohnerin hast du das große Los gezogen.«

»Auch wieder wahr. Aber was willst du dann tun? Die Schwiegermama macht Druck. Jede Woche kommst du mit einer neuen Geschichte zur Arbeit, was sie sich jetzt schon wieder einfallen lassen hat.«

Abby ließ den Kopf in die Handflächen sinken. »Ich weiß es doch auch nicht.« Das Pochen in ihren Schläfen wurde stärker, als Maria Vivian erwähnte. Sie hob den Kopf, um die Kellnerin heranzuwinken, weil sie ein Glas Wasser brauchte. Da sah sie Hunt mit der Frau von seinem Schoß an ihrem Tisch vorbeigehen.

Er war ein Betreuer im Club Kids, und sie kannte ihn kaum. Er war gut zu ihrem Sohn, das auf jeden Fall, aber sonst? Das sollte sie gar nicht interessieren. Es ging sie wirklich überhaupt nichts an.

Maria beobachtete, wie sie Hunt nachstarrte. »Du weißt, wer er ist, oder?«

Abby trank von dem Wasser, das ihr die Kellnerin hingestellt hatte. »Einer der Typen, die wir im Club von Blue Casino getroffen haben.«

»Nein, ich meine, wer er *wirklich* ist. Er ist einer von den Cades, einer der reichsten Männer der Stadt. Vielleicht sogar des ganzen Staates.«

Abby schüttelte heftig den Kopf. »Was redest du denn da?«

»Hunt Cade. Der Typ, mit dem du im Club von Blue Casino geflirtet hast. Ihm und seinen Brüdern gehört der ganze Laden hier.«

»Hunt gehört Club Tahoe?« Abbys Stimme klang plötzlich viel zu hoch.

»Ich dachte, das hättest du schon damals gewusst, als wir ihn kennengelernt haben.«

Abby starrte Maria entnervt an. »Woher hätte ich das denn wissen sollen? Du hast mich mitgeschleppt, weil ich sonst nie ausgehe.«

Maria zog die Schultern ein. »Tut mir leid. Du hast recht. Du lebst seit Jahren viel zu isoliert. Na, jedenfalls«, fuhr sie mit einem Zwinkern fort, »ist er echt scharf und angeblich ein totaler Frauenheld.« Sie betrachtete Hunts Hintern, als er die Lounge mit der Frau verließ. »Davon würde ich mich gerne mal selbst überzeugen. Ehrlich gesagt hatte ich gedacht, du würdest auf ihn stehen. Hätte ich gewusst, dass du gar kein Interesse hast, hätte ich mich direkt an ihn rangemacht. Ich habe mich nur zurückgehalten, weil ich dachte, zwischen euch stimmt die Chemie.«

»Nee, keine Chemie.« Das war gelogen. Aber Abby würde

niemals zugeben, dass die Schmetterlinge jedes Mal verrücktspielten, wenn Hunt in der Nähe war.

Natürlich war Hunt ein Frauenheld. Ihr gegenüber hatte er sich allerdings nie wie einer verhalten – außer vielleicht an jenem ersten Abend. Seither war er immer nur aufmerksam und fürsorglich gewesen. Zu ihr und zu Noah. »Und ihm gehört echt das Resort?«

Maria nickte.

Das erklärte, wieso er auch nach der Arbeit hier abhing. Er war nicht bloß irgendein Betreuer oder Kindergartenleiter – was immer sie gedacht hatte, was seine Position wäre. Ihm war Club Tahoes Erfolg ein großes Anliegen. »Sind das seine Brüder?«

Maria warf einen Blick über die Schulter. »Ich glaube schon. Ich bin ihnen nie persönlich begegnet, aber sie sehen sich alle ähnlich, findest du nicht? Und sie sind ebenso scharf wie Hunt.« Sie machte einen Schmollmund. »Alle vergeben, soweit ich weiß. Alle außer Hunt. Bisher ist es keiner Frau gelungen, ihn länger als eine Woche an sich zu binden.« Großartig, und das war der Kerl, den Abbys Sohn so bewunderte.

»Hmm«, machte Maria jetzt.

»Was ist?«

»Hunt Cade, der große Aufreißer, ist gerade wieder hereingekommen. Allein.« Sie wackelte erneut mit den Augenbrauen. »Bist du sicher, dass da keine Chemie zwischen euch ist?«

KAPITEL 10

Hunts Brüder waren Idioten.
»Du bist nicht mit ihr nach Hause gegangen?« Das kam von Bran, dem Mönch. Jedenfalls war er das gewesen, bevor er Ireland begegnet war. Inzwischen wohl nicht mehr so mönchisch und enthaltsam.
»Was ist da los?« Wes blickte seine Frau Kaylee an. »Du arbeitest doch mit ihm. Ist Hunt krank?«
»Nicht, dass ich wüsste. Hat Hunt je eine Frau abblitzen lassen?«
»Niemals«, antworteten seine vier Brüder im Chor.
»Es reicht.« Hunt verdrehte die Augen. »Ich war nicht in der Stimmung.«
»Aber vor einer Stunde warst du das noch«, stellte Levi fest.
»Und wenn ich mich nicht irre, war das eine Frau, mit der ich dich schonmal gesehen habe. Es liegt daran, dass du sie schon hattest, nicht wahr?«
»Nein«, knurrte Hunt. Auch wenn er in Wahrheit sehr wohl versuchte, nicht mehr als einmal mit derselben Frau zu schlafen. Das hatte nichts damit zu tun, dass er ein Arsch war. Im Gegenteil.
Hunt wollte, dass die Frauen glücklich waren, wenn sie mit

ihm zusammen waren. Wenn er mehr als einmal mit einer Frau ausging, käme sie vielleicht auf die Idee, dass da mehr zwischen ihnen lief. Und das würde alles zunichtemachen, was er unternahm, damit sie sich wohlfühlte. Er zog es vor, nichts kaputtzumachen, indem er für Verwirrung sorgte. Obwohl er heute Abend in Betracht gezogen hatte, noch einmal mit Carrie anzubandeln. Was merkwürdig war.

Carrie war herübergekommen und hatte sich direkt auf seinen Schoß gesetzt, als er in der Lounge aufgetaucht war. Sie war intelligent und schön, und er hatte eine zweite Nacht mit ihr in Betracht gezogen, weil er schließlich auch nicht jünger wurde.

Er verbrachte zu viel Zeit mit Kindern und Familien; das schien abzufärben. Und er brauchte eine Ablenkung von einer bestimmten Mutter aus der Kinderbetreuung, die ihm nicht aus dem Kopf ging.

Carrie hatte sich ganz schön an ihn rangeschmissen, und es fiel ihm schwer, einer Dame etwas abzuschlagen. Das widerstrebte seinem Bedürfnis, sie zu beschützen und zufriedenzustellen. Normalerweise machte er sich rar, wenn er jemanden aus seiner Vergangenheit erspähte, aber Carrie hatte ihn überrumpelt, und sein Widerstand war dahingeschmolzen.

Bis Abby hereinspaziert war.

Was machte sie denn hier? Sie hatte doch gesagt, dass sie nie ausging. Aber nun saß sie am Nebentisch, mit derselben Freundin wie im Club von Blue Casino.

Soweit Hunt wusste, kam Abby nie in die Fireside Lounge. Es war eine seiner Stammbars, und er hatte sie hier noch nie zuvor gesehen. Aber ausgerechnet heute Abend, am ersten Abend, an dem Hunt in Betracht zog, von nun an auch mehr als eine Nacht mit einer Frau zu verbringen, da spazierte sie hier herein und ruinierte alles.

Er konnte sich nicht mehr konzentrieren. Jedenfalls nicht auf die schöne Frau auf seinem Schoß. Seine gesamte

Aufmerksamkeit wurde von der Frau am Nachbartisch beansprucht, deren Haare zu einem unordentlichen Dutt gebunden waren, aus dem sich immer wieder Strähnen lösten, die sie dann abwesend hinter die zierlichen, kleinen Ohren steckte.

Zierliche Ohren? Hunt fielen die Ohren einer Frau normalerweise nicht auf. Es war ihm egal, ob sie groß oder klein oder zierlich waren. Darauf kam es doch nicht an. Eine Frau war mehr als ihre Ohren. Aber an dieser Frau fiel ihm jede Einzelheit ins Auge. Wusste sie eigentlich, was sie mit ihm anstellte?

Wahrscheinlich nicht. Sie schien sich überhaupt nicht darüber bewusst zu sein, wie hübsch sie war. Abby zog sich nie so an, als wolle sie Aufmerksamkeit auf sich lenken, und dachte sicher, dass niemand ihre zierlichen Ohren bemerkte. Oder ihren knackigen, runden Hintern, dessen Backen sich perfekt in seine Handflächen schmiegen würden.

Hunt zog die Brauen zusammen. Er musste die ganze Zeit an Abby denken, und es ging ihm langsam gehörig auf den Zeiger. Sie war eine Mom. Er fing nie etwas mit Müttern an. Die brauchten mehr, als er ihnen bieten konnte, und er kannte seine Grenzen.

Aber irgendwie sprachen sein Verstand und sein Körper gerade unterschiedliche Sprachen. Denn bevor er sich versah, war er aufgestanden und ging hinüber zu Abby, ignorierte die geflüsterten Kommentare seiner Brüder in seinem Rücken, ebenso wie den logisch denkenden Teil seines Hirns, der ihm sagte, er solle verdammt nochmal auf seinem Hintern sitzenbleiben.

»Hallo«, begrüßte er Abby, bevor er ihrer Freundin zulächelte. »Was für ein Zufall, euch beide hier zu sehen.«

»Ist das auch ein Anmachspruch?«, fragte Abby.

»Das würde ich nicht wagen.« Er zog sich einen Stuhl hinzu und setzte sich an den Tisch.

»Ich bin übrigens Maria.« Ihre Freundin beugte sich vor

und spähte über seine Schulter hinweg. »Sind das Ihre Brüder?«

»Meiner Mutter zufolge ja«, brummelte er. Normalerweise machten ihm die neugierigen Fragen seiner Brüder nichts aus. Er hatte ja nichts zu verbergen. Aber heute Abend war das anders. Heute Abend nervten seine Brüder ihn extrem.

»Maria hat mir gerade erzählt, dass Ihnen Club Tahoe gehört.« Bei Abby klang das wie ein Vorwurf.

»Zum Teil, ja«, korrigierte er sie. »Es gehört meinen Brüdern und mir gemeinsam. Ist das ein Problem?«

Sie presste die weichen Lippen zusammen. »Sie hätten es mir sagen können.«

Hunt kratzte sich am Kopf. Was hatte er denn jetzt schon wieder falsch gemacht? »Ich habe es nicht erwähnt, weil die meisten Leute in der Stadt das sowieso wissen. Das Resort hat meinem Vater gehört.«

»Oh«, machte Maria mit mitfühlendem Blick. »Ich habe davon gehört. Mein Beileid.«

Hunt tippte mit dem Finger auf die Tischplatte und starrte in Abbys verwirrt dreinblickende Augen. »Mein Vater ist vor ein paar Jahren gestorben und hat mir und meinen Brüdern das Resort hinterlassen.«

»Tut mir leid, das zu hören«, erwiderte Abby.

Er zuckte die Achseln. »Es ist schon eine Weile her, und wir standen uns nicht wirklich nahe.«

Maria stand auf. »Ich glaube, ich werde mal«, sie machte eine Geste in Richtung der Bartheke, »nach dem Essen sehen.«

Maria ließ sie allein und ging zur Theke hinüber. Sie wollte ihnen beiden Raum geben, und er wusste nicht recht, was er davon halten sollte. Einerseits wollte er unbedingt Raum haben, um mit Abby allein zu sein, aber andererseits war er sicher, dass das keine gute Idee war. »Aber Sie können so gut mit Kindern umgehen ...« sagte sie.

Er hob eine Braue. »Und was soll das heißen?«

»Wenn Sie und Ihr Vater einander nicht nahestanden, wieso können Sie dann so gut mit Kindern umgehen?« Sie rang die Hände. »Ich meine ... ich wollte damit nicht sagen ...«

Er beschloss, sie zu retten. »Ich will nicht wie mein Vater sein. Kinder sind wichtig. Sie brauchen Aufmerksamkeit und Unterstützung.«

Sie schien überrascht und warf ihm dann einen kessen Blick zu. »Interessant, dass Sie das sagen. Wie ich höre, ist Ihre Philosophie, was Frauen betrifft, eine ganz andere. Es scheint, dass Sie auf romantische Beziehungen sogar allergisch reagieren.«

»Aua«, erwiderte er und zwang sich zu einem Lächeln. Es war das erste Mal, dass diese Art Kommentar ihm einen Stich versetzte, wenn jemand außer seinen Brüdern ihm so etwas sagte.

»Gut, dass ich nicht zugelassen habe, dass sich da irgendetwas entwickelt, als wir uns begegnet sind«, stellte sie fest.

Er zog die Brauen zusammen. Was sollte das denn bitte heißen? »Ich bin ein netter Kerl.«

Sie atmete schnaubend aus. »Ich bin sicher, dass Sie ein guter Mensch sind. Und Sie waren sehr lieb zu Noah. Aber nette Kerle binden sich an die Frauen, die ihnen etwas bedeuten.«

In seinem Kopf drehte sich alles. Wovon redete sie denn da? »Vielleicht ist mir die richtige Frau noch nicht begegnet?«

Sie winkte ab und nahm einen großen Schluck von ihrem Drink. Ein Mule, wenn er richtig sah. »Das sagen sie alle.«

Er war schon viele Male als Aufreißer oder Frauenheld bezeichnet worden. Aber aus irgendeinem Grund gefiel ihm diese Unterstellung aus ihrem Mund überhaupt nicht. »Ein Kerl hat Sie schlecht behandelt, und jetzt hassen Sie alle Männer?«

Sie bedachte ihm mit einem bösen Blick, der ihm das Gefühl vermittelte, dass seine Eier zusammenschrumpelten.

Verflucht. Er sollte sich besser vorsehen: Abbys böser Blick war furchteinflößend.

»Wieso nennt man Frauen gleich Männerhasserinnen, wenn sie Männer wegen ihres Verhaltens zur Rede stellen? Ich hasse Männer nicht. Ich habe einen Sohn, Herrgott nochmal. Aber Männern lassen wir alles durchgehen, während sich eine Frau für jede Kleinigkeit rechtfertigen muss.«

»Also hat jemand Sie scheiße behandelt.«

Sie seufzte, und ihr böser Blick wurde etwas weicher. »Trevor, Noahs Vater, war ein guter Kerl. Er hat mich nie betrogen. Aber er war verantwortungslos.«

»Er hat Sie nicht geheiratet, als Sie schwanger waren.«

Ihre Schultern versteiften sich. »Nein ... ja ... Es ging um mehr als das. Er glaubte, er hätte alle Zeit der Welt, um mich zu heiraten, ein Konto für uns einzurichten. Dann stellte sich raus, dass er sich da geirrt hatte.«

Hunt konnte es sich vorstellen. Die Frau arbeitete so hart, um für Noah zu sorgen. Gar nicht zu reden von den Dingen, die sie ihm über Noahs Großeltern erzählt hatte. Noahs Vater hatte nicht an die Zukunft gedacht.

Die Leute hielten Hunt wahrscheinlich auch für verantwortungslos, aber da irrten sie sich. Wenn Hunt ein Kind hätte, würde er sich um seinen Sohn kümmern, für ihn sorgen. Er würde nichts dem Zufall überlassen, so wie Noahs Vater das getan hatte. »Geben Sie nicht allen Männern die Schuld für die Fehler, die einer von ihnen gemacht hat.«

Sie verdrehte die Augen. »Ich denke doch gar nicht über Männer nach, geschweige denn, dass ich die Zeit hätte, irgendwelchen Männern, die ich kaum kenne, irgendwelche Schuld zuzuschieben.«

»Sind Sie da ganz sicher?«

Ihr Blick huschte zur Theke, wo Maria sich mit einem ganz ansehnlichen Typen unterhielt. »Ich sollte mich auf den Weg machen. Noahs Großeltern haben mich mal wieder auf die letzte Minute versetzt, und ich musste eine neue Babysitterin finden. Ich will mich vergewissern, dass er gut eingeschlafen ist.« Es war noch früh, jedenfalls nach seiner Uhr. Auch ein Grund, wieso er Mütter mied. Sie hatten Pflichten, für die er nicht bereit war. Er würde ein guter Dad sein, wenn die Zeit gekommen war, aber jetzt? Das konnte er sich absolut nicht vorstellen.

Hunt hob das Kinn. »Sie haben ja noch nicht einmal Ihr Essen gegessen.«

Abby warf erneut einen Blick zur Theke, wo das Essen vor Maria stand. »Ich nehme es mit nach Hause.« Sie erhob sich, und er tat es ihr nach. Sie rang die Hände. »Hunt, ich weiß es wirklich zu schätzen, wie lieb Sie zu Noah sind und sich um ihn kümmern, aber es wäre mir lieber, wenn Sie keine zu enge Bindung aufbauen würden.«

Was zum Teufel? »Noah ist ein lieber Junge und besucht die Betreuung jetzt schon eine ganze Weile. Ist doch nur natürlich, dass ich ihn besser kenne als die anderen Kinder, aber ich behandle ihn wie alle anderen.« Sie warf ihm einen wissenden Blick zu.

»Naja, so ziemlich.«

»Wenn es ja egal ist, dann will ich nicht, dass er sich zu sehr an Sie hängt«, erklärte sie. »Es würde ihm wehtun, wenn Sie plötzlich nicht mehr für ihn da wären.«

Er kam einen Schritt näher und spürte die elektrische Spannung, die sich auflud, wenn er entflammte. Die Funken flogen geradezu zwischen ihren Körpern, wie sie es auch im Blue Casino getan hatten – und überhaupt jedes Mal, wenn er dieser Frau nahe genug stand. Er hatte nichts dergleichen empfunden, als sich Carrie praktisch auf seinem Schoß gerekelt hatte. Aber Abby stand fast einen halben Meter von ihm entfernt, und er wollte die elektrische Spannung durchbrechen und sie an seine Brust ziehen. »Wo kommt das denn auf einmal her? Ich gehe doch nirgendwohin.«

Sie schob sich die hartnäckige Strähne erneut hinter das Ohr. »Vielleicht nicht. Das weiß ich nicht. Aber nun, da ich von Ihrem Ruf weiß, halte ich es für das Beste.«

Jetzt wurde er zornig. »Für wen? Für Noah? Oder das Beste für Sie?«

Sie schluckte, und ihre Augen weiteten sich. »Ich gehe jetzt besser«, sagte sie und ging um den Tisch herum zu Maria hinüber.

Hunt atmete langsam aus. Noch nie in seinem Leben war er so wütend auf eine Frau gewesen. Nicht einmal auf Lisa. Abby verurteilte ihn, bevor er etwas falsch gemacht hatte, und versuchte, ihn davon abzuhalten, sich allzu gut mit Noah zu verstehen. Das war einfach nicht richtig.

Abstand von Noah und Abby zu nehmen ... Der Gedanke gefiel ihm nicht. Ganz und gar nicht.

Er versuchte, alle Frauen glücklich zu machen, und nun hatte er erreicht, dass er die einzige Frau verschreckte, der er wirklich näherkommen wollte.

KAPITEL 11

»Wo ist er?« Abby suchte das Haus ab und rief den Namen ihres Sohnes, schaute unter Tischen und Betten nach, in dem verzweifelten Versuch, Noah zu finden.

Die Babysitterin blickte sich verwirrt um. »Ich bin eingeschlafen«, erklärte sie überflüssigerweise.

Abby war von der Fireside Lounge zurückgekommen und hatte die junge Frau schlafend auf der Couch vorgefunden. Das Mädchen lag im Tiefschlaf und wachte auch nicht auf, als Abby zur Tür hereinkam. Es war schon nach elf, und sie konnte es der Babysitterin nicht verdenken, dass sie weggedöst war. Aber als sie nach Noah sehen wollte, lag der nicht in seinem Bett. Und das hatte ihr einen Wahnsinnsschrecken eingejagt.

Abbys Herz raste, und die Panik schnürte ihr den Brustkorb enger. »Wo ist mein Sohn?«

Das junge Mädchen hatte die Augen so weit aufgerissen, dass es aussah, als würden sie ihr gleich aus dem Kopf fallen. »Ich habe ihn schon vor Stunden ins Bett gebracht. Es war alles in Ordnung mit ihm, ich schwör's.«

Abby sank auf die Couch, hielt sich mit beiden Händen den Kopf und schaukelte hilflos vor und zurück. »Oh mein Gott, oh mein Gott.« Sie musste die Polizei rufen. Sie musste die Nachbarschaft absuchen. Noch einmal das ganze Haus durchkämmen.

Sie stand auf und wirbelte abrupt herum. Sie hatte das Haus bereits durchsucht. Draußen ... Sie würde draußen alles absuchen und die Polizei rufen.

Abby schnappte sich die Taschenlampe aus der Krimskrams-Schublade und rannte zur Tür. In Tahoe gab es Bären und andere wilde Tiere, die in den Bergen lebten. Sie musste Noah finden. Jetzt, sofort ...

»Ihr Telefon klingelt«, sagte die Babysitterin, und Abby ignorierte sie.

Sie presste ihre Finger gegen die Schläfen. »Nimm dir eine Lampe und hilf mir suchen.«

Das Mädchen holte eine weitere Taschenlampe aus derselben Schublade. Sie hielt inne und nahm Abbys Telefon in die Hand. »Es klingelt immer noch. Vielleicht ist das Noah.«

»Noah hat doch kein Telefon.«

»Aber ...«

Endlich warf Abby einen Blick auf das Display, das die Nummer des Anrufers anzeigte. Es war Vivian.

Wenn sie nicht ranging, würde Vivian Fragen stellen und Abby unterstellen, dass sie nicht zu Hause war. Sie würde das Schlimmste annehmen, wenn Abby das Telefon nicht abnahm. Sie drückte die Taste und öffnete gleichzeitig die Haustür, rannte bereits die Stufen hinab. »Ich kann jetzt nicht reden, Vivian.«

»Vermisst du etwas?«

Abby erstarrte. »Was?«

»Ich habe vorhin bei dir vorbeigeschaut, um nach Noah zu sehen, und diese Babysitterin, die du angeheuert hast, war so tief im Drogenrausch, dass sie nicht einmal aufgewacht ist. Ich habe meinen Enkel in Sicherheit gebracht.«

»Du hast *was*?« Abby fuhr herum und fasste sich an den Kopf. Was stimmte denn nicht mit dieser Frau?

»Dazu hattest du kein Recht!«, rief Abby. »Hast du auch nur die leiseste Ahnung, wie verängstigt ich war, als ich nach Hause kam und Noah nicht da war?«

Vivian ignorierte die Frage. »Du kannst ja nur mit Ach und Krach eine Arbeitsstelle behalten, und jetzt holst du dir Süchtige ins Haus, die auf meinen lieben Enkelsohn aufpassen sollen. Ich kann das nicht länger zulassen.« Vivian legte auf.

Abby starrte das Telefon an. Was sollte das wieder heißen?

Sie wandte sich an die Babysitterin. »Wieso bist du nicht aufgewacht, als ich nach Hause kam?«

Das Mädchen sah entgeistert aus. »Meine Mom sagt immer, ich schlafe wie eine Tote. Ich habe Sie nicht gehört. Es tut mir so leid. Geht es Noah gut?«

»Seine Großmutter ist hier hereinspaziert, während du geschlafen hast, und hat ihn mitgenommen, ohne dass du etwas mitbekommen hast. Was, wenn es eine Fremde gewesen wäre?«

»Aber die Tür war doch abgeschlossen. Darauf habe ich extra geachtet, als Sie gegangen sind.«

Abby trat ins Haus zurück und warf die Lampe wieder in die Schublade. »Vivian hat einen Schlüssel.«

Sie kniff die Augen ganz fest zusammen. Nachdem Trevor gestorben und sie in eine kleinere Bleibe gezogen war, hatte sie Vivian blöderweise einen Schlüssel gegeben, weil sie dachte, das wäre sinnvoll. Zu jenem Zeitpunkt wäre sie nicht darauf gekommen, dass Vivian ihn dazu benutzen würde, ihr zu schaden.

Die Babysitterin verlegte nervös das Gewicht von einem Bein aufs andere. »Sie brauchen mich nicht zu bezahlen. Es ist meine Schuld.«

»Nimmst du Drogen?«, fragte Abby. Sie musste wissen, ob Vivians Anschuldigungen womöglich wahr waren, auch wenn sie das bezweifelte. Das Mädchen war eine Musterschülerin im Teenager-Alter, die Tochter eines der Ärzte, mit denen sie arbeitete.

»Nein! Noch nie. Ich schlafe wirklich wie ein Stein. Fragen Sie meine Mom.« Abby zog ein paar Scheine aus ihrem Portemonnaie und reichte sie der Babysitterin. »Es ist nicht deine Schuld. Du hast die Tür abgeschlossen. Noahs Großmutter hätte dich wecken müssen, als sie hereingekommen ist.«

Das Mädchen nahm seine Handtasche und ging zur Tür. »Es tut mir so leid«, wiederholte sie und ging.

Abby sank erneut auf die Couch und bedeckte das Gesicht mit den Händen. Vivian war seit Jahren auf der Suche nach Munition, um ihr Noah wegzunehmen, und der heutige Abend war vernichtend. Wie hatte Abby bloß glauben können, dass sie mit jemandem wie Vivian in ihrem Nacken neben der Arbeit auch noch ein Privatleben haben könnte?

Die Tränen liefen ihr über die Wangen. Abby war erleichtert, dass ihrem Sohn nichts fehlte, aber sie war auch von eiskalter Furcht erfüllt bei dem Gedanken, wie weit Vivian zu gehen bereit war.

Noah war heute nicht im Club Kids aufgetaucht, und Hunt hatte von Kaylee erfahren, dass es einen familiären Notfall gegeben hatte.

Was für einen Notfall? War tatsächlich etwas passiert, oder versuchte Abby, Abstand zu ihm zu gewinnen?

Er ging auf dem Bootssteg auf und ab und kam schließlich zu einem Entschluss.

Das war doch lächerlich. Hunt würde Noah niemals wehtun. Wenn Abby nicht dieselbe Anziehung verspürte, die er für sie empfand, würde er sich zurücknehmen, kein Problem. Bisher hatte er sich doch auch zurückgehalten und sie nicht mehr bedrängt, seit sie ihm am ersten Abend gesagt hatte, dass sie kein Interesse hätte. Sie hatte keinen Grund, irgendetwas von ihm zu befürchten, und das würde er ihr klarmachen.

Hunt bat Bran, den Bootsausflug zu übernehmen, der für zwölf Uhr mittags angesetzt war – was Bran zwar mit einem Grummeln quittierte, aber dennoch versprach –, und dann eilte er hinüber ins Spielzimmer von Club Kids.

Abby hatte ihn gebeten, ihr fernzubleiben, aber das konnte er nicht. Er konnte doch nicht tatenlos zusehen, wie Noah und Abby zu kämpfen hatten, wenn er über die Möglichkeiten verfügte, ihnen zu helfen. Und das Mindeste, was er tun konnte, war, ein Freund zu sein.

»Noah hat seine Wasserflasche vergessen«, erklärte er Kaylee. »Ich werde bei ihm zu Hause vorbeischauen, wenn ich eh unterwegs bin, um ein paar Erledigungen zu machen.« Das war keine Lüge. Noah hatte seine Wasserflasche wirklich liegengelassen. Nicht, dass er routinemäßig Hausbesuche machte, um Dinge abzuliefern, die irgendein Kind vergessen hatte.

Kaylee kniff die Augen zusammen, und Harlow lehnte sich in den Armen ihrer Mutter vor, um nach Hunt zu greifen. Er lächelte seine Nichte an und küsste die kleine Hand. »Die kann Noah doch wieder mitnehmen, wenn er morgen herkommt«, sagte Kaylee. »Dafür brauchst du nicht extra hinzufahren.«

»Ist doch keine große Sache. Ich muss sowieso in diese Richtung.«

»Hunt.« Kaylee bedachte ihn mit einem wissenden Blick. »Was soll das werden? Ich habe gesehen, wie du Abby gestern Abend beobachtet hast. Da steckt doch mehr dahinter als Unterstützung für Noah.«

»Sie ist eine nette Frau und sie braucht unsere Unterstützung. Wenn ich schon unterwegs bin, ist es mir ein Leichtes, kurz vorbeizuschauen.«

Kaylee verzog den Mund. »Na schön, aber ich schreibe ihr

eine SMS und lasse sie wissen, dass jemand vom Club Noahs Flasche vorbeibringt. Ich will nicht, dass du da unangekündigt auftauchst.«

»Gute Idee.« Er küsste Harlow rasch auf die weiche Wange. »Bis später.«

»Hunt«, versuchte Kaylee es noch einmal, als er schon losmarschieren wollte. »Sei vorsichtig. Sie ist eine gestresste Mutter. Bitte mach ihr das Leben nicht noch schwerer.«

»Wieso sollte ich irgendwas schwerer machen?«

»Weil du Hunt bist? Der Liebhaber der Frauen der ganzen Welt.«

»Genau.« Er grinste. »Ich verteile Liebe, keinen Zwist.«

Kaylee seufzte. »Bitte fang' nichts mit einer unserer Kundinnen an. Der Club zieht gerade erst wieder richtig an, seit du und deine Brüder ihn leiten. Ruiniere das nicht für deine Familie.«

»Hast du denn gar kein Vertrauen?« Er schüttelte den Kopf und ließ sich nicht anmerken, dass der Kommentar ihm einen Stich versetzte. Seine Familie glaubte nicht an ihn. Traute ihm nichts zu. Die hielten ihn für einen leichtsinnigen Arsch.

Er war nicht leichtsinnig. Ein Arsch? Na gut, manchmal schon. Wenn er mit seinen Brüdern aneinandergeriet. Aber wenn es darum ging, seinen Mann zu stehen, dann war er zur Stelle. Er hatte in letzter Zeit nur kaum Gelegenheit gehabt, das zu beweisen. In den letzten zehn Jahren oder so, wenn man es genau nahm.

Aber etwas sagte ihm, wenn es Menschen gab, für die er seinen Mann stehen sollte, dann waren das Noah und Abby.

KAPITEL 12

Hunt verglich die Adresse, die er im Computer der Kinderbetreuung nachgeschaut hatte, und starrte dann wieder das kleine Häuschen an, das zwischen zwei Wohnblocks stand. Es handelte sich um eine der schäbigeren Ecken der Stadt, wo die Mieter häufig wechselten, unweit der Casinos.

Er stieg aus seinem Range Rover aus und steckte sich die Wasserflasche in die hintere Jeanstasche. Draußen war es eher ruhig, und zwischen den Häusern standen Kiefern, aber meine Güte, ihre Bude war echt winzig. Keine Garage oder ein Carport, nur ein viereckiges Gebäude, das kaum mehr als ein Schlafzimmer beherbergen konnte, mit einem Dach, das nach vorn geneigt war, und abblätternder Außenfarbe.

Hunt joggte die Stufen hinauf. Auf der obersten stand ein Plastik-Blumentopf, in dem bunte, rote und lilafarbene Blumen wuchsen. Sollte der die unzureichende Hütte fröhlicher wirken lassen?

Er klopfte an die Tür und wartete. Er wollte schon ein zweites Mal klopfen, als die Tür ganz langsam geöffnet wurde.

Abby spähte heraus, dunkle Ringe unter den Augen, das

lange, wellige Haar hing leblos um ihre Schultern. Zur Abwechslung trug sie keine Klinik-Kleidung, sondern ein locker sitzendes T-Shirt und eine Jeans. »Hunt?«

»Hi. Haben Sie die Nachricht von Kaylee bekommen?«

»Nachricht?« Abby wirkte verstört. Sie öffnete die Tür ein Stück weiter und drehte sich um.

Hunt zögerte einen Moment und trat dann hinter ihr ein. Sie wanderte zu den Schränken ihrer kleinen Küchenzeile und nahm ihr Telefon in die Hand. »Ich habe meine Nachrichten in der letzten Stunde nicht gelesen.« Sie wischte sich durch mehrere Apps. »Sie hätten doch nicht extra bis hierher kommen müssen wegen Noahs Flasche.« Ihre Stimme knickte bei der Erwähnung von Noahs Namen ab, und Hunt zog die Brauen zusammen.

»Ist alles in Ordnung?«, fragte er.

Ganz offensichtlich nicht. Ihr Blick war glasig, die Augen gerötet, als hätte sie viel geweint. Aber deswegen war er ja hergekommen. Er hatte sich Sorgen gemacht, als Noah nicht aufgetaucht war.

Noah war häufig der erste, der morgens im Club ankam, und der letzte, der wieder ging. In der gesamten Zeit, die er nun schon bei Club Kids war, hatte Hunt den Jungen nicht ein einziges Mal krank gesehen. Irgendetwas stimmte nicht. »Wo ist Noah?«

Abby schloss die Augen ganz fest, und dann brach der Damm. Sie schlug die Hände vors Gesicht, und ihre Schultern zuckten heftig. Sie ging zur Couch hinüber und ließ sich darauf sinken. »Weg.«

Hunt setzte sich mit angespanntem Gesicht neben sie. »Wohin denn?« Sie wollte ihm ihr Gesicht nicht zeigen, aber Hunt zog sachte die Hände weg, um ihr in die Augen sehen zu können. »Was ist geschehen?«

Abby wischte sich die Tränen von den Wangen. »Am Samstagabend ist Noahs Großmutter hier gewesen, während ich in der Fireside Lounge war. Sie hat ihn mitgenommen.«

»Mitgenommen? Aber wohin denn?«

Sie starrte auf den Fußboden. »Vivian, Noahs Großmutter, hat die Jugendfürsorge angerufen und behauptet, ich wäre feiern gegangen und hätte meinen Sohn mit unzureichender Betreuung zurückgelassen.«

»Wie bitte?«, brachte Hunt zornig hervor.

Sie biss sich auf die Lippe. »Vivian hat einen Schlüssel. Sie kam vorbei, als die Babysitterin eingeschlafen war, und hat Noah mitgenommen. Dann hat sie das Jugendamt angerufen und denen gesagt, dass ich mein Kind von einer Drogenabhängigen beaufsichtigen lasse. Das ist nicht das erste Mal, dass sie dort angerufen hat, wenn sie dachte, sie hätte etwas gegen mich in der Hand. Und jetzt gibt es eine offizielle Untersuchung. Ich kann Noah nicht von Vivian zurückholen, bis ich deren Verfahren durchlaufen habe und beweise, dass ich ihn nicht gefährde.«

Hunt fuhr sich nervös mit der Hand durchs Haar. »Was ist da los mit der Großmutter?«

»Sie ist besessen von dem Wunsch, das Sorgerecht für Noah zu bekommen. Sie wird niemals aufhören.« Abby verzog schmerzerfüllt das Gesicht. »Ich weiß nicht, was ich tun soll. Ich habe versucht, perfekt zu sein. Für meinen Sohn zu sorgen. Aber gegen Trevors Eltern komme ich nicht an. Sie haben zu viel Geld. Zu viele Ressourcen.«

Was für Großeltern würden einer Mutter das Kind wegnehmen? Einer guten Mutter, wohlgemerkt, keiner gleichgültigen, die sich keinerlei Mühe gab.

Abby blickte ihn eindringlich an. »Ich muss ihn zurückholen.«

»Das wirst du. Du bekommst ihn wieder.« Hunts Verstand arbeitete bereits, ging die Möglichkeiten durch und bemerkte dabei gar nicht, dass er zum du übergegangen war.

Es klopfte an der Tür, und Abby zuckte heftig zusammen.

»Erwartest du jemanden?«, fragte Hunt.

»Nein. Dich habe ich doch auch nicht erwartet.«

Sie erhob sich und ging zur Tür, öffnete sie nur zögerlich, so wie sie es auch bei ihm gemacht hatte. »Vivian?«

Die Großmutter? Hunt erhob sich ebenfalls, während sein Beschützerinstinkt schon Amok laufen wollte. *Ruhig bleiben,* ermahnte er sich.

»Hallo, Abby.« Vivian sah an Abby vorbei und erblickte Hunt. Ihre Augen verengten sich zu Schlitzen. »Wie ich sehe, hast du Besuch.« Ihr Tonfall war höhnisch.

Na warte. Hunt trat hinzu und stellte sich neben Abby.

»Kann ich reinkommen?«, fragte Vivian.

»Wie geht es Noah?«, wollte Abby wissen, während sie die Tür weiter aufmachte, um die Großmutter des Jungen hereinzulassen.

»Er blüht auf. Er liebt es, Zeit mit mir und seinem Opa zu verbringen.«

»Was hast du ihm gesagt?«, hakte Abby nach. »Wieso er bei dir ist?«

»Keine Sorge«, erwiderte Vivian. »Ich habe nichts von deiner Unfähigkeit, auf ihn aufzupassen, erwähnt. Noch nicht.«

Abby ballte die Fäuste. »Vivian, bitte tu das nicht. Ich liebe meinen Sohn. Ich will doch nichts weiter, als mich gut um ihn zu kümmern und ihn auf eine Art und Weise großzuziehen, die Trevor stolz machen würde.«

Vivian sah wieder an ihr vorbei und starrte Hunt an. »Wie soll das denn gehen, wenn du dauernd unterwegs bist und dich mit Männern herumtreibst? Ich bin sicher, dass Trevor das gar nicht gefallen würde.«

»Ich gehe doch fast nie aus.«

»Das muss sie auch gar nicht«, mischte Hunt sich ein.

Abby warf ihm einen erschöpften Blick zu.

Sie brauchte ihn. Und er würde ihr jetzt zur Seite stehen.
»Ach?«, machte Vivian. »Und wer sind Sie?«
Abby wollte für ihn antworten, aber Hunt war schneller.
»Ihr Verlobter.«

KAPITEL 13

Abbys Blick huschte zu ihm, ihre Augen riesengroß. »Verlobter?«, wiederholte Vivian und blickte dann Abby an. »Meine Güte, du warst wirklich emsig.«

Abby rieb sich über das Gesicht. »Es ist nicht ...«

»Warum sind Sie hergekommen?«, ging Hunt dazwischen.

Vivian grinste höhnisch, brachte aber dann ihren Gesichtsausdruck wieder unter Kontrolle. »Um die Lieblingsdecke meines Enkelsohns zu holen. Ohne die scheint er Schwierigkeiten mit dem Einschlafen zu haben.«

Abbys Rücken versteifte sich. »Es geht ihm also nicht gut? Du hast gesagt, es wäre alles in Ordnung mit ihm.«

Vivian winkte ab. »Es geht ihm gut. Es fällt ihm nur ein bisschen schwer, abends zur Ruhe zu kommen.«

Abby fing an, aufgebracht auf und ab zu gehen.

Hunt legte ihr eine Hand auf den Arm und zog sie ein Stück beiseite. »Hol' seine Decke und dann sag' ihr, sie soll gehen«, flüsterte er.

»Was soll das denn, dass du ihr sagst, du bist mein Verlobter?«, gab sie zurück. »Du hast ja keine Ahnung, was du gerade angerichtet hast. Vivian wird das gegen mich verwenden.«

»Soll sie es nur versuchen.«

»Hunt«, wisperte sie und stöhnte.
Er legte ihr die Hände auf ihre schmalen Schultern. Sie war nicht klein, aber doch viel kleiner als er. »Hör mir zu. Ich werde nicht zulassen, dass diese Frau dir Noah wegnimmt. Wirst du mir vertrauen?«

»Ich kenne dich ja kaum«, flüsterte sie tonlos.

»Aber ich kenne Noah. Und du weißt, dass ich alles tun würde, um ihn in guter Obhut zu wissen.«

Sie hielt inne. Eine lange Pause entstand, während sie in seine Augen blickte. Dann nickte sie.

Und was für eine Wahl hatte Abby denn auch? Noahs Großeltern fuhren schwere Geschütze auf, um ihr das Sorgerecht zu entziehen. Abby brauchte Unterstützung. Und er konnte sie ihr geben. »Hol' Noahs Sachen. Ich behalte die Oma im Blick.«

Abby verdrehte die Augen. »Sie raubt sicher nicht mein Haus aus.«

»Nein.« Er sah sich in Richtung Haustür um, wo Vivian immer noch stand. »Aber sie ist gerissen. Ich traue ihr nicht. Du etwa?«

»Guter Punkt. Sag' einfach nichts, was die Situation noch schlimmer machen könnte.«

Er grinste. »Würde ich sowas tun?«

»Ja.«

»Du hast gesagt, du vertraust mir.«

»Aber nur, weil ich verzweifelt bin«, erwiderte sie.

»Damit kann ich leben. Auf alle Fälle stehe ich hinter dir.« Er gab ihr einen leichten Stups in Richtung Flur. »Beeil' dich.«

Sobald Abby durch eine der drei Türen, die vom Flur abgingen, verschwunden war, machte Vivian ein paar Schritte auf Hunt zu. »Verlobter, sagten Sie? Wie lange geht das denn bitte schon?«

»Es ist noch frisch.« Das war die Wahrheit. »Aber ich kenne

Ihren Enkel seit über einem Jahr und ich habe vor, für ihn und seine Mutter zu sorgen.«

Vivian lachte leise. »Sie verliert das Sorgerecht für ihren Sohn, falls Sie davon noch nicht gehört haben. Sie hat doch keine Ahnung, wie sie sich angemessen um mein Enkelkind kümmern soll.«

Hunt bezweifelte, dass Abby das Sorgerecht verlieren würde, und er wusste ganz genau, dass Abby sich äußerst gut um den Kleinen kümmerte.

Sein Blutdruck stieg, und er atmete tief ein, um sich zu beruhigen. Es würde nichts bringen, sich mit dieser Frau in die Haare zu kriegen. Nicht jetzt. Er musste die Sache richtig angehen, um Abbys und Noahs Willen.

Abby kam mit einer Decke und einigen anderen Sachen zurück. Sie reichte alles achtsam an Vivian weiter. »Sagst du Noah bitte, dass ich ihn heute Abend anrufe?«

Vivian schürzte die Lippen. »Wenn du meinst, dass das notwendig ist.«

»Sie ist seine Mutter«, stellte Hunt klar. »Es ist notwendig.«

Vivian betrachtete ihn. »Ich bin nicht sicher, ob die Jugendfürsorge das auch so sieht.«

Hunt öffnete die Tür und trat beiseite, damit Vivian das Haus verlassen konnte. »Wegen der falschen Anschuldigungen, die Sie gegen meine Verlobte erhoben haben, werden Sie von unserem Anwalt hören.«

Vivian öffnete ungläubig den Mund, aber dann verhärteten sich ihre Züge. »Das werden wir ja sehen.« Sie trat nach draußen und eilte dann rasch zu einem brandneuen Lexus, der an der Straße parkte.

Hunt schloss die Tür und atmete tief aus.

Abby boxte ihn in die Schulter. »Was tust du denn?«

Er rieb sich den Oberarm. »Noah zurückbekommen?«

»Indem du seine Großmutter belügst? Glaubst du nicht,

dass sie herausfinden wird, dass wir nicht wirklich heiraten wollen?«

Hunt ging zur Couch hinüber und setzte sich hin. »Hör dir erst mal an, was ich zu sagen habe.«

Sie folgte ihm und setzte sich ebenfalls, ließ aber einen guten halben Meter Abstand zwischen ihnen. »Ich brauche nicht noch mehr Ärger, Hunt.«

»Aber was ist, wenn das keinen Ärger bedeutet? Wenn wir heiraten, hast du meinen Namen und meinen Einfluss in dieser Stadt im Rücken und stehst ganz anders da.«

»Hast du den Verstand verloren? Ich verstehe ja das Posieren als mein Verlobter, damit Vivian abhaut, aber eine richtige Ehe? Das bringt mir doch nicht meinen Sohn zurück. Nicht, wenn Vivian herausfindet, dass wir lügen. Und du hast doch bereits zugegeben, dass du immer nur lockere Beziehungen mit Frauen hattest.«

Verdammt, das war ein berechtigter Einwand. »Selbst Frauenhelden kommen irgendwann zur Ruhe.«

»Willst du mir jetzt ernsthaft erzählen, dass du mich heiraten willst, um mir wegen Noah zu helfen?«

»Ja.« Und wegen ihr selbst. Er fühlte sich zu ihr hingezogen, und verheiratet zu sein, klang gar nicht so abwegig, wenn er es sich mit Abby vorstellte.

Sie starrte ihn so lange an, dass es ihm vorkam, als würden zwanzig Minuten vergehen, aber wahrscheinlich waren es eher zwei. »Ich muss darüber nachdenken.«

»Denk' lieber schnell. Ich will einen Anwalt beauftragen, und wenn wir verlobt sind, ergibt meine Einmischung in Sorgerechtsfragen weitaus mehr Sinn.«

Abby rieb sich die Stirn. »Ich kann mir keinen Anwalt leisten.«

»Mag sein, aber ich kann es.«

Sie schloss die Augen. »Was in Gottes Namen hast du denn davon?«

»Oberflächlich betrachtet nichts, abgesehen davon, dass ich einer Mutter und ihrem Kind helfe, weil sie mir etwas bedeuten.«

»Ich? Ich bedeute dir etwas?«

Er nickte. Er war nicht sicher, woran es lag – vielleicht ein bisschen an allem –, aber Hunt fühlte sich auf eine Art zu ihr hingezogen, die er noch nie bei einer anderen Frau erlebt hatte. Er hatte nicht vorgehabt, so weit zu gehen, um ihr und Noah beizustehen, aber nachdem er der Teufelin Vivian begegnet war, wusste er ohne Zweifel, dass sie ihn brauchten. Was die Großmutter tat, war falsch, und Hunt hatte die Möglichkeiten, es zu unterbinden.

»Wir können uns darauf einigen, dass die Ehe nur auf dem Papier besteht.« Hunt wünschte sich mehr von Abby, aber er würde sie nie zu irgendetwas drängen. Wenn die Dinge allerdings von sich aus ins Rollen kämen ... wer war er denn, sich gegen die Natur aufzulehnen?

»Was geschieht, wenn du mit anderen Frauen ausgehst?«

Er zuckte die Achseln. »Das werde ich nicht.«

Sie sah ihn an, als wäre er irre. »Du willst die Frauen aufgeben, einen Anwalt bezahlen und mich heiraten, nur um mir zu helfen?«

Er wollte nicht so genau darüber nachdenken, wie weit er zu gehen bereit war, um Abby und Noah zu beschützen, denn er konnte es ja selbst nicht erklären. »Ja. Bis du deinen Sohn wiederhast und das Sorgerecht sicher bei dir bleibt. Ich werde außerdem dafür sorgen, dass du und Noah gut versorgt seid. Meine Brüder und ich haben Geld von unserem Vater geerbt. Ich hatte schon länger vor, etwas damit zu bewirken.«

Sie lachte und schüttelte ungläubig den Kopf. »Du hast also zu viel Geld, und das ist es, was du damit anfangen willst?«

Es hörte sich wirklich verrückt an, aber wenn er sich selbst das Bedürfnis, Abby zu helfen, nicht erklären konnte, dann konnte er es ihr umso weniger plausibel machen. »Pass auf, ich habe genug auf dem Konto, um dir und Noah zu helfen, und mindestens einem Dutzend weiterer Familien. Wir können einen Ehevertrag aufsetzen, wenn du dich dann besser damit fühlst.«

»Außer, dass wir nicht im selben Bett schlafen oder die Ehe vollziehen werden.«

Hunt machte ein ersticktes Geräusch. Um die Wahrheit zu sagen, würde er die Ehe nur allzu gern vollziehen. Scheiße, er würde auch die Verlobung gern vollziehen. Aber es war ihm wichtiger, dass Abby und Noah ihre Probleme loswurden. »Richtig. Wenn es das ist, was du willst.«

Sie kniff die Augen zusammen. »Das ist aber nicht bloß eine merkwürdige Methode, mich ins Bett zu kriegen, oder?«

Er grinste großspurig. »Ich musste noch nie eine Frau heiraten, um sie ins Bett zu bekommen.«

Sie biss sich auf die Lippe. »Das ist wahrscheinlich wahr. Ich muss dennoch darüber nachdenken. Du kannst nicht von mir erwarten, dass ich diesem Plan umgehend zustimme. Er ist völlig verrückt, das weißt du doch?«

Wieder zuckte er die Achseln. »Für mich ergibt es Sinn, aber klar, lass dir Zeit.« Er erhob sich und ging zur Tür. »Aber du sollst wissen, sobald du mir grünes Licht gibst, werde ich den besten Anwalt für Familienrecht in der Stadt beauftragen. Ich will Noah aus den Fängen dieser Frau holen.«

Abbys Brustkorb erzitterte, und die Tränen quollen aus ihren Augen. Sie nickte. »Danke. Für heute. Und für all deine Ideen, wie du mir helfen kannst.«

Ideen? Er war fest entschlossen. Er musste nur noch Abby überzeugen.

KAPITEL 14

Maria verschluckte sich an ihrem Weißwein. »Er will was?«

»Nicht so laut.« Abby schaute sich rasch um. Noah saß vor Marias Computer und spielte ein Spiel. »Hunt hat mich gebeten, ihn zu heiraten«, wiederholte sie leise.

Marias Blick huschte zu ihrem Ringfinger.

»Nein, nicht so«, erklärte Abby. »Es wäre nicht echt. Es wäre nur eine Ehe auf dem Papier. Um aller Welt zu zeigen, dass meine Lebenssituation gefestigt ist, und so hoffentlich zu erreichen, dass Vivian mir nicht länger im Nacken sitzt.«

»Eine Scheinehe«, stellte Maria fest.

»Ja.« Und das klang sowas von falsch. Zog Abby das wirklich ernsthaft in Betracht?

»Weiß die böse Schwiegermutter, dass du diesen Kerl heiratest?«, wollte Maria wissen.

Abby wand sich. »Ich habe bisher nicht zugestimmt, ihn zu heiraten, und das ist der schwierige Teil. Er hat sich ihr als mein Verlobter vorgestellt. Er wollte mir nur helfen, aber jetzt stecke ich in der Klemme. Ich weiß nicht, wieso er sich angeboten hat oder wieso er so weit gehen würde, um mir und Noah zur Seite zu stehen.«

Maria stellte ihr Glas auf dem Esstisch ab.»Ganz ehrlich? Das ist mir auch rätselhaft. Das passt nicht zu dem Hunt Cade, über den ich schon einiges gehört habe. Der Mann ist ein Liebesgott. Hast du eine Vorstellung davon, mit wie vielen Frauen der geschlafen hat?«

»Iih, nein. Bitte sag' es mir nicht. Ich weiß nicht, was ich mit dem Antrag anfangen soll. Da brauche ich sicher nicht auch noch solche Zahlen, die meine Fähigkeit, eine vernünftige Entscheidung zu treffen, beeinträchtigen könnten. Die Gesellschaft sieht mich vielleicht wirklich als bessere Mutter und Fürsorgerin, wenn ich verheiratet bin. Nicht, dass ich das richtig fände, aber so läuft die Welt nun mal. Solange ich bloß keinen Psychopathen heirate.« Sie blickte fragend in die Augen ihrer Freundin.»Kann ich Hunt vertrauen? Oder ist das die mieseste Idee, die ich je hatte?«

Maria atmete tief ein, machte ein merkwürdig verzerrtes Gesicht und ließ dann den Atem wieder entweichen.»Könnte auch deine beste Idee sein. Oder Hunts beste Idee, denn er war ja derjenige, der darauf gekommen ist. Wenn es irgendwie hilft, mir fällt kein rotes Tuch ein, und du weißt ja, dass ich es dir klipp und klar sage, wenn ich denke, dass du einen Fehler machst.«

Abby kicherte leise.»Du bist ziemlich direkt, ja.«

»Oh, vielen Dank«, sagte Maria.

»Aber ernsthaft, Maria, ich darf das nicht in den Sand setzen. Die Fürsorge hat Vivian angewiesen, mir Noah zurückzubringen, weil es keine Hinweise auf ein Fehlverhalten meinerseits gab, aber was ist nächstes Mal, wenn seine Großeltern wieder irgendwas aushecken? Was, wenn ich Hunt heirate, und er ist gar nicht der Mann, für den ich ihn bisher halte? Das könnte alles noch schlimmer machen.«

Maria ließ abwesend den Blick schweifen.»Schwer vorstellbar, dass es noch schlimmer kommen kann, wenn ich an die Verleumdungskampagne denke, die Vivian da fährt.

Hunt müsste etwas wirklich Verantwortungsloses tun. Oder sich plötzlich in einen gewalttätigen Mann verwandeln. Und ich habe noch nie gehört, dass einer der Cades gewalttätig wäre. Naja«, hielt sie schnaubend inne, »da war dieser Vorfall auf der Verlobungsfeier seines Bruders ... aber zählt das überhaupt?«

»Ja, tut es!«

Maria winkte ab. »Brüder und kleine Prügeleien gehören zusammen. Den Berichten zufolge war es eine Wahnsinnsparty, und der kurze Stress zwischen den heißen Kerlen war das Tüpfelchen auf dem i.«

Abby rieb sich über den Kopf. »Oh, mein Gott, du bist ja genauso irre wie Hunt.«

»Irre klug?«, hakte Maria nach. »Oh, aber ja, das bin ich. Du wärst blöd, wenn du sein Angebot ablehnen würdest. Kommen wir also zu den wichtigen Dingen: Was für eine Art Ehe soll das denn werden, hm?«

Abby verdrehte die Augen. »Sie besteht nur auf dem Papier; habe ich doch gesagt. Mit Ehevertrag und allem.«

Maria verengte die Augen zu Schlitzen. »Bist du sicher, dass du dich an dieses Arrangement halten kannst?«

»An den Ehevertrag?«, fragte Abby. »Natürlich.«

Maria stieß sie mit der Schulter an. »Du weißt, was ich meine. Die anderen Sachen. Die heißen Bettgeschichten.«

Abbys Kopf fuhr zu Noah herum, aber der lachte über eine Cartoon-Figur, die über den Bildschirm des Computers hüpfte. »Nicht so laut.« Sie bedachte ihre Freundin mit einem mörderischen Blick.

»Beantworte du lieber meine Frage.«

»Hunt hat gesagt, er würde nicht mit anderen Frauen ausgehen, wenn wir verheiratet sind.«

»Wirklich?« Maria hob die Brauen. »Wow. Okay, aber das beantwortet immer noch nicht meine Frage. Was ist mit dir, der lieben Ehefrau?«

Abby räusperte sich, denn ihre Kehle fühlte sich plötzlich trocken an. »Wir bleiben auf platonischer Ebene.«

Maria hob den Zeigefinger. »Habe ich das richtig verstanden: Du wirst mit einem der schärfsten Typen der Stadt verheiratet sein ... und fasst ihn nicht an?«

Abby hustete in ihre Hand. Es klang aberwitzig, wenn Maria es so ausdrückte. »Ja, das hast du richtig verstanden.«

Maria schlug mit der flachen Hand auf die Tischplatte, sodass Abby heftig zusammenzuckte. »Du wirst in einem gottverdammten, sexuellen Strudel gefangen sein«, wisperte Maria, die es endlich schaffte, ihre Stimme gesenkt zu halten und an Noah zu denken, der nur wenige Meter entfernt saß. »Er wird rattenscharf sein und kein Ventil dafür haben, und dir wird es ebenso gehen. Zwei schöne Menschen, die sich zueinander hingezogen fühlen und in einer solchen Situation nicht den Verstand verlieren – das gibt es gar nicht.«

»Ich glaube echt nicht, dass er ...«

»Jetzt hör aber auf«, unterbrach Maria sie scharf. »Er steht auf dich. Ich habe gesehen, wie er dich im Club angequatscht hat, und dann euer Gespräch in der Fireside Lounge ... schon vergessen?«

Abbys Männerradar funktionierte schon lange nicht mehr, denn sie hatte enthaltsam gelebt, seit Trevor gestorben war. Sie hatte sich gefragt, ob Hunt wohl auf sie stand, aber er hatte sich so überzeugend abgewendet, als sie seinen ursprünglichen Vorstoß abgebügelt hatte, dass sie es einfach nicht mit Sicherheit sagen konnte.

Maria verzog erneut das Gesicht, aber diesmal war da ein Funkeln in ihren Augen. »Bist du sicher, dass er sich dauerhaft den Sex versagen wird? Denn das klingt so gar nicht nach dem Kerl, von dem jeder wusste, dass er sich gern herumtreibt. Kann sein, dass ich mich da einmische und ihn retten muss.«

Abby lachte in sich hinein. »Hast du vor, ihm zur Hand zu gehen, wenn es ihm zu lange dauert?«

»Nun«, meinte Maria, während sie sich ganz lässig zurücklehnte, »ich bin doch schon immer eine gute Freundin gewesen.«

Maria machte Witze. Naja, zumindest meinte sie es nur zur Hälfte ernst. »Er sieht sehr gut aus, und die Versuchung läuft da draußen haufenweise herum.« Maria machte eine Grimasse.

»Na schön«, gab Abby zu. »Ich habe schon darüber nachgedacht, wie er wohl unbekleidet aussieht.«

Maria nickte. »Genau davon rede ich.«

»Aber es geht ja nicht um mich und mein Liebesleben«, beharrte Abby. »Ich muss das auf platonischer Ebene laufen lassen. Was, wenn wir diese Linie übertreten, und dann geht es schief? Dann wäre ich am Ende eine geschiedene, alleinerziehende Frau. Gott weiß, was Vivian mit dieser Information anfangen würde. Sie würde einen Weg finden, sie gegen mich einzusetzen, so wie sie das mit allem versucht.«

Maria nickte langsam. »Wie mit den Impfungen.«

Abby warf die Hände in die Luft. »Diese bescheuerten Impfungen. Ich wollte die doch nur nicht alle auf einmal verabreichen lassen, aber ich hatte sicher nicht vor, Noah ungeimpft in die Schule zu schicken. Aber als er drei war, erinnerte sich Vivian daran, dass er noch immer nicht alle Impfungen komplett hatte, und benutzte das, um mich anzuschwärzen. Ich habe keinen Schimmer, wer aus der Bildungsverwaltung ihr das gesteckt hat, aber wer auch immer dafür verantwortlich ist, hätte beinahe dafür gesorgt, dass mein Kind keinen Betreuungsplatz bekommen hätte. Ich muss immer noch überall antreten und den Leuten meinen Wisch vorlegen, der bestätigt, dass Noah alle notwendigen Impfungen hat. Ich schwöre, diese Frau durchwühlt alles, um mich als schlechte Mutter hinzustellen.«

Maria nickte. »Das tut sie ... also gut, na schön, eine Ehe nur auf dem Papier. Gott steh dir bei. Die Frage ist, wirst du ja sagen?«

Abby atmete langsam tief ein. »Ich bin in Versuchung. Ich weiß nicht, ob es Vivian gelänge, mir Noah tatsächlich wegzunehmen, aber die Frau ist verrückt. Und mit all dem Geld hat sie eben auch Macht. Ich will mich da nicht auf mein Glück verlassen. Das kann ich nicht.«

»Du könntest natürlich auch wegziehen«, gab Maria zu bedenken.

Abby seufzte. »Ich habe darüber nachgedacht. Aber Noah liebt Lake Tahoe, und es ist auch das letzte Stück Bezug zu seinem Vater. Ich habe auch das Gefühl, dass Vivians Einfluss vor der Distanz nicht haltmacht. Ich würde es ihr durchaus zutrauen, dass sie ein Verfahren anstrengt, um mich davon abzuhalten, mit Noah woandershin zu ziehen. Und ohne Geld kann ich mich nicht wehren.«

»Ein Umzug kostet ja auch Geld«, überlegte Maria weiter und verzog nachdenklich den Mund.

»Da ist noch etwas«, sagte Abby. »Bevor ich heute hergekommen bin, habe ich Hunt vielleicht ein bisschen im Internet gestalkt.«

»Natürlich hast du das.« Maria beugte sich grinsend vor. »Was hast du herausgefunden?«

»Sein schlimmstes Verbrechen scheint wirklich darin zu bestehen, dass er die Frauen liebt, wie du gesagt hast. Alle möglichen Frauen haben Bilder mit ihm in ihren Instagram- oder Facebook-Accounts, aber er scheint selbst keinen Account irgendwo zu haben.« Sie zuckte die Achseln und blickte finster drein. »Ich nehme an, ich könnte einfach wegsehen, wenn er seine Meinung ändert und sich doch wieder mit anderen Frauen trifft, wenn wir verheiratet sind.«

Abby stieß das sauer auf. Selbst wenn sie heirateten, hätte sie keinen Anspruch auf Hunt. Aber der Gedanke, dass er mit einer anderen schlief, während sie zusammenlebten, war einfach – uah, nicht richtig.

»Es ist genau, wie du gesagt hast«, fuhr Abby fort. »Der

Mann ist ein Sexgott. Warum sollte er also nicht nachgeben, wenn ihn eine Frau anbaggert?«

»Weil er gesagt hat, dass er sich dir verpflichten will?«, meinte Maria. »Er ist ein Frauenheld, aber im Gegensatz zu anderen Frauenhelden hat er den allerbesten Ruf bei den Frauen, das schwöre ich dir. Dem wäre sicher nicht so, wenn er ein Arschloch wäre. Er lügt nicht, verarscht die Frauen nicht, er legt sich einfach bloß niemals fest.«

»Und doch will er sich bei mir festlegen?«

»Ja.« Maria nickte langsam und machte ein ernstes Gesicht. »Denk mal drüber nach. Du bist doch ein guter Fang, wenn dein Leben und dein Job dich nicht zu Tode stressen. Vielleicht mag er dich ja wirklich? Vielleicht will er auch einfach wirklich nur helfen?«

Abby schloss die Augen. »Und damit sind wir wieder am Anfang. Dass es das Richtige sein könnte, für Noah und mich.«

»Du solltest ihn heiraten«, stimmte Maria zu.

Abby blinzelte. »Wirklich?« Sie hatte ja in Betracht gezogen, das wirklich durchzuziehen, und nun riet ihr ihre beste Freundin ebenfalls dazu, es zu tun.

»Er und seine Brüder haben Geld wie Heu«, gab Maria zu bedenken. »Und Geld verschafft dir Macht. Sagen wir so, diese Brüder haben mehr Geld und mehr Einfluss als die böse Schwiegermutter, und das ist doch das Wesentliche. Wenn Hunt es ernst meint – und nach allem, was du erzählt hast, glaube ich, dass er es ernst meint –, dann wird er seinen Teil der Abmachung auch erfüllen.«

Abby rieb sich über die Stirn und warf erneut einen Blick auf Noah. »Ich kann dazu nicht nein sagen, oder?«

Maria schob das immer noch volle Glas Wein näher zu Abby. »Nicht, wenn du klug bist.«

KAPITEL 15

Es war Montag, und Abby hatte heute frei, also ließ sie auch Noah ausnahmsweise einmal zu Hause. Sie plante, mit ihm zu spielen und den Haushalt zu machen. Letzteres würde sie am liebsten hintenanstellen, aber Noah hatte keine frische Unterwäsche mehr, und Abby wollte nicht einmal darüber nachdenken, was für eine Geschichte von Verwahrlosung Vivian daraus wieder stricken würde. Außerdem hatte auch Abby keine saubere Klinikkleidung mehr; ein paar Waschladungen mussten heute auf jeden Fall erledigt werden.

»Worauf hast du denn heute zum Frühstück Lust? Waffeln oder Pancakes?«, fragte sie Noah.

Er rieb sich die Augen, tappte in Schlafanzughose und T-Shirt durch den Flur. Er war gerade erst aus seinem Zimmer gekommen, nachdem er bis acht geschlafen hatte, wofür sie dem Universum sehr dankbar war. »Pancakes mit ganz viel Sirup«, erwiderte er schläfrig und warf sich dann mit dem Gesicht voraus auf die Couch.

»Wird gemacht.« Abby war heute Morgen optimistischer gestimmt als seit Langem. Sie fühlte sich nicht mehr ganz so an die Wand gedrängt. Abby hatte mehr als eine Option. Na gut, das lag nur an einem Mann, den sie kaum kannte, aber Hunt bot ihr eine verlockende Alternative zu dem täglichen Kampf, den sie seit Jahren führte.

Sie scrollte sich in ihrem Telefon durch Playlisten, bis sie eine alte fand, in der Aretha Franklins »Respect« enthalten war, und drehte dann die Lautstärke hoch. Sie schwang die Hüften, während sie den Pfannkuchenteig anrührte.

Hinter der Küchentheke kicherte es, und sie warf einen Blick über die Schulter.

»Du bist komisch, Mama.« Noah grinste mit bis zum Kinn hochgezogenen Knien. »Wieso tanzt du denn jetzt?«

»Weil wir gleich Pfannkuchen essen und Aretha singt.« Sie hob den Rührlöffel an den Mund, als wäre er ein Mikrofon, und bewegte die Lippen zum Refrain.

Noah sprang vom Sofa auf und kickte seine schmalen Hüften zur Seite, während er im Wohnzimmer umherhüpfte.

»Ar-ie-ess-pi-ie-si-pi«, brüllte er laut mit.

Abby lachte, über diese lautmalerische Wiedergabe. »Das mit dem Tanzen hast du schonmal drauf, kleiner Mann. Warte nur, bis die Mädchen sehen, was für Moves du draufhast. Die werden gar nicht wissen, wohin sie gucken sollen.«

Noah sprang wieder auf die Couch und schüttelte die Hüften im Takt, schleuderte ein Bein in die Luft, als wolle er einen Karate-Kick vorführen.

Abby drehte sich lachend wieder um und goss vorsichtig den Teig auf die Grillplatte, die sie bereits vorgeheizt hatte. Sie stellte die Schüssel ab und wirbelte genau rechtzeitig für den nächsten Refrain herum, Löffel vor dem Mund, Augen gefühlvoll geschlossen.

Aber als sie die Augen wieder aufmachte, war Noah nicht allein.

»Wah!«, rief Abby und stolperte einen Schritt nach hinten.

Hunt stand auf der anderen Seite der Theke, die Arme verschränkt, die Füße breit aufgestellt. Er hob eine Braue.

Noah stand in identischer Pose neben ihm. Nur, dass der Kleine nicht ernst bleiben konnte.

Abby legte den Löffel weg und wischte sich schnell die Hände an einem Küchenhandtuch ab. »Was machst du denn hier?«

»Großer Aretha-Fan, was?«, fragte Hunt.

Noah ließ sich wild kichernd zu Boden fallen.

Sie warf ihrem Sohn einen finsteren Blick zu und sah dann wieder zu Hunt auf. »Läufst du immer ohne Ankündigung in fremde Häuser?«

Hunt ging zur Haustür hinüber und schien Knauf und Schloss zu inspizieren. »Ich bin vorbeigekommen, um Vorder- und Hintertür mit einer Vorlegekette auszustatten. Als ich das letzte Mal hier war, ist mir aufgefallen, dass du sowas nicht hast.« Er beendete seine Inspektion und drehte sich zu ihr um. »Ich würde sogar vorschlagen, dass du die Schlösser austauschst, damit gewisse Leute, die Zutritt haben, nicht einfach hereinkommen können, wann es ihnen passt.« Er schenkte ihr einen bedeutsamen Blick.

Vivian, dachte sie und erinnerte sich wieder daran, dass sie ihm erzählt hatte, dass sie Vivian dummerweise vor Jahren einen Schlüssel für ihr Häuschen gegeben hatte.

»Aber ich glaube nicht, dass das deinem Vermieter gefallen würde«, fügte er hinzu, bevor sein Blick an ihr vorbei zur Herdplatte wanderte. »Ich habe angerufen«, erklärte er, offenbar vom Duft des Essens abgelenkt. »Und geklopft. Dein Auftritt hat wohl alles übertönt. Du schaust nicht oft auf dein Handy, oder?«

Touché.

»Außerdem hat Noah plötzlich angefangen, irgendwas von PCP und Drogen zu schreien, da dachte ich, dass ich doch mal nachschauen muss, ob hier drinnen alles in Ordnung ist. Deine Tür war übrigens nicht verschlossen.«

Sie verzog genervt den Mund. »Zuerst mal, ich bin ja auch zu Hause. Da lasse ich tagsüber die Tür schon mal unverschlossen. Zweitens, Noah ist fünf. Er ist noch nicht allzu textsicher. Und um auf deinen Vorschlag zurückzukommen, ich kann nicht einfach eine Kette an meiner Tür installieren. Mein Vermieter würde das ebenso wenig mögen wie ein neues Schloss.«

Er kratzte sich an der stoppligen Wange, die aussah, als wäre er heute Morgen aus dem Haus gehastet und hätte keine Zeit zum Rasieren gehabt. »Es ist ja nichts Permanentes. Der Mann weiß die zusätzlichen Sicherheitsmaßnahmen doch sicher zu schätzen. Jeder will seinen Besitz geschützt wissen.« Er hob das Kinn in ihre Richtung. »Was machst du denn da drüben? Sieht aus wie Pancakes.«

»Das liegt daran, dass es Pancakes sind.« Und damit fuhr Abby herum, um die Pfannkuchen zu wenden, bevor sie verbrannten. Als sie sich wieder umdrehte, rieb sich Hunt den Bauch.

»Ich habe selbst noch kein Frühstück gehabt.« Er schenkte ihr den traurigsten Hundeblick, den sie je gesehen hatte. »Ich wollte das hier erledigen, bevor ich zur Arbeit gehe.«

Sie schüttelte den Kopf. »Das ist der armseligste Versuch, dich bei mir zum Frühstücken einzuladen.«

»Aber hat es funktioniert?« Er senkte die Stimme. »Ich erfülle doch nur die Pflichten eines guten Verlobten und kümmere mich um meine Frau. Ich kann doch die Türen nicht ungesichert lassen. Was wäre ich für ein Kerl, der seine Nahrungsaufnahme über deine und Noahs Sicherheit stellt?«

Ihr Magen sackte in den Keller. Verdammt nochmal, er war gut.

Aber darum ging es ja gar nicht. All das war nur Show. Nur, dass Noah diesmal als aufmerksamer Beobachter ihres Austauschs zugegen war.

»Was ist ein Verlobter?«, wollte der Junge wissen.

Wenn Abby sich auf die Scheinehe einließ, dann musste

Noah genau diese Art der Interaktion sehen. Er musste wissen, dass Abby und Hunt mehr als nur Freunde waren. Sie hasste es, ihren Sohn anzulügen, aber sie konnte ihm nicht die Wahrheit sagen, bevor sie sich endgültig entschieden hatte. In seinem Alter war Noah noch vollkommen arglos und nicht einmal fähig zu lügen. Vivian würde die Wahrheit von ihm erfahren, und dann wäre es das mit dem verrückten Plan.

»Ich erkläre es dir später«, versprach sie ihm und sandte Hunt einen warnenden Blick. »Möchtest du mit uns frühstücken?«

Er grinste und zeigte dabei alle Zähne. »Nur, wenn es keine Umstände macht.«

NACH EINEM FRÜHSTÜCK, bei dem sowohl der Junge als auch der Mann Unmengen von Pancakes und Speck verdrückten, stand Abby vom Tisch auf und räumte das Geschirr in die Spülmaschine.

»Ich habe einen Vorschlag für dich«, meldete sich Hunt zu Wort, und Abby blickte auf. »Was hältst du davon, wenn ich Noah mit zum Baumarkt nehme, um die Vorlegeschlösser zu kaufen? Dann hättest du eine Stunde oder so für dich.«

Eine ganze Stunde Ruhe? Ja, die Wäsche war noch zu machen, aber trotzdem ... Andererseits war das hier nicht Club Kids. Sondern Hunt, der ihren Sohn ins Auto verfrachten und mit ihm wegfahren würde. »Ich weiß nicht«, erwiderte sie und sah Noah an.

»Ja, au ja!«, brüllte der und rannte bereits in sein Zimmer.

Hunt lachte. »Tut mir leid, ich hätte das nicht in seiner Gegenwart fragen sollen. Du kannst immer noch nein sagen.«

Wenn sie in Betracht zog, diesen Mann zu heiraten, dann musste sie ihm vertrauen, was den Umgang mit ihrem Sohn anging. Im Grunde verbrachte Hunt jetzt schon ebenso viel

Zeit mit Noah wie sie, vielleicht sogar mehr, also war es albern, jetzt Prinzipien zu reiten.

Noah kehrte zurück und zog seinen Schlafanzug aus, eine Jeans und ein frisches T-Shirt an. Letzteres trug er verkehrt herum, wie üblich.

Abby schloss die Augen und kniff sich in die Nasenwurzel. »Noah, wir ziehen uns doch im Schlafzimmer um.«

»Aber Hunt geht jetzt«, antwortete Noah, »und ich will mit ihm gehen.« Hunt schaute sie fragend an.

Soviel zu der ruhigen Zeit mit ihrem Sohn, die sie an ihrem freien Tag hatte unterbringen wollen. Zugegeben, sie verbrachte eigentlich kaum je etwas Zeit mit sich allein und konnte das Durchatmen wirklich gebrauchen. »Na gut, aber kannst du meinen Wagen nehmen? Der hat einen Kindersitz.«

Hunt spähte aus dem Fenster und zog den Kopf ein. »Nein, nicht nötig, ich mach das schon.«

Sie stemmte die Hände in die Hüften. »Ist Sunflower etwa nicht gut genug für dich?«

»Sunflower?«

»Mein Auto ist empfindsam. Der Name passt zu ihm.«

Hunt lachte in sich hinein. »Empfindsam kann man das natürlich auch nennen. Ich habe Angst, dass ich heute gar nicht mehr zur Arbeit komme, wenn ich versuche, mit Sunflower zum Laden und zurück zu fahren.«

Sie wollte die Beleidigte spielen, aber es stimmte ja, das konnte durchaus passieren. »Du kannst Noah aber nicht ohne Autositz mitnehmen.«

»Und darum nehme ich deinen der Sonnenblume weg und setze ihn in meinen Wagen.«

»Weißt du denn, wie das geht?«

Er schenkte ihr einen ungläubigen Blick. »Ich habe eine Nichte. Ich weiß, wie man einen Autositz befestigt.«

»Interessant.« Es war wirklich interessant, sich Hunt vorzustellen, wie er seine Nichte durch die Stadt kutschierte. Und ganz niedlich. »Nun«, kam sie wieder zur Sache, »es ist weniger ein Autositz, eher eine Sitzerhöhung, weil er ja nicht mehr ganz so klein ist. Sollte ganz leicht gehen.«

»Keine Sorge.« Er sah wieder aus dem Fenster. »Was meinst du, soll ich Noah zuerst noch kurz mit in den Park auf der anderen Straßenseite mitnehmen? Wie ich ihn kenne«, erklärte er mit einem Zwinkern, das an Noah adressiert war, »muss dein Kind sich eine Runde austoben, nachdem er so viele Pfannkuchen verdrückt hat.«

Das war ja fast, als hätte man einen erfahrenen Babysitter. Hunt konnte gut mit Kindern umgehen. Wirklich gut. Und er war aufmerksam.

Sie sah Noah an, der auf und ab sprang und an Hunts Arm zerrte. »Ich schätze, das ist eine gute Idee«, erwiderte sie.

»Dann bin ich in ein paar Minuten zurück.« Hunt verließ das Haus mit Noah an der Hand.

Abby sah ihnen vom Wohnzimmerfenster aus zu, Hunt hielt Noahs Hand fester und schaute in beide Richtungen, bevor sie die Straße überquerten.

Selbst Noahs Vater war nicht so gewissenhaft mit ihrem Sohn umgegangen, wie Hunt es gerade getan hatte. Erst nachdem Trevor gestorben war, hatte Abby realisiert, wie umfassend sie sich um alles und alle gekümmert und die Arbeit beider Elternteile gemacht hatte.

Was auch immer das für eine Sache war zwischen ihr und Hunt, es war nur vorübergehend. Sie wollte sich nicht an diese Unterstützung gewöhnen, denn sie würde sie schmerzlich vermissen, wenn es vorbei war.

Abby hätte jetzt eigentlich Wäsche falten oder den Rest des Geschirrs spülen und wegräumen sollen, aber sie konnte den Blick nicht von Hunt und Noah abwenden, die im Park spielten.

Gerade klammerte sich Noah mit Armen und Beinen an

Hunts Oberkörper fest wie ein Äffchen, während Hunt an einer der Stangen des Klettergerüsts Klimmzüge machte. Mit seinen zwanzig Kilos war Noah nicht mehr ganz so leicht, aber Hunt machte die Klimmzüge mit diesem zusätzlichen Gewicht, als wäre das ein Klacks. Wie schaffte er das nur? Hunts Bizeps blähte sich mit jeder Wiederholung mehr, sein Körper war gespannt, die Beine leicht angewinkelt, um Noah in Position zu halten. Es war hypnotisierend, ihnen zuzuschauen.

Bis Noah abzurutschen begann.

Abby stieß ein erschrockenes Quieken aus und schlug sich die Hand vor den Mund.

Aber Hunt ließ sich geschmeidig auf den festen Boden gleiten und hatte den Arm bereits stützend um den Jungen gelegt. Er hatte alles unter Kontrolle, dieser starke Mann mit ihrem Sohn.

Ihre Augen wurden feucht, und die Nase brannte. Sie würde jetzt nicht heulen. Das war lächerlich. Es war ja nur, dass sie noch nie erlebt hatte, dass ein Mann so umfassend achtsam und liebevoll mit Noah umging. Trevor war ein liebender Vater gewesen, aber seine eigenen Bedürfnisse kamen immer zuerst. Die Geburt ihres Kindes hatte Trevor nicht davon abgehalten, seine Outdoor-Abenteuer zu verfolgen wie zuvor.

Jetzt rannte Noah zur Rutsche, und Hunt folgte ihm. Sie spielten noch ein wenig an den Geräten, Hunt stieß Noah auf der Schaukel an oder fing ihn auf, wenn der Junge sich vom Klettergerüst zu ihm hinabstürzte. Und dann machten sie sich auf den Weg zurück zum Haus.

Abby atmete hastig ein und schnappte sich schnell ein Taschentuch, um sich die Nase zu putzen. Dann holte sie den Wäschekorb und fing endlich an, die Wäsche zu falten. Sie lächelte, als die beiden zur Tür hereinkamen. »Na, wie war es?«

»Toll!«, kam es von Noah zurück.

Hunt war nicht einmal verschwitzt; der saubere Duft seiner Seife zog an ihr vorbei, als er zur Küchentheke hinüberging.

»Ist es okay, wenn ich mir deinen Autoschlüssel nehme? Dann baue ich die Sitzerhöhung um, und wir können los.«

»Klar.« Abby durchquerte den Raum und wühlte in ihrer Handtasche nach ihrem Schlüsselbund. Sie reichte ihn Hunt.

»Danke«, sagte er. »Wir brauchen nicht lange.«

Abby sah Noah an. »Geh nochmal aufs Klo, bevor du verschwindest, ja?«

Noah rannte ins Bad, verrichtete sein Geschäft, spritzte sich weniger als eine halbe Sekunde lang Wasser über die Finger und rannte dann wieder hinaus.

Sie hatte ihren Sohn noch nie so aufgeregt erlebt, wenn es darum ging, mit jemandem außer ihr Zeit zu verbringen. Sie und Noah hatten eine besondere Verbindung, aber es war offensichtlich, dass ihm ein Mann in seinem Leben gefehlt hatte.

Hunt kam wieder herein, und Noah raste bereits an ihm vorbei, um sich in dem glänzenden Range Rover anzuschnallen.

Kein Wunder, dass Hunt nichts mit Sunflower zu tun haben wollte, wenn er so einen schönen Wagen sein Eigen nannte. Nicht, dass ihre Kiste nicht hübsch gewesen wäre. Sie war bloß ... eigenwillig.

Na schön, ihr Auto war ein Schrotthaufen.

»Okay, und du rufst mich an, wenn du irgendwas brauchst?«

Er bedachte sie mit einem wissenden Blick. »Wir kommen klar. Genieß' du deine Freizeit. Und versuch, nicht nur den Haushalt zu machen. Wenn ich wiederkomme und das Geschirr aus dem Spülbecken verschwunden ist, bin ich enttäuscht.« Er zwinkerte ihr zu.

»Hunt«, sagte Abby. Sie hatte ihre Entscheidung längst getroffen. Irgendwann zwischen den Klimmzügen und der

Rutsche. »Die Antwort ist ja. Auf deine Frage. Ich ... will dich heiraten«, sagte sie leise, auch wenn Noah außer Hörweite war.

Hunt blinzelte, und dann breitete sich ein Lächeln auf seinem Gesicht aus. »Das wird funktionieren. Du wirst schon sehen.« Bevor sie sich anders besinnen konnte, war er schon aus dem Haus und auf dem Weg zu seinem Wagen.

Abby sackte auf die Couch, während sie heftig erschauerte. »Himmelherrgott.«

Hatte sie gerade wirklich zugestimmt? Und wenn die Ehe tatsächlich nur auf dem Papier bestehen würde, wie sollte sie damit umgehen, dass sie sich von dem attraktiven Mann im Haus extrem angezogen fühlte?

KAPITEL 16

»Du willst heiraten? So richtig heiraten?« Levi machte einen Übungsschwung mit seinem Schläger, aber es wirkte eher, als würde er mit einem Baseballschläger trainieren und sich darauf vorbereiten, den Ball ins Weltall zu befördern. Emily behauptete, dass ihr Freund innendrin ganz weich sei, aber Hunt bekam diese Seite von Levi niemals zu sehen. Sein Bruder war pure, grobe Kraft.

Hunt legte die Stirn in Falten und stellte seine Golftasche ab. »Gibt es noch eine andere Art von Heirat, von der ich nichts weiß?«

Levi betrachtete kurz ihre Brüder, die sich mit ähnlich ungläubigen Gesichtsausdrücken um das erste Tee versammelt hatten. Er ließ den Kopf seines Drivers auf die Tee-Box fallen und stützte sich auf den Griff. »Das bringst auch nur du fertig, so das Pferd von hinten aufzuzäumen. Das ist kein Spiel, Hunt. Wir reden hier von einer alleinerziehenden Mutter und ihrem Sohn, für die du die Verantwortung übernehmen musst.«

Hunt blickte auf und stieß langsam und angestrengt den Atem aus. »Das ist mir bewusst. Ich bin kein impulsiver Achtzehnjähriger.«

Levi wischte mit der Hand durch die Luft. »Du spielst ständig mit den Kindern im Club ...«

»Weil das mein Job ist! Du solltest das auch mal versuchen. Es ist kathartisch.«

»Und dann gehst du fast jeden Abend auf die Piste, um nach Frauen zu suchen, die du aufreißen kannst.«

Ich muss sie doch gar nicht suchen, dachte Hunt, sagte aber stattdessen: »Ich bin durchaus in der Lage, mich festzulegen.«

»Ach wirklich?«, fragte Levi und wandte sich wieder zu den Brüdern um, als suche er deren Bestätigung. Verdammt.

Ja, Hunt hatte sich nicht mehr festgelegt seit der Katastrophe mit Lisa zehn Jahre zuvor, aber trotzdem. »Ich brauche die Aufrisse nicht, die sind nur Zeitvertreib.«

Wes ließ Harlow in dem Baby-Björn auf und ab hoppeln, aus dem sie schon fast herausgewachsen war. Aber auf dem Golfplatz konnten sie die Kleine nicht loslassen. Sie würde davonrennen. »Es gibt keinen Grund zu glauben, dass Hunt die Sache in den Sand setzt«, erklärte Wes.

»Danke.« Hunt verdrehte die Augen. Hatte denn keiner von ihnen ein bisschen Zutrauen?

»Nein, ernsthaft«, fuhr Wes fort, während er einen einhändigen Übungsschwung ausführte. Er konnte kaum beide Hände benutzen, ohne Harlow zu sehr durchzuschütteln. »Du machst das super mit den Kindern im Club Kids. Kaylee sagt das andauernd.«

Levi funkelte Wes an. »Und das macht ihn dann automatisch zum Familienmenschen?«

Wes zuckte die Achseln und zog dann den Kopf ein, als eine Meile weit entfernt jemand »Achtung!« rief.

Hunt spähte in den Himmel, aber der Ball landete nicht einmal ansatzweise in ihrer Nähe.

Wes war in die Hocke gegangen und deckte Harlow mit den Händen, obwohl das Mädchen bereits einen speziell entwickelten Golf-Schutzhelm für Babys trug. Von dort unten gab er zu bedenken: »Keiner von uns wurde zum Familienmenschen erzogen. Das bedeutet nicht, dass wir uns nicht anpassen und zu einem werden können.« Er zeigte auf sich selbst.

Es stimmte, Wes hatte sie mit seinen Papa-Fähigkeiten alle schockiert. Und seinen ausgeprägten Beschützerinstinkt, wenn es um Harlow ging, konnten sie ihm auch nicht verdenken, verhielten sie sich doch alle ganz ähnlich, wenn sie in der Nähe war.

Harlow schwang einen kurzen Golfschläger aus Plastik und traf ihren Vater damit am Kopf.

»Gut getroffen, Harlow«, säuselte der und küsste ihre Wange.

Bran trat ans Tee heran und machte ebenfalls einen Übungsschwung. »So sehr ich diese Familiendiskussionen auch genieße, ich muss dann bald wieder zurück zu den Restaurants. Wenn wir spielen wollen, sollten wir endlich anfangen.« Er warf Levi einen strengen Blick zu. »Du kannst nicht kontrollieren, wen Hunt heiratet.«

Der einzige Bruder, der bei dieser Tirade fehlte, war Adam, aber nur, weil er nicht pünktlich aufgetaucht war.

Levis Gesichtsausdruck änderte sich nicht. Mist. Hunt wusste, dass ihm nicht gefallen würde, was sein Bruder im Begriff war zu sagen. »Du bist der Verkorksteste von uns allen. Vielleicht liegt es daran, dass du Mom nie gekannt hast. Keinerlei mütterlichen Einfluss in deinem Leben hattest. Ich weiß nicht genau, warum du so bist, wie du bist, aber ich will nicht mitansehen, wie du dieser Frau und ihrem Kind wehtust.«

Hunts Blut rauschte viel zu schnell durch seine Adern, und in seinem Kopf hämmerte es. »Ich werde Noah und Abby *niemals* wehtun. Ich tue das für sie, du Idiot. Und wenn ich vom Leben gezeichnet bin, dann seid ihr es auch. Wir alle haben Mom und Dad verloren, als Mom starb.«

Hunt fuhr sich grob mit der Hand über sein Gesicht. Er

wusste, worum es hierbei wirklich ging. Er hatte immer gewusst, was Levi von ihm hielt. Es war ja nicht so, als würde sein Bruder das groß verbergen. »Gib's einfach zu. Du traust mir nicht.«

Keine Antwort.

»Fick dich, Levi.« Hunt packte seine Schläger und stürmte vom Platz, während seine Brüder ihm mit offenen Mündern nachstarrten.

Er zeigte Levi nie, wie nah ihm diese Scheiße ging. Naja, fast nie. Aber diesmal war das etwas anderes. Hunt hatte noch nie etwas so ernst genommen wie die Sache mit Noah und Abby. Und er hatte keine Ahnung, wie er seinen Brüdern seine Gefühle erklären sollte – er konnte sie sich ja nicht einmal selbst erklären. Er verspürte einfach einen überwältigenden, instinktiven Drang, sie zu beschützen. Und solange Abby das zuließ, würde er genau das auch tun.

Hunt hatte gedacht, wenn er sich Levis Unterstützung sichern könnte, dann wären seine anderen Brüder derselben Meinung, was seine überraschende Verlobung anging. Aber die Unterhaltung war nicht so verlaufen, wie er geplant hatte. Keiner von ihnen stand hinter Hunt, außer vielleicht Wes, der sich als guter Vater erwiesen hatte, obwohl ihm das keiner von ihnen zugetraut hatte.

Aber Hunt brauchte seine Brüder gar nicht. Wenn nötig, würde er Abby auf dem Standesamt heiraten, ohne dass einer von ihnen dabei war. Hier ging es sowieso nicht um seine Brüder. Hunt würde sich um Noah und Abby kümmern, koste es, was es wolle.

∞

E<small>INE</small> W<small>OCHE</small> später stand Hunt neben Abby in der kleinen, rustikalen Kapelle am Fallen Leaf Lake. Ein Bekannter, der den Krämerladen führte, hatte ihnen den Termin in der Kapelle organisiert, obwohl es so kurzfristig gewesen war. Hunt trug zur Feier des Tages einen neuen Anzug. Er hätte natürlich auch einen tragen können, den er bereits besaß, aber es erschien ihm nur angemessen, für seinen Hochzeitstag neue Kleidung zu kaufen. In Anbetracht seiner bisherigen Geschichte würde das womöglich seine einzige Hochzeit bleiben.

Abby hatte Noah vor einigen Tagen erklärt, dass sie heiraten würden, und der kleine Kerl war Hunt für den Rest der Woche im Club Kids nicht von der Seite gewichen.

Ein Lächeln spielte um seine Lippen. Er war ganz vernarrt in den Gedanken, dass Noah sein Sohn sein würde, auch wenn es nur vorübergehend war.

Schon erstarb sein Lächeln wieder. Seine Ehe mit Abby besaß ein Verfallsdatum. Sie würde nur lange genug dauern, um Noah und Abby vor den Großeltern zu beschützen und ihnen ein sicheres, verlässliches Zuhause zu bieten. Aber das würde schon Zeit kosten, nicht wahr? Es war ja nicht so, dass sie nur ein paar Monate lang Einigkeit zu demonstrieren brauchten, um die Großeltern zu überzeugen; die würden das niemals glauben.

Hunt Schultern lockerten sich wieder, als er auf die Frau hinabblickte, die seinen linken Arm festhielt. Abby trug ein weißes Sommerkleid, das ihr bis zu den Knöcheln reichte. Das Haar hatte sie hochgesteckt, und ein paar kunstvoll zerzauste Strähnen fielen ihr in die Stirn und ringelten sich im Nacken. Wenn sich Hunt die perfekte Braut vorstellte, konnte er es nicht besser treffen als mit Abby. Je mehr Zeit er mit ihr verbrachte, desto schöner fand er sie.

Dann stieß ihn etwas sachte von hinten an, und eine verschwitzte Hand griff nach seiner Rechten.

Er lächelte zu Noah hinab, dem es wohl langweilig geworden war auf seiner Position als Trauzeuge und der daher beschlossen hatte, ganz vorn dabei zu sein.

Noah trug einen Anzug, der seinem glich. Das Kind konnte

ja schlecht Jeans zur Hochzeit seiner Mutter tragen, oder? Abby war überrascht gewesen, als er vorgeschlagen hatte, Noah für die Hochzeit neu einzukleiden, aber dann hatte sie schüchtern gelächelt und ihm erlaubt, die Sachen für den Jungen zu kaufen.

Den Rest der vergangenen Woche war Hunt damit beschäftigt gewesen, mit Anwälten zu sprechen und die Hochzeit vorzubereiten, und Abby hatte ihm nur allzu gern die Einzelheiten überlassen. Sie musste arbeiten, während Hunt in dieser Hinsicht flexibel war: Er zwang einfach seine Brüder, seine Aufgaben zu übernehmen, wenn er einen Termin hatte. Er hatte auch umgehend dafür gesorgt, dass der Ehevertrag aufgesetzt wurde, weil er sein Versprechen Abby gegenüber halten wollte. Er hatte das ja zunächst nur ins Spiel gebracht, um sie zu überzeugen, seinem Plan zuzustimmen und ihn zu heiraten.

Die Anwälte, die er und seine Brüder vor einigen Jahren angeheuert hatten, als sie das Resort übernahmen, hatten ihn an die beste Familienanwältin der Stadt verwiesen. Diese bereitete sich bereits auf einen Sorgerechtsstreit vor, sollten Noahs Großeltern einen anstrengen.

Hunt konnte Abby und Noah nicht hängenlassen, auf sich gestellt und ohne seinen Schutz. Je länger er wartete, desto nervöser machten ihn Noahs Großeltern. Sie hatten ihr den Jungen schon einmal weggenommen, und was sollte sie davon abhalten, es erneut zu versuchen? Also vergeudete Hunt keine Zeit mit der Hochzeitsplanung. Aber nun, da es soweit war, schwindelte ihm in Anbetracht der Größenordnung seiner Handlungen.

»Ich ernenne Sie hiermit zu Mann und Frau«, sagte der Redner und zwang seine Aufmerksamkeit ins Hier und Jetzt zurück.

Er war verheiratet. Mit Abby.

Erstaunlicherweise war das, was er so lange vermieden

hatte – Heirat und Bindung – überhaupt nicht schmerzhaft. Es fühlte sich beinahe richtig an.

Nanu.

Er blickte auf die wunderschöne Frau an seiner Seite hinab.

»Küss die Braut!«, rief Noah und hüpfte auf und ab.

Hunts Blick ging an Abby vorbei, zum hinteren Ende der Kapelle. Obwohl Levi ihn so heruntergemacht hatte, war er mit Emily gekommen, ebenso Hunts restliche Brüder und einige Freunde, unter anderem Jaeger und Cali. Jaeger war einer von Adams besten Freunden, und Hunt kannte ihn schon seit der Schulzeit. In der Kapelle hatten sich genügend Zeugen versammelt, um die Ehe real zu machen.

Denn sie war real. Aber nicht echt.

Abby musterte ihn, biss sich auf die Lippe und schaute ihm nicht direkt in die Augen.

Es war eine echte Eheschließung, auch wenn er und Abby wussten, dass die Sache zeitlich begrenzt war. Und bei echten Eheschließungen küsste der Bräutigam die Braut. Seit dem Tag, an dem sie einander begegnet waren, hatte er sich vorgestellt, wie sich ihre Lippen unter seinen anfühlen würden. Warum also diese Gelegenheit verstreichen lassen?

Hunt beugte sich hinunter und berührte ihr Kinn. Dann drückte er seinen Mund auf ihren.

Stromschläge prickelten, wo sich ihre Haut berührte. Hitze durchströmte ihn und machte sich in seinem Innersten breit. Er zog es hinaus, vom Geschmack ihrer Lippen abgelenkt, alles um sich herum vergessend … Da war nur das Gefühl ihrer Lippen unter seinen, ihre weiche Haut … und Noahs Kichern.

Hunt hob den Kopf und blickte in Abbys Augen. Unter schweren Lidern waren die Pupillen geweitet.

Verdammter Mist. Es war schlimm.

Er war verheiratet und er wollte seine falsche Ehefrau mit jeder Faser seines Körpers.

KAPITEL 17

Nach der Zeremonie wanderte die Hochzeitsgesellschaft zu Wes' und Kaylees Haus, wo Wes einen kleinen Empfang vorbereitet hatte. Seine Brüder begriffen, dass er Abby und ihren Sohn beschützen wollte, aber sie wussten nicht, dass die Ehe eine Farce war, und Hunt hatte nicht vor, ihnen das auf die Nase zu binden. Zuzugeben, dass er eine Frau geheiratet hatte, die er nicht liebte, würde Levi nur in seiner Überzeugung bestätigen, dass er leichtsinnig und verantwortungslos war, und es würde gar nicht gut aussehen, sollten Noahs Großeltern die Wahrheit herausfinden. Diese Ehe musste echt wirken.

Kaylee durchquerte den Raum; Harlow war nirgendwo zu sehen. Nicht, wenn alle vier Onkel und ihre besten Freunde in der Nähe waren und sie ihr ständig abnahmen. Bei solchen Gelegenheiten wurde das Baby laufend herumgereicht. Hier musste dringend noch jemand ein Kind bekommen, denn sonst wäre Harlow irgendwann das verwöhnteste Kind der Welt.

Kaylee nahm Abbys Hand und wandte sich an Hunt. »Ich habe schon mit Abby darüber gesprochen. Noah bleibt heute

Abend bei Wes und mir, damit ihr beide eine richtige Hochzeitsnacht habt.«

Hunt sah Abby an, die ein steifes, unnatürliches Grinsen aufgesetzt hatte. *Na toll.*

»Das ist doch nicht nötig«, wehrte er ab.

»Es ist alles arrangiert.« Kaylee warf einen Blick über die Schulter zu den Kindern, die gerade miteinander spielten. Harlow krabbelte praktisch auf Noah herum, und der lachte leise über das aggressive Besitzdenken der Kleinen. »Die beiden verstehen sich super, und wir würden das echt gern für euch machen.« Hunt hob eine Braue in Richtung Abby. *Sag' du etwas.*

Abby seufzte und lockerte ihre Schultern. Ihr gezwungenes Lächeln wurde echt. »Das wäre wunderbar. Danke nochmal für das Angebot. Noah kennt dich ja schon gut vom Club Kids, also ist das perfekt.«

Kaylee strahlte. »Dann wäre das auch geklärt.« Sie drückte Abbys Hand und ging hinüber zu Wes, der mit Bran und Ireland zusammenstand.

Hunt beugte sich zu ihr hinunter. »Bist du sicher?«, fragte er aus dem Mundwinkel, während er gleichzeitig lächelnd Cali zunickte. Jaegers Frau hatte bedeutsam mit den Brauen gewackelt und dabei in Abbys Richtung geschaut.

»Das wird doch erwartet«, wisperte Abby. »Wir werden zusammenleben, oder nicht? Denn ich glaube nicht, dass ich Noahs Großeltern erklären kann, warum ich verheiratet bin, aber nicht mit meinem Mann zusammenlebe.«

Das etwaige Zusammenleben war ihm zwar durch den Kopf gegangen, aber bei all den Vorbereitungen der vergangenen Woche hatte dieser Punkt ganz weit unten auf der Prioritätenliste der Dinge gestanden, die er mit Abby besprechen musste. »Natürlich werden wir zusammenleben«, sagte er selbstsicher, zögerte aber dann. »Wo möchtest du wohnen?«

»Ich denke, es wäre am besten, wenn wir in meinem Haus

wohnen würden. Es ist klein, das weiß ich, aber ich möchte Noahs Leben ungern noch mehr durcheinanderbringen, als ich das mit der Hochzeit nun schon getan habe. Wäre das okay für dich?«

Hunt dachte an die Zimmeraufteilung ihres Häuschens. »Gibt es nur ein Schlafzimmer?«

»Zwei, aber Noahs Zimmer ist eher eine bessere Kammer.«

»Dann würden wir in einem Zimmer schlafen?«, vergewisserte er sich und achtete genau auf ihre Reaktion.

Abby schluckte. »Äh, ja. Wenn das in Ordnung ist? Ich kann auf einem Klappbett schlafen und es beiseiteräumen, wenn Noah auf ist.«

Er würde es vorziehen, wenn sie ein Bett teilten. Er konnte seine Hände bei sich lassen.

Na schön, das war eine Lüge. Er würde seine Hände nicht bei sich lassen können. Nicht, wenn er an Abbys weichen, femininen Duft dachte, an ihren sexy Körper neben seinem. Er würde versuchen, sie zu verführen, um sie in seine Arme zu bekommen. »Ich schlafe auf dem Boden. Du nimmst das Bett.« Sein Tonfall war bestimmt, denn auf keinen Fall würde er seine Frau auf einem Klappbett schlafen lassen.

Eine Stunde später gab Abby Noah gerade seinen Abschiedskuss, während Hunt bei seinen Brüdern stand.

»Tu nichts, was ich nicht auch tun würde«, sagte Wes mit mehrfachem Zwinkern.

»Hast du an Verhütung gedacht?«, meldete sich Bran zu Wort. »Sonst gibt es am Ende noch ein ungeplantes Flitterwochen-Baby.«

Das war typisch für Bran, den vorsichtigsten der Cade-Brüder.

»Ich gehe nicht zum ersten Mal zum Rodeo«, gab Hunt zurück. »Ich habe alles, was ich brauche.«

Nicht, dass er irgendetwas brauchen würde. Er wünschte, er würde etwas brauchen, denn seine Frau, ja, seine *Ehefrau*, sah einfach unglaublich schön aus, und sein Körper wollte verzweifelt gern bei ihrem sein. Wofür brauchte sie überhaupt so lange?

In diesem Moment trat Adam hinzu. »Das ist für dich und Abby, mit besten Grüßen vom Blue Casino.« Er reichte Hunt eine Flasche. »Mach sie ruhig heute Abend auf. Du siehst ein bisschen nervös aus.«

Hunt warf einen Blick auf den Dom Perignon. Nervös? Natürlich war er verdammt nervös. Irgendwie musste er während des bevorstehenden Abends die Finger von seiner schönen Frau lassen, und das ohne die willkommene Ablenkung durch Noah. Hunt würgte ein Lachen hervor und bedankte sich bei Adam. Dann zeigte Levi mit dem Finger auf ihn. »Vergiss nicht, was ich dir gesagt habe.« Bran, Adam und Wes seufzten im Chor.

»Levi«, mahnte Wes. »Hör' doch einmal auf damit.«

Levi wirkte gereizt, aber er lockerte seine Schultern und atmete aus. »Hier.« Er schob Hunt eine kleine Schachtel hin. »Das ist von Emily.« Er hustete. »Für deine Hochzeitsnacht.« Verhörte er sich gerade, oder knirschte Levi mit den Zähnen? »Es sind Duftkerzen und anderer Schnickschnack, von dem Emily dachte, dass er euch vielleicht gefällt.«

Das Wort ›Duftkerzen‹ aus Levis Mund zu hören, war ihm Geschenk genug.

»Danke«, sagte er und versuchte, seinen grummeligen, älteren Bruder nicht auszulachen. Womöglich würde es Emily mit der Zeit tatsächlich gelingen, Levi stubenrein zu machen.

Mit dem Champagner unter dem Arm und den Duftkerzen in der Hand machte Hunt die Runde, um sich von Familie und Freunden zu verabschieden. Äußerlich hatte er es eilig, endlich mit seiner Braut allein zu sein. Innerlich hatte er es zwar auch eilig, endlich mit seiner Braut allein zu sein, aber er durfte sie ja nicht anfassen.

Das konnte heiter werden.

Er ging hinüber, um Abby einzusammeln, der es offenbar schwerfiel, sich zu verabschieden. Kaylee hängte sich bei ihm ein und zog ihn beiseite. »Ich weiß nicht, was genau überhaupt los ist mit dir und deiner überstürzten Hochzeit, aber bitte versuch' doch, es hinzukriegen. Ich mag Abby sehr und ich glaube, sie wird dir guttun.«

Hunt erstarrte einen Augenblick lang, aber dann fiel ihm wieder ein, dass ja niemand wusste, was er und Abby abgemacht hatten. »Ich habe sie geheiratet, Kaylee. Ich werde für sie sorgen.« Und das war die Wahrheit, selbst wenn die Ehe nicht echt war.

»Das ist es ja gar nicht. Abby muss sich mit einer Menge Mist herumschlagen; das wissen wir alle im Club Kids. Diesen Großeltern traue ich nicht über den Weg ...« Sie schüttelte den Kopf. »Ich weiß auch nicht, was ich damit sagen will. Versuch' einfach, die Sache nicht in den Sand zu setzen, okay?«

Hunts Herz schlug heftig, und sein Brustkorb verengte sich. Echt oder nicht, diese Ehe musste funktionieren – zumindest vorläufig.

Er beugte sich runter und küsste Kaylee auf die Wange, was ihm einen lauten Protest von Wes einbrachte.

»Finger weg von der Brünetten!«

»Ich mach das schon«, sagte er zu Kaylee, und sie lächelte. Aber Hunts Brust war ihm immer noch eng. Er machte Versprechungen, von denen er nicht mit Sicherheit wusste, ob er sie halten konnte.

Er ging endlich zu Abby und Noah hinüber und wuschelte dem Jungen durch die Haare. »Sei heute Abend brav, okay? Wenn du irgendetwas brauchst, kann Kaylee uns ja anrufen.«

»Tschüs, Mom. Tschüs, Hunt.« Noah rannte weg, zurück zur Ecke, wo er mit Adam und Harlow und einem Haufen Bauklötzen aus Schaumstoff gespielt hatte.

Abby blickte amüsiert auf. »Es scheint, als würden wir nicht gebraucht.« Er nahm ihre Hand. »Scheint so. Wollen wir gehen?«

Sie nickte, und er bedeutete ihr mit einer Geste voranzugehen.

Abby verließ das Haus, und sein Blick blieb an ihrem perfekt geformten Hintern hängen, wanderte hoch zu den nackten Schultern in dem weißen Kleid. Er war ein Mann; er mochte schöne Frauen. Aber er fühlte sich ernsthaft zu Abby hingezogen, und das war das größte Problem von allen.

Hunt stieß einen Seufzer aus und folgte ihr nach draußen. Das würde ein langer Abend werden.

KAPITEL 18

Sobald Abby und Hunt in ihrem Häuschen ankamen, zog sie die hohen Schuhe aus und fing an, Kleider und Geschirr wegzuräumen, für das sie keine Zeit mehr gehabt hatte, weil sie es eilig hatten, zur Kapelle zu fahren ... Sie war jetzt verheiratet.

Abby war schon verliebt gewesen, sie hatte ein Kind bekommen, aber verheiratet war sie noch nie. Und jetzt war sie mit Hunt Cade verheiratet, einem Mann, der sie nicht liebte.

Aber er mochte sie. Das spürte sie jedes Mal, wenn er sie ansah. Und sie mochte ihn auch.

Abby musterte Hunt, als er sein Jackett ablegte. Seine starken Arme und der flache Bauch zeichneten sich definiert durch das feine Leinen des Hemdes ab.

Sie räusperte sich und öffnete den Kühlschrank. »Hast du Hunger?«

Hunt schnaubte. »Du etwa? Mein Bruder hatte Essen für fünfzig Leute da statt für zwanzig. Ich hasse es, wenn gutes Essen weggeworfen wird, also habe ich mich wahrscheinlich schon ein bisschen überfressen.« Er klopfte sich auf den flachen Bauch. »Ich glaube nicht, dass da noch mehr reinpasst.«

Abby schloss den Kühlschrank wieder und drehte sich um. Sie hatte auch keinen Hunger, aber was sollten sie denn den ganzen Abend machen?

Sie musste sich irgendwie beschäftigen, denn sonst würden ihre Gedanken zu dem gutaussehenden Mann wandern, den sie nun ihren Ehemann nennen durfte. Und das würde sie auf ganz andere Gedanken bringen.

Es war Jahre her, dass sie mit einem Mann geschlafen hatte. Traurig, aber wahr. Nicht, dass sie Zeit für Beziehungen gehabt hätte, aber nun befand sie sich in einer. Allerdings konnte sie nicht mit Hunt schlafen, denn das würde die Situation immens verkomplizieren. Solange sie auf einer platonischen Ebene blieben, war alles in Ordnung zwischen ihnen. Zumindest war es das, was sie sich einredete. »Willst du vielleicht einen Film schauen?«

Er verengte die Augen, und Abby hatte das Gefühl, dass er ihre Gedanken lesen konnte.

Er hob die Flasche vom Couchtisch, die er mit hereingebracht hatte. »Ich habe eine bessere Idee. Wieso machen wir nicht den Champagner auf, den Adam und Hayden uns geschenkt haben, um auf unsere Zukunft anzustoßen?«

Abby presste ihre Hände zusammen. Alkohol und sexuelle Frustration waren keine gute Kombination, aber vielleicht konnten sie ja ein anderes Thema in Angriff nehmen. »Sicher, ja. Das gibt uns Gelegenheit, uns mal ohne kleine Ohren, die alles mitanhören, darüber klarzuwerden, wie wir es anstellen, diese Ehe echt aussehen zu lassen.« Bisher hatten sie beide noch keine Zeit gehabt, über die Einzelheiten ihrer neuen Realität nach der Heirat zu reden, denn entweder musste sie arbeiten oder sich um Noah kümmern.

Hunt ließ den Korken knallen und goss die schäumende Flüssigkeit in zwei unterschiedliche Sektgläser, die Abby ganz hinten im Schrank gefunden hatte. »Der einzige Weg, es echt aussehen zu lassen, ist, uns so zu verhalten, als wäre es echt.« Er kippte sein Glas ein bisschen, um mit ihrem anzustoßen.

Abby nippte an der herben Flüssigkeit und spürte das Kitzeln auf der Zunge. »Was meinst du denn damit, ›uns so zu verhalten, als wäre es echt‹?«

Hunt ließ sich auf einen der Stühle am kleinen Esstisch sinken. Sie würde noch einen Klappstuhl dazukaufen müssen, wenn sie hier immer alle gemeinsam essen wollten. »Wir verhalten uns wie ein verheiratetes Paar. Wir wohnen wie geplant zusammen und zeigen unsere Zuneigung.«

»Unsere Zuneigung?« Es war so lange her, dass sie ganz ausgehungert nach Zuneigung und Zärtlichkeit war, aber ... »Wird es das nicht kompliziert machen?«

Hunt stellte sein Glas ab. »Abby, wenn wir irgendwie glaubwürdig zeigen wollen, dass wir eine Einheit sind und einen stabilen, positiven Haushalt für Noah darstellen, dann müssen wir wie ein richtiges Ehepaar wirken.«

Sie biss sich auf die Lippen. »Aber ... wie sieht das denn aus?«

Er lachte. »Ich habe sowas von keine Ahnung. Ich hatte da nie ein Vorbild. Du?«

»Meine Eltern sind zwar immer noch verheiratet, aber sie können einander nicht leiden.«

Er nickte nachdenklich. »Wir tappen also beide im Dunklen. Nun, dann müssen wir eben das Beste daraus machen. Wieso fangen wir nicht damit an, uns besser kennenzulernen?«

»Tun wir das nicht gerade?«

»Noch nicht, aber los geht's«, erwiderte er.

Und wieso sandte dieser Kommentar ein Prickeln über ihre Arme?

»Hast du je von einem Spiel gehört, das ›Never have I ever‹ heißt?«

»Spielen sie das nicht immer bei Ellen?«

»In der Talkshow? Kann sein, aber ich glaube, es stammt

ursprünglich aus dem College.« Seine Augen funkelten, als er von seinem Champagner trank.

»Ich habe mein Studium abgebrochen. Und ich war mit Trevor zusammen, als ich Kurse belegt hatte, also war ich nicht oft auf Partys.«

»Siehst du.« Er grinste. »Jetzt habe ich schon etwas über dich erfahren. Und nur fürs Protokoll, ich habe auch keinen College-Abschluss. Ich habe mich damals beworben und wurde auch an einigen angenommen, aber habe mich dann entschieden, mein Geld mit Bootstouren zu verdienen. Eigene Firma, und die Kohle war zu gut, um was anderes zu machen.« Auf ihren fragenden Blick hin rieb er sich das Kinn. »Ich habe aufgehört, meinen Vater um Geld zu bitten, bevor ich mit der Schule fertig war. Ich war viel zu stur, um ihn zu bitten, das College zu bezahlen.«

Abby starrte ihn mit offenem Mund an. »Deiner Familie gehört Club Tahoe, und du bist steinreich. Aber du hast das Geld der Familie abgelehnt ... um dich mit Bootsausflügen selbständig zu machen?«

»Willst du immer noch mit mir verheiratet sein?«

Er war ein komplexer Mensch, ihr frischgebackener Ehemann. Und teuflisch attraktiv, wenn er sie auf diese Weise anschaute, mit seinem schiefen Grinsen. »Ja.« Und nicht nur, weil er ihr wegen Noah helfen konnte. Er war umgänglich, herzlich, gütig. Ganz ehrlich, der Gedanke, mit ihm verheiratet zu sein, war ein bisschen zu aufregend für Abbys empfindsames Herz.

Das erwähnte sie lieber nicht, sonst würde er womöglich seine Meinung ändern.

»Gut«, gab er zurück. »Denn ich glaube nicht, dass ich dich wieder gehen lassen werde, nachdem ich dich nun habe.«

Er würde sie noch umbringen. Wie sollte sie diesem Mann bloß widerstehen?

»Um das ein bisschen zu erklären, meine Brüder und ich

haben Club Tahoe gehasst. Wir wollten nichts mit dem Resort zu tun haben.«

Abby verschluckte sich fast an ihrem nächsten Schluck Champagner, der im Übrigen überraschend gut schmeckte, auch wenn sie ansonsten nichts für sprudelnde Getränke übrig hatte, wenn die kein Koffein enthielten. »Ihr habt es gehasst? Aber es gehört euch. Ihr arbeitet dort.«

»Vielleicht ist das Wort ›Hass‹ auch zu stark. Der Club war ein Symbol für die Abwesenheit unseres Vaters, der uns für die Arbeit vernachlässigt hat. Aber wir haben einige Dinge in dem Laden verändert. Haben ihn zu unserem Laden gemacht.« Er schüttelte den Kopf. »Ich weiß nicht. Ich habe nicht mehr darüber nachgedacht, seit mein Vater starb. Meine Brüder und ich wussten nur, dass wir das Resort nicht den Bach runtergehen lassen konnten nach seinem Tod. Club Tahoe beschäftigt hunderte Menschen aus der Umgebung. Es wäre falsch gewesen, den Arbeitsplatz all dieser Leute zu ruinieren ... Es ist kompliziert.« Er zog die Brauen zusammen.

Dieser Blick gefiel ihr gar nicht. Hunt war kein schwermütiger Mensch, und sie wollte das finstere Gesicht am liebsten mit einem Kuss vertreiben. Da schlugen ihre Gedanken doch schon wieder eine gefährliche Richtung ein.

»Nun, *meine* Vergangenheit ist einfach«, erklärte sie, um die Stimmung wieder zu heben, weil ein Kuss nicht infrage kam. »Ich wuchs in Armut in einer Kleinstadt im Mittleren Westen auf, und zwar in dem extrabreiten Trailer, den meine Eltern mieten, seit ich denken kann. Nach Tahoe bin ich aus einer Laune heraus gezogen, weil eine Freundin mir erzählte, dass man gutes Geld verdienen kann, wenn man in den Casinos arbeitet. Zu Hause lag die nächste Uni drei Stunden weit entfernt. In Tahoe konnte ich in der Hauptsaison im Casino arbeiten und Kurse am Community College oder in Reno belegen, wenn ich mein Geld zusammengehalten habe. Aber nach meinem ersten Jahr habe ich Trevor kennengelernt. Und bin schwanger geworden.« Sie zuckte die Achseln. »Der Rest ist Geschichte.«

Hunts Gesichtsausdruck wurde weicher, aber er sah immer noch nicht glücklich aus. »Es tut mir leid, dass du es so schwer gehabt hast, Abby.«

Sie wollte sein Mitleid nicht. Das war nicht der Grund, wieso sie ihm von ihrer Vergangenheit erzählt hatte. Sie hatte ihn von den Dingen ablenken wollen, die ihn traurig machten. Und sie wollte auch, dass er wusste, wo sie herkam, dass es keine Geheimnisse gab.

»Wie funktioniert jetzt dieses Spiel? *Never have I ever?*«, wechselte sie das Thema.

Sein Blick erhellte sich. »Na also, los geht's. Es ist wirklich ganz einfach.«

Hunt war leicht zufriedenzustellen. Wo Trevor eigensüchtig war und immer Bestätigung brauchte, war Hunt großzügig und wollte helfen. Er besaß Tiefgang, den er nicht oft zeigte, wie zum Beispiel, wenn er über seinen Vater und seine Brüder sprach, und er machte es ihr verdammt schwer, ihn nur als einen gutaussehenden, reichen Typen zu sehen.

»Ich sage: ›Ich habe noch nie‹ und füge dann irgendwas hinzu, was ich eben noch nie gemacht habe«, erklärte er. »Zum Beispiel so: Ich habe noch nie auf einem Seil balanciert. Und wenn du schonmal auf einem Seil balanciert hast, dann nimmst du einen Schluck von deinem Getränk. Wenn nicht, machst du nichts.«

»Es ist also ein Trinkspiel?«

»Naja, schon. Aber vielleicht nicht unbedingt mit Champagner.« Hunt stand auf und durchsuchte den Kühlschrank und die Küchenschränke. Er wirkte riesig in ihrer winzigen Küche, aber auch wie zu Hause. Er fand Orangensaft und eine fünf Jahre alte Flasche Wodka. »Ich mixe uns das ganz schwach«, versprach er mit einem Zwinkern.

»Das ist weise, es sei denn, du willst mich kennenlernen,

wenn ich die Kloschüssel umarme.«

Er lachte und reichte ihr ein neues Glas. »Wir übertreiben es nicht.« Er blickte sie an. »Ich habe noch nie ... mit einer Frau zusammengewohnt.«

»Wow, du beginnst das Spiel ja mit einem Knaller«, stellte sie grinsend fest. Dann nahm sie einen Schluck.

»In deinem Fall ist es ›mit einem Mann zusammengewohnt‹, nicht mit einem Jungen«, sagte er.

Sie nahm noch einen Schluck. »Ich habe mit Trevor zusammengewohnt.«

Er nickte. »Ihr hattet ja auch ein Kind; da ergibt es Sinn, dass ihr zusammengelebt habt.«

»Aber ich bin echt die erste Frau, mit der du zusammenlebst?« Es schien schwer zu glauben, dass ihn sich bisher keine Frau geschnappt hatte.

»Ja«, erwiderte er und zog die Stirn in Falten. »Wenn ich drüber nachdenke, ist Noah auch das erste Kind, mit dem ich zusammenlebe.«

»Wow, wir muten dir wirklich einiges zu. Wirst du dich erschrecken, wenn du meine Tampons siehst?«

Hunt verschluckte sich an seinem Getränk. »Au weia. Ich bin bestens mit dem weiblichen Körper und all seinen Funktionen vertraut. Wahrscheinlich vertrauter als du.« In seinen Augen blitzte der Schalk.

Abbys Wangen wurden heiß. »Das bezweifle ich und jetzt bin ich dran. Ich habe noch nie ... einen Fuß auf ein Boot gesetzt.«

Hunt trank schnell seinen Schluck und setzte das Glas dann mit einem lauten Klirren ab. »Noch nie?«

Sie schüttelte den Kopf.

»Aber wie kann das sein? Du wohnst doch schon mindestens seit Noahs Geburt in Lake Tahoe ... nein, vorher, also seit fünf, sechs Jahren.«

»Ich weiß nicht. Als ich klein war, gab es nirgendwo in der

Nähe Wasser. Dann bin ich hierhergezogen und habe kurz danach Trevor kennengelernt. Wir haben in einem schönen Haus gewohnt, und er hat mich zu tollen Orten mitgenommen, aber ich war nie auf einem Boot. Ich wollte immer mal einen Ausflug auf den See machen. Weiß nicht genau, warum ich es nie gemacht habe. Ich schätze, die Schwangerschaft und das Kümmern ums Kind haben diesem Traum einen Dämpfer verpasst.«

Er brummte. »Nun, das wird sich schleunigst ändern. Du kommst noch vor dem Wochenende mit auf eins meiner Boote.«

»Ich habe das aber nicht erzählt, damit du dich schlecht fühlst. Es ist bloß eine Sache, von der ich wusste, dass du trinken musst.« Sie lächelte gerissen.

Er riss die Augen auf. »Du lernst schnell, junger Jedi.«

Sie lachte, und dann ging das Spiel weiter. Abby nannte das Alter, in dem sie ihren ersten Kuss bekommen hatte – mit zwölf, und es war furchtbar gewesen –, und einige Orte, an denen sie noch nie Sex gehabt hatte. Natürlich trank Hunt für jeden einzelnen dieser Orte, der Schlawiner. Und dann kam er mit einer Sache um die Ecke, die kaum jemand von ihr wusste. »Ich habe noch nie«, begann Hunt, »einen Stier geritten.« Abby trank.

Er stellte sein Glas hin, und sein Blick wurde intensiver, bis sie sich unbehaglich auf dem Stuhl zurücklehnte. »Also, diese Geschichte will ich aber hören.«

»Naja, es war kein echter Stier. Es war ein mechanischer Bulle, und meine Freundin hat mich dazu angestiftet.«

»Das sagen sie alle, Mrs. Cade.«

Abby blinzelte. »Ich vergesse immer, dass sich mein Name ändert.«

»Nur, wenn du das auch willst. Und jetzt erzähl' mir vom Bullenreiten.«

Sie räusperte sich und musste sich auf das Spiel konzentrieren, statt sich mit der Idee ihres neuen Namens auseinanderzusetzen. »Auf der Fahrt nach Kalifornien bin ich bei einer Freundin in Texas eingekehrt. Sie hatte eine Lieblingsbar, und dort gab es eben so einen Bullen.«

Er lachte. »Bist du sofort runtergefallen?«

Sie bedachte ihn mit einem strengen Blick. »Nein, bin ich nicht, *Mr. Cade*. Ich habe diesen Bullen geritten. Hart und lange.«

Hunt schluckte, nippte an seinem Getränk und rutschte dann auf seinem Stuhl herum. »Und was dann? Hast du den Wettbewerb im Bullenreiten gewonnen?«

»Willst du meine Medaille sehen?«

Er machte große Augen. »Du verarschst mich.«

»Nee.«

»Verdammt.« Er rückte nach hinten und rieb sich abwesend über den Mund. »Ich bin beeindruckt.«

Abby gähnte, trotz des sexy Anblicks ihr gegenüber. Als er seine Lippen berührte, dachte sie daran, wie seine Lippen sich in der Kapelle auf die ihren gesenkt hatten. Und es war auch kein kurzer, schneller Kuss gewesen. Er hatte ihn hinausgezögert und Dinge tiefer unten geweckt, die jahrelang im Tiefschlaf gelegen hatten. Aber es war schon nach zwei Uhr, und sie war erschöpft nach ihrem Hochzeitstag. Und nun lag die Hochzeitsnacht vor ihr ...

»Müde?«, hakte Hunt nach.

»Ein bisschen. Du?«

»Ich könnte schlafen, ja. Macht es dir was aus, wenn ich erst noch schnell dusche?«

»Mach nur. Die Handtücher sind im Flurschrank.« Abby kehrte ans Spülbecken zurück, wo sie das Geschirr hin und her räumte, um sich abzulenken. *Hunt nackt unter der Dusche ...*

Du musst einen klaren Kopf bewahren!

Während Hunt im Bad war, räumte sie rasch das Geschirr auf und zog sich um. In einer kurzen Schlafhose und einem T-

Shirt starrte sie auf das Bett, das ihr kleines Zimmer zu verschlingen schien.

»Ich nehme den Fußboden«, sagte Hunt hinter ihr, was sie erschrocken zusammenfahren ließ.

»Oh«, machte sie und fuhr herum. »Du brauchst doch nicht auf dem Boden zu schlafen. Ich habe ein Klappbett.«

»Nee«, wehrte er ab und nahm eine Decke von einem kleinen Stuhl in der Ecke. Er hob sie hoch. »Kann ich die nehmen?«

»Klar, aber bist du sicher, dass das bequem ist?« Sie kaute auf ihrer Unterlippe herum, als er die Decke als unzulängliche Unterlage auf dem Boden ausbreitete.

»Vollkommen«, gab er zurück, legte sich hin und benutzte seinen Arm als Kissen. Sein Bizeps wölbte sich unter seinem Kopf.

Abby wandte rasch den Blick ab. Das war alles zu intim. *Zu intim!*

Sie eilte zum Kleiderschrank, holte ein Kissen heraus und zog schnell einen Überzug darüber.

Dann gab sie Hunt das Kissen und zog die Brauen zusammen. »Das fühlt sich nicht richtig an, dass ich dich auf dem Boden schlafen lasse. Was ist mit der Couch?«

Hunt schüttelte den Kopf. »Wir müssen uns daran gewöhnen, im selben Zimmer zu schlafen. Jetzt ist Noah nicht da, also ist das die perfekte Gelegenheit, uns mit dem Gedanken anzufreunden.«

Abby hatte das Gefühl, dass sich Hunt schon viel zu sehr mit dem Gedanken angefreundet hatte, in ihrem Schlafzimmer zu schlafen, und dass er all das nur um ihretwillen machte. »Klingt plausibel.«

Sie schlug die Bettdecke zurück und stieg ins Bett. Dabei versuchte sie, den gutaussehenden Mann auf dem Fußboden nicht anzuschauen. »Gute Nacht.«

Ein männliches Gähnen kam von unten. »Nacht, Eheweib.«

KAPITEL 19

Abby wachte in einem wärmenden Kokon auf. Sie lächelte, wackelte mit den Zehen und erstarrte dann. Sie riss die Augen auf.

Hunt war bei ihr im Bett.

Sie erinnerte sich vage daran, dass er irgendwann in der Nacht aus dem Bad zurückkam und im Halbschlaf zu ihr ins Bett glitt. Er war völlig weggetreten gewesen, und sie hatte es nicht über sich gebracht, ihn zu seiner Decke auf den Boden zu schicken.

Mitten in der Nacht war ihr das wie eine Kleinigkeit erschienen. Aber jetzt war es Morgen, und statt auf der Seite zu schlafen, mit dem Rücken zu ihr, steckte eins seiner Beine zwischen ihren, und sein Arm lag um ihre Taille, sein Gesicht zwischen ihre Brüste geschmiegt.

Oh Gott. Wieso musste er zusätzlich zu allem anderen auch noch ein Kuschler sein?

Abby blickte auf sein kurzgeschnittenes, hellbraunes Haar hinab, das Deckhaar ein bisschen länger und vom Schlaf zerzaust. Der Duft ihres Duschgels und seiner sauberen Haut stieg ihr in die Nase, und sie atmete ihn ein. Hunt roch wirklich gut. Und er war sehr kuschelig, auch wenn seine Wange gegen ihre Brust drückte.

Sie schaute nach oben und ging ihre Möglichkeiten durch. Unter ihm wegrutschen und versuchen, ihn nicht zu wecken? Er würde immer noch merken, dass er zu ihr ins Bett gestiegen war – ein nachvollziehbarer Fehler mitten in der Nacht –, aber es war besser, wenn er nicht wusste, welch verfängliche Nähe ihre beiden Körper unbewusst gesucht hatten.

Bevor Abby sich für den strategisch sinnvollsten Fluchtweg entscheiden konnte, atmete Hunt ein. Dabei strich sein Kopf über ihren Busen, und sein Mund flatterte über ihren Nippel.

Die Erregung fuhr Abby direkt zwischen die Beine wie ein scharfer Speer, dorthin, wo sein warmer Oberschenkel ruhte, und verstärkte die Hitze, die sie verspürte. Sie atmete scharf ein, und ihr Körper versteifte sich. Sie musste ihn aufwecken.

Aber nun begann seine Hand, an ihrem Bein hinab zu streichen, während sein Bein höher rutschte und genau über die Stelle strich, wo ihre Lust pulsierte.

In ihrem Kopf drehte sich alles. Einerseits verzehrte sich ihr Körper nach seinem. Es war so lange her, und Hunt war unglaublich, von außen und innen. Aber ... Was sprach dagegen?

Sie waren immerhin verheiratet. Und sie mussten dafür sorgen, dass ihr Verhältnis echt wirkte. Sex würde sie einander definitiv näherbringen.

Richtig, da gab es ja noch ein *Aber* ... Was würde geschehen, wenn Hunt sie und Noah verließ, um sein Leben zu leben?

Abby kannte sich. Sie mochte Hunt. Hatte ihn von Anfang an gemocht. Naja, seit sie begriffen hatte, dass er nicht bloß irgendein scharfer Typ war, der versuchte, sie im Club anzubaggern, um eine schnelle Nummer zu schieben. Er war ein aufrichtiger Kerl, dem ihr Sohn wichtig war. So wichtig, dass er willens gewesen war, sie zu heiraten, um Noah zu beschützen. Und die

Art und Weise, wie er sie ansah, verursachte ein Prickeln in ihrem Körper, sodass sie wünschte, ihm näher zu sein. Natürlich würde sie sich in ihn verlieben, wenn sie zuließ, dass sich die Dinge weiterentwickelten. Und deswegen konnte sie das nicht zulassen.

Hunt stöhnte und zog an ihrem T-Shirt, verteilte sachte Küsse in der Kuhle zwischen ihren Brüsten, während seine langen Finger über ihre Nippel strichen.

»Oh«, machte sie und atmete keuchend aus.

Hunt erstarrte. Er hob den Kopf und starrte sie mit schweren, schlaftrunkenen Augen an. Sein Blick wanderte an ihrem Körper hinab, über seine Hände, die sie berührten, und dann rückte er abrupt von ihr ab, als hätte er sich verbrannt.

»Morgen«, sagte sie.

»Morgen«, echote er zögernd. Er blickte sich im Zimmer um; sein Blick landete bei der Decke auf dem Boden. »Ich habe keinen Schimmer, wie ich hierhergekommen bin. Es tut mir ehrlich leid.« Er starrte auf seine Hand. »Und das tut mir auch leid ...«

Sie grinste und versuchte, die peinliche Situation auf die leichte Schulter zu nehmen. »Muss es nicht. Das war mehr Sex, als ich in den vergangenen Jahren gehabt habe.«

Hunts Augen verengten sich. Für einen endlos langen Moment sagte er nichts darauf. Und dann schob sich sein Bein noch ein kleines bisschen weiter zwischen ihre Oberschenkel.

Sie atmete scharf ein. »Hunt.«

Seine Augen wurden dunkel, und die Funken stoben zwischen ihnen hin und her. Warum musste dieser Mann auch so sexy sein?

»Weißt du«, begann er lässig und berührte ihre Lippen mit einem leicht schwieligen Finger, »wir könnten die Ehe vollziehen und damit offiziell gültig machen.«

Sie spürte ein Flattern in der Brust, ungeachtet all der Gründe, warum sie aufhören sollte, dumme Sachen zu machen, und ihr Herz sich beruhigen sollte. »Das würde die

Dinge verkomplizieren.« Sie würde ihm ihre größte Angst ganz sicher nicht offenbaren. Dass sie sich in den gutaussehenden Frauenhelden verlieben würde, der ihr lediglich einen Gefallen tat und ihr aus der Klemme half.

»Wenn man darüber nachdenkt, ist es das einzig Richtige«, widersprach er. »Wenn die Großeltern den Verdacht hegen, dass unsere Ehe nicht echt ist, können sie deren Legitimität trotzdem nicht mehr anzweifeln, und das bedeutet, dass du und Noah in Sicherheit seid.«

»Das ist wahr«, gab sie zu. »Aber dann müssten wir uns mit den Nachwirkungen vom Sex auseinandersetzen.«

Er hob eine Braue. »Was für Nachwirkungen?«

»Naja. Vielleicht wollen wir es dann wieder tun. Und wir sind nicht in einer richtigen Beziehung.«

»Hmm ...« Sein Blick wanderte über ihren Busen und weiter hinunter. »Ich gehe das Risiko ein, wenn du es auch willst.«

Sie antwortete nicht, denn ihr Hirn war von den Hormonen endgültig vernebelt.

Er beugte sich hinunter und berührte ihre Lippen mit seinen, sachter als beim Hochzeitskuss in der Kapelle. Mit einer Hand umfasste er seitlich ihren Kopf, ließ ihr aber reichlich Zeit, sich ihm zu entziehen.

Das teuflische Bein schob sich zwischen ihren leicht nach oben, und dann küsste er sie erneut. Diesmal war es ein richtiger Kuss, mit unmissverständlicher Leidenschaft, der ihre Lust heiß aufwirbeln ließ.

Abby schlang die Arme um seine breiten Schultern und erwiderte den Kuss.

Er überstürzte nichts, nutzte ihre Schwäche nicht aus, aber seine Hand ging ganz langsam auf Wanderschaft und hinterließ eine Feuerspur auf ihrer Haut.

Seine Lippen fuhren an ihrer Kehle hinab, seine Finger streiften ihren Nippel, und sie war nahe davor, den Verstand zu verlieren. Schließlich legte er seine Hand um eine ihrer Brüste, und sie bog den Rücken durch.

Er schob ihr T-Shirt hoch.»Okay?«

Sie *lernten einander nur besser kennen.* Das war gut, nicht wahr?

Abby hob die Arme, und ihr T-Shirt verschwand, entblößte ihren Busen.

Hunt atmete tief ein und berührte die Unterseite ihrer Brust, während seine Lippen die Oberseite küssten.»Du bist eine wunderschöne Frau, Abby. Habe ich das schon erwähnt?«

Sein Bein befand sich immer noch zwischen ihren, und sie schielte beinahe aufgrund der doppelten Stimulation durch Mund und Hand an ihrer Brust, während sein Bein immer wieder dieselbe, empfindsame Stelle anstupste.»Mh, ich glaube nicht.«

Konnte eine Frau nur durch Berührungen innerhalb einer Minute den Höhepunkt erreichen? Denn sie spürte bereits das erste Zucken, das einen Orgasmus ankündigte, und hätte schwören können, dass sie ganz nah davorstand. Das geschah eben, wenn man eine gefühlte Eiszeit lang keinen Sex hatte.

»Vielleicht sollten wir aufhören.«

»Willst du aufhören?«

»Ich will nicht mit dir schlafen.« Auch wenn ihr Körper nach ihm schrie, gab es da einen Teil ihres Hirns, der noch klar genug denken konnte, um ihre Grenzen zu kennen. Viele Grenzen waren da nicht geblieben, aber ein paar eben doch.

Er hob den Kopf.»Dann eben kein Sex. Wie wäre es, wenn ich dir Lust bereite?«

Ihre Augen wurden groß.»Äh«, machte sie, und er lächelte.

»Wenn man es sich richtig überlegt, ist das doch mein Job. Du weißt schon, als dein Ehemann.«

Ihr klappte die Kinnlade herunter.

»Was denn?«, fragte er, während eine Locke seines weichen,

braunen Haars über ihre Stirn strich. »Das ist das Mindeste, was ich für meine frischgebackene Ehefrau tun kann.«

»Du bist verrückt, Hunt Cade.«

»Du hast mich geheiratet, Abby Cade.«

Musste sich das so sexy und besitzergreifend anhören?

Sie streckte die Hände nach ihm aus und küsste ihn. Heftig.

Hunt rückte beiseite, entzog ihr sein Bein, und sie wimmerte beinahe, dass es fort war. »Ich brauche nur einen besseren Winkel«, erklärte er und berührte die Innenseite ihres Oberschenkels mit seiner warmen Handfläche.

Und da war das Zucken wieder; ihr Unterleib zog sich zusammen. Es würde nicht lange dauern. Und war es denn so schlimm, einen Orgasmus mit dem eigenen Ehemann zu erleben? »Mehr«, murmelte sie.

Hunt küsste sie, packte ihre Hüfte, und seine riesige Erektion, die sich gegen ihr Bein presste, deutete seine eigene Erregung an. Und dann fuhr sein Mund über die Wölbung ihrer Brust.

Er leckte über ihren Nippel und ließ seine Hand in ihre Shorts gleiten, streichelte in der Falte zwischen Oberschenkel und Scham auf und ab, ohne die empfindlichsten Stellen direkt zu berühren.

Er würde sie noch umbringen.

Abby ließ ihre Hand über seine nackte Brust wandern, war für einen Moment von den Furchen seiner Bauchmuskeln abgelenkt, und arbeitete sich dann weiter bis zum Bund seiner Boxershorts.

Er erstarrte, und sie verharrte mit ihrer Hand. »Das können wir nicht tun, denn sonst kann ich nicht mehr an mich halten. Und ich will auf keinen Fall loslassen, bevor du das tust, Eheweib.«

Da war es schon wieder, dieses sexy Ehemann-Gerede.

Er schob einen Finger zwischen ihre Beine, fand ihre Mitte

und umkreiste sanft die Stelle, die Funken sprühte, seit sie in seinen Armen erwacht war.

Sie sah Sterne, aber glaubte nach wenigen Sekunden, dass sie sich noch zurückhalten könne, sich nicht mit einem sofortigen Orgasmus blamieren würde.

Dann umschlossen seine Lippen ihre Brustwarze, und er saugte daran.

Damit war es geschehen. Sie schrie auf, schlug wild auf die Matratze ein, ließ einfach vollständig los.

Meine Güte, war das gut.

Als Abby wieder zur Erde zurückfand und sich vom besten Orgasmus erholte, an den sie sich überhaupt erinnern konnte, war Hunt schon wieder damit beschäftigt, ihre Brüste zu küssen. Seine Hand fand die ihre und verschränkte sich mit ihr.

»Ich glaube, ich werde meine ehelichen Pflichten genießen. Willst du noch einen?«

Sie blinzelte und wurde jetzt erst gewahr, wie weit sie es hatte kommen lassen. Aber wenn sie in sich hineinhorchte, war es ihr egal. Dennoch ...»Ich weiß nicht, ob das so eine gute Idee war.«

»Bereust du es?«

Sie schüttelte langsam den Kopf. »Ich sollte es bereuen, aber das tue ich überhaupt nicht.«

Er schenkte ihr ein schiefes Grinsen, und ihr Blick wanderte unwillkürlich zu seinem Mund.

Hunt würde ihr Ärger bereiten.

KAPITEL 20

Abby hatte recht. Hunt hatte sich ganz darauf eingelassen, mit ihr verheiratet zu sein, um ihr und Noah zur Seite zu stehen, aber Sex würde die Dinge zwischen ihnen verändern. Nicht, dass Sex in der Vergangenheit je etwas für ihn verändert hatte, aber Abby war nur einmal seine Frau. Und er war echt verdammt scharf auf sie.

Er hatte nicht gelogen. Er könnte sie immer wieder zum Orgasmus bringen und glücklich sterben. Aber es war klug von ihr, ein wenig Abstand zwischen ihnen beiden zu wahren. Er konnte sich nicht vorstellen, sich für den Rest seines Lebens an eine einzige Frau zu binden, und das lag nicht etwa daran, dass er Abwechslung brauchte, wie er seinen Brüdern erzählt hatte. Er hatte einfach kein Glück damit, eine Frau wirklich zu lieben, das hatte er schmerzhaft erleben müssen.

Hunt half einer Frau und einem Kind aus der Patsche, das war alles. Und zu seinem Glück war sie zufällig auch noch wunderschön, besonders dann, wenn sie ihren Mund öffnete und ihre Erlösung hinausschrie. Vielleicht würde er vor sexueller Frustration platzen, wenn es das war, worauf er sich von nun an jeden Morgen freuen durfte, aber was für eine unglaubliche Art zu sterben.

Nun, da er wusste, wie sie schmeckte, und was für anmachende Geräusche sie machte, wollte er ihr immer wieder Lust verschaffen und in ihrem Körper versinken. Und er hatte auch nicht das Gefühl, dass er nach einer Nacht genug von ihr hätte, so wie es sein bisheriges Muster gewesen war. Er konnte sich vorstellen, sie wieder und wieder zu wollen. Vielleicht häufiger als gedacht, womöglich jeden Tag, und wo wären sie dann? In einer Beziehung, die sich keiner von ihnen aus den richtigen Gründen ausgesucht hatte.

Aber das hier? Eine schöne Frau befriedigen und glücklich machen? Nein, das war überhaupt nicht kompliziert. Es war das, wofür Hunt geboren war, und es gab keine Frau, die er lieber befriedigen wollte als Abby.

Die stand gerade unter der Dusche, während Hunt sein feines Hemd wieder über den Kopf zog und dann in die Anzughose schlüpfte. Nicht die bequemste Morgenbekleidung, aber im Augenblick alles, was er hatte. Das würde sich ändern müssen. Es war Zeit, dass er richtig zu ihnen zog.

Abby kam aus dem Bad, rieb sich das feuchte Haar mit einem Handtuch trocken und blickte ihn mit geröteten Wangen an. »Hast du Hunger?«

»Ja, aber lass mich das machen.« Hunt ging in die Küche und öffnete den Kühlschrank, holte einen abgedeckten Teller heraus. Er nahm zwei kleinere Teller aus dem Schrank und legte jeweils ein Stück Schokoladentorte mit heller Buttercreme darauf. »Kaylee hat uns etwas für zu Hause mitgegeben.«

Abby starrte auf ihren Teller. »Du willst, dass wir Hochzeitstorte zum Frühstück essen?«

»Gibt es einen besseren Zeitpunkt dafür?«

Sie lachte und nahm zwei Gabeln aus der Schublade. »Nein, ich schätze nicht.«

Abby nahm ihm gegenüber Platz und musterte ihn. »Bereust du heute Morgen? Du hast mich jetzt vorerst am Hals. Nach allem, was ich gehört habe, bereut ihr Frauenhelden es, wenn ihr es getan habt und nicht einfach so wieder davonkommt.«

Er schnaubte. »Zunächst mal gibt es nichts Besseres im Leben, als neben einer schönen, sexy Frau aufzuwachen, deren Gegenwart ich genieße. Und zum Zweiten, hast du eine Vorstellung davon, mit wem du hier redest? Was wir vorhin gemacht haben, könnte ich den ganzen Tag machen und würde es nie leid werden.« Er zeigte mit seiner Kuchengabel auf sie. »Vergiss das nicht. Stets zu Diensten.«

Sie bedachte ihn mit einem tadelnden Blick. »Du bist aber nicht hier, um mich zu verwöhnen, sondern um mir wegen Noahs Großeltern zu helfen.«

»Siehst du, in diesem Punkt sind wir unterschiedlicher Meinung. Du siehst das Ganze als Einzweck-Situation, während ich denke, es dient einem doppelten Zweck, auch wenn uns eben erst aufgegangen ist, dass es da noch einen zweiten, weitaus angenehmeren Vorteil in unserem Arrangement gibt.« Er zwinkerte ihr zu. »Ich helfe dir, die Großeltern aus der Hölle im Zaum zu halten, und wir genießen das Vergnügen der Gesellschaft des jeweils anderen.« Er schob sich einen riesigen Bissen von der Torte in den Mund und grinste.

In ihren Augen blitzte der Humor. »Und da ist er wieder, der Frauenheld.«

Er unterdrückte einen finsteren Blick. Abby dachte dasselbe von ihm wie alle anderen. Dass er nicht in der Lage wäre, eine ernsthafte Beziehung zu führen. Es mochte wahr sein, aber es störte ihn dennoch. »Erwischt.« Er aß sein Stück Kuchen auf und stand vom Tisch auf.

Abby blickte zu ihm hoch. »Wo gehst du hin?«

»So sehr ich diesen Anzug mag, ich brauche hier mehr Klamotten, wenn wir zusammenwohnen wollen. Ich fahre zu mir nach Hause und hole ein paar Sachen.« Einen Moment lang entglitt Abby das entspannte Lächeln, und Hunt machte sich Sorgen, dass er etwas Falsches gesagt hatte. »Ich kann auch später gehen ...«

»Nein.« Sie winkte ab. »Geh nur. Ich muss hier noch Ordnung machen, bevor Noah zurückkommt. Ich muss doch auch ein oder zwei Schubladen für meinen *Ehemann* freiräumen.« Sie lächelte, aber das fröhliche Funkeln war nicht mehr da.

Hunt zögerte, beugte sich dann zu ihr hinunter und küsste sie auf den Mund. »Bis später.«

Er würde ihr zeigen, dass sie sich keine Sorgen zu machen brauchte. Er konnte die Dinge unter Kontrolle behalten und ihr trotzdem Vergnügen bereiten. Das musste er hinkriegen, denn er würde die beiden auf keinen Fall im Stich lassen.

HUNT FUHR zu dem Haus am See, das er mitsamt dem Bootsliegeplatz für seine neue Cobalt gemietet hatte. Das Reihenhaus war dreimal so groß wie Abbys und Noahs Hütte, aber ihm gefiel es dort besser. Das Häuschen war erfüllt von Noahs Lachen, knusprigem Speck und Blumentöpfen, die unter Abbys kundiger Hand erblühten.

Hunt ließ den Blick durch sein Zuhause schweifen. Nein, hier war überhaupt kein Leben. Er duschte und schlief hier; das war's.

Er packte rasch seine Kleidung und die Waschsachen und legte damit praktisch das Haus still. Er hatte seinen Vermieter bereits benachrichtigt, also gab es nicht mehr viel zu tun. Das Haus war möbliert gewesen, und seine Cobalt hatte er schon ans Clubdock verlegt.

Als Abby heute Morgen unter der Dusche stand, hatte er seinen Brüdern eine SMS geschrieben und um ein Treffen gebeten. Es war seine Flitterwoche, Singular, da konnten sie ihm wohl mindestens den Gefallen tun, sich für eine Stunde gemeinsam irgendwo einzufinden.

Seine Flitterwoche ... Okay, diesen Teil hatte er noch nicht wirklich durchdacht. War Abby deswegen traurig geworden, als er gesagt hatte, er würde jetzt gehen?

Als Adam und Wes geheiratet hatten, hatten Hunt und seine Brüder sie wochenlang nicht zu Gesicht bekommen, weil sie mit ihren Flitterwochen (also mit Sex) so überaus beschäftigt gewesen waren. Sie waren untergetaucht, und was machte Hunt am Tag nach seiner Hochzeit? Er hatte seine Braut bereits allein zurückgelassen. Aber sie hatte das alles ja auch nicht aus romantischen Gründen getan, auch wenn die Aktivitäten des heutigen Morgens sehr vielversprechend an anderer Front gewesen waren ...

Er kämmte sich mit den Fingern durch das noch feuchte Haar, nachdem er in seiner alten Bleibe geduscht hatte. Irgendwie hatte er das Gefühl, die Sache jetzt schon zu vermasseln. Das Treffen mit seinen Brüdern war aber doch ihretwegen. Vielleicht würde sie es verstehen, wenn er es ihr erklärte.

Hunt hielt vor Levis Haus, wo bereits die Autos all seiner Brüder parkten. Er atmete tief durch und stieg aus seinem Range Rover. *Jetzt oder nie.*

Er stieg die Stufen zur Veranda hoch und klopfte aus Höflichkeit an, bevor er eintrat. »Ich grüße euch.«

Hunt beugte sich hinunter, um Levis Hund Grace zu streicheln, der sofort zu ihm hingerannt war und nun eifrig seinen Schuh und das Hosenbein ableckte.

Wes gähnte von der Couch herüber, während Levi mit dem Arm um Emilys Taille an der Kücheninsel stand.

Hunt musste zweimal hinsehen. Nanu. Er hatte Emily noch nie in Jogginghose und T-Shirt gesehen. Sie trug immer Büro-Outfits und war meist in Rock und Bluse unterwegs.

Adam goss sich gerade eine Tasse Kaffee ein. Seine Haare standen ihm schief vom Kopf ab. Himmel, man sollte meinen, es wäre furchtbar früh am Morgen. »Ihr seht ja alle super aus«, stellte Hunt fest.

Bran hob die bestrumpften Füße und kippte den Fernsehsessel nach hinten. »Wir haben alle noch was vor. Worin besteht also dieser Notfall?«

Hunt ließ den Blick über die legere Kleidung und die zerknitterten T-Shirts wandern. Es sah nicht danach aus, als hätten sie große Pläne. »Ihr sehr aber gar nicht beschäftigt aus.«

»Einige von uns verbringen ihre Zeit am Wochenende gern mit ihren Frauen«, konterte Levi. »Was hast du für ein Problem, dass du deine Frau gleich am Tag nach der Hochzeit alleinlässt? Ich hätte nicht gedacht, dass du so schnell nach einer Fluchtmöglichkeit suchst.«

Da war es wieder, das längst gefällte Urteil. Levi nahm an, dass er seine Ehe nicht ernst genug nahm. Er mochte es nicht aus den üblichen Gründen getan haben, aber es hätte ihm nicht ernster damit sein können, dass er für Noah und Abby sorgen wollte.

Er drängte den Zorn über Levis Worte zurück und konzentrierte sich darauf, weshalb er hergekommen war. »Hat einer von euch schonmal über das Haus nachgedacht und was wir damit anfangen wollen?«

Soweit Hunt wusste, hatte keiner von ihnen das Familienanwesen betreten, seit ihr Vater vor zwei Jahren gestorben war. Der einzige Mensch, der das Haus dieser Tage betrat, war Esther, die frühere Empfangsdame und Chefsekretärin seines Vaters.

Esther hatte sich auch früher schon um die Villa gekümmert, als er noch gelebt hatte. Also war es nur folgerichtig, dass sie von Zeit zu Zeit dort nach dem Rechten sah, wenn ihre Verabredungen mit rüstigen Rentnern und ihre Senioren-Extremsport-Kurse ihr Zeit dafür ließen.

»Ich habe nicht groß über das alte Gemäuer nachgedacht«,

antwortete Levi. »Ich war zu beschäftigt damit, das Resort am Laufen zu halten. Außerdem hat Esther ja ein Auge darauf.«

»Sie sagt, dass es in gutem Zustand ist«, meldete sich Emily zu Wort. »Aber sie sagte mir auch, dass es ziemlich veraltet ist. Ich habe das Haus ja selbst noch nie von innen gesehen.« Sie warf Levi einen tadelnden Blick zu, woraufhin der die Augen aufriss wie ein Reh im Scheinwerferlicht.

»Was denn?«, wehrte sich Levi. »In der Villa spukt es, Emily. Keiner von uns möchte da hingehen.«

»Naja«, mischte Hunt sich wieder ein. »Deswegen meine Frage: Was haltet ihr davon, dort zu renovieren? Die alte Bude wieder markttauglich zu machen?«

Adam streckte die Arme über den Kopf. »Ich schätze, wir sollten das Haus verkaufen. Keiner von uns möchte dort wohnen.«

»Naja«, kam es erneut von Hunt. »Vielleicht ja doch.«

Adam kniff die Augen zusammen. »Was meinst du damit?«

Hunt brauchte eine respektable Bleibe für sich und Abby, wo sie mit Noah wohnen konnten. Die Anwältin hatte das zwar nicht so deutlich gesagt, aber es wäre nur sinnvoll, wenn sie in einem Zuhause leben würden, bei dem niemand ihre finanzielle Stabilität anzweifeln konnte. Abby wollte nach der Eheschließung keine krassen Veränderungen für Noahs Leben, aber es würde ohnehin Wochen dauern, bis das Cade-Anwesen für ihren Einzug bereit wäre. Wenn es ein Haus in Lake Tahoe gab, das den Betrachter beeindrucken konnte, dass war es die Cade-Villa, und Hunt wollte sein Bestes tun für den Fall, dass das Jugendamt herumschnüffeln kam, so wie sie es vor einigen Wochen gemacht hatten.

Niemand hasste das Familienanwesen mehr als Hunt. Das Innere strahlte schreckliche Kälte aus. Glücklicherweise war das Grundstück drumherum immer das Herrschaftsgebiet der Kinder und der Zufluchtsort für ihn und seine Brüder gewesen. Ihr Vater hatte sich kaum darum geschert, was sie draußen machten, solange es drinnen makellos sauber war und er seine geschäftlichen Kontakte dort angemessen pflegen und bewirten konnte.

»Wenn ihr Interesse daran habt, das Haus zu renovieren und dann zu verkaufen«, sagte Hunt, »könnte ich mich um Ersteres kümmern. Aber ich würde gern mit Abby und Noah dort wohnen.« Es war nicht nötig, ihnen zu erklären, wieso er das Haus für sich und seine frischgebackene Frau wollte. Seine Brüder waren auch so schon misstrauisch genug. Wenn sie wüssten, dass die Ehe nur eine Farce war, die dazu diente zu demonstrieren, dass Abby ihrem Sohn ein solides Fundament fürs Leben bieten konnte, würden seine Brüder ihm nie mehr vertrauen.

Vertrauen war zerbrechlich. Hatte man es erst einmal verloren, war es sehr schwer, es wiederaufzubauen. Das hatte Hunt schmerzhaft gelernt.

»Ich schätze, das ist nicht die schlechteste Idee«, meinte Levi. »Solange es Abby nichts ausmacht. Könnte chaotisch werden mit der Renovierung.«

Hunt lehnte sich mit der Schulter gegen die Wand. »Darüber habe ich bereits nachgedacht. Ich würde zunächst Lewis damit beauftragen, alles wegzureißen, was raus muss, und sowas wie Kabel neu zu verlegen auch.«

Levi zog die Brauen zusammen. »Du hast schon mit Lewis darüber gesprochen? Und er hat zugesagt?«

»Naja, nicht wirklich.« Das Baugewerbe in der Stadt florierte im Sommer. Und genau deswegen hatte Hunt das Thema bereits ihrem Freund Lewis gegenüber erwähnt, bevor er sich an seine Brüder gewendet hatte. Lewis war Bauunternehmer; ihm gehörte Sallee Construction. »Er hat natürlich eine Menge zu tun, aber eins der Projekte, mit dem sie jetzt beginnen wollten, ist bei der Baubehörde ins Stocken geraten. Er hat eine Warteliste, würde uns aber ganz nach oben rücken, wenn wir gleich loslegen können.«

»Es gibt ja keinen Grund, an dem Anwesen festzuhalten, wenn wir es nicht nutzen«, befand Bran mit einem Achselzucken. »Das Resort ist in den schwarzen Zahlen und läuft effizient. Keine schlechte Idee, das jetzt in Angriff zu nehmen.«

Levi machte ein finsteres Gesicht. »Ich weiß nicht.«

Hunt stöhnte innerlich. Natürlich zweifelte Levi wieder einmal an ihm.

»Ich bin dafür, dass Hunt das in die Hand nimmt«, meldete sich Bran wieder zu Wort und schaute Wes an.

»Klar, ich auch«, antwortete Wes von der Couch.

Adam warf einen Blick auf seine Armbanduhr. »Solange ich es nicht selbst machen muss, habe ich nichts dagegen. Vielleicht sollten wir aber jemanden mit der Inneneinrichtung beauftragen. Ich weiß nicht, ob ich mich auf Hunts Geschmack verlassen will.«

»Zunächst mal habe ich einen ganz exzellenten Geschmack«, erwiderte Hunt. »Aber ich gebe gern zu, dass Lewis mich bereits an einen Raumgestalter verwiesen hat. Ich kann sehr wohl zugeben, wenn ich einer Sache nicht gewachsen bin.«

»Nicht immer«, brummelte Levi.

Hunt streckte den Nacken, ließ die Sehnen knacken. Er musste cool bleiben. Quer durch den Raum zu springen, um seinen Bruder in den Schwitzkasten zu nehmen, weil dieser sich wie ein Arschloch aufführte, würde den Rest der Anwesenden nicht davon überzeugen, dass er der Aufgabe gewachsen war. Aber bevor Hunt sich wütend auf Levi stürzen konnte, rettete Adam ihn.

»Dann ist das ja abgemacht«, stellte sein ungeduldiger Bruder fest und wandte sich zur Tür. »Ich muss los, aber haltet mich auf dem Laufenden.«

Hunt blickte Levi an, der noch immer nicht zugestimmt hatte. Emily stieß ihn in die Rippen. »Na schön«, sagte er.

Das reichte Hunt. Mehr würde er von Levi sowieso nicht bekommen.

Mit federnden Schritten verließ er das Haus und machte sich auf zu Abby, um ihr die guten Neuigkeiten zu eröffnen. Er hoffte jedenfalls, dass es gute Neuigkeiten waren. Sie hatte keine großen Veränderungen für Noah gewollt, aber er machte das ja alles nur für Noah. Sie würde ihm zustimmen.

Offensichtlich kannte er die Frauen doch nicht allzu gut. Oder zumindest kannte er seine Frau noch nicht allzu gut.

KAPITEL 21

»Ein neues Haus?«, wiederholte Abby. Sie stellte den Wäschekorb ab, den sie getragen hatte. »Ich habe dir doch gesagt, dass ich Noahs Leben nicht noch mehr durcheinanderbringen will, als ich es bereits getan habe.« Hunt hatte ihr gar nicht zugehört. Er ignorierte ihre Wünsche und traf hinter ihrem Rücken Entscheidungen. Ihr Puls pochte heftig, das Herz hämmerte viel zu schnell. Was hatte sie bloß angerichtet, als sie ihn heiratete?

Hunt hob die Hände. »Hör mir doch erst bis zum Ende zu. Es ist nicht wirklich ein neues Haus, sondern das Zuhause meiner Kindheit. Und wir würden erst in mehreren Wochen umziehen. Zunächst muss einiges rausgerissen und neue Leitungen verlegt werden. Ich will nicht, dass meine Familie das mitmachen muss.«

Seine Familie. Aber sie und Noah waren nicht seine Familie. Es sei denn, er nahm diese Ehe doch ernster, als sie geglaubt hatte. Aber wieso sollte er das tun?

»Denk wenigstens darüber nach, okay?«, bat er. »Wir könnten mal mit Noah vorbeifahren und uns anschauen, was alles getan werden muss.«

»Es ist also noch nicht beschlossene Sache. Du hast keine so wichtige Entscheidung hinter meinem Rücken gefällt?«

Hunt legte die Hand aufs Herz. »Sowas Dummes würde ich nie machen.«

Abby sah sich um. Ihr Häuschen war nichts Besonderes, aber es war heimelig. Na gut, ein bisschen zu heimelig. »Warum gerade jetzt?«

»Meine Brüder und ich haben es jahrelang vor uns hergeschoben, uns mit dem Familienanwesen auseinanderzusetzen. Das ist der eine Grund. Der andere ist, dass ich glaube, wenn wir in dem Haus leben, in dem ich aufgewachsen bin, wird uns das helfen, Vivian loszuwerden. Ich stehe nun wirklich nicht auf Protz und Prunk, aber mein Vater tat es, und das Haus, das er gebaut hat, ist beeindruckend. Wir würden im Luxus leben, in der Nähe des Resorts und deiner Arbeitsstelle, und das Allerbeste ist natürlich, dass wir keine Miete zahlen würden. Der Bau ist längst abbezahlt. Du sparst viel Geld.«

Nun sprach er schon eher ihre Sprache. Keine Miete? Sie würde liebend gern etwas von ihrem Gehalt sparen, statt es bei den hiesigen Immobilien- und Mietpreisen aus dem Fenster zu werfen. »Nicht, dass ich zustimmen würde, aber ist das deinen Brüdern denn überhaupt recht?«

Hunt schnaubte. »Meine Brüder sind froh, wenn sie die Arbeit, die alte Villa zu renovieren, abgeben können. Wir zahlen sowieso für die Instandhaltung, während sie leer steht. Da können wir ebenso gut etwas in die Sanierung stecken und es für einen späteren Verkauf vorbereiten.«

Abby hatte noch nie in ihrem Leben irgendetwas umsonst bekommen. Bis Hunt aufgetaucht war. Und sie war sich nicht sicher, was sie davon halten sollte. Ja, es war wunderbar, dass jemand fürsorgliche Dinge für einen tat, aber was könnte sie ihm im Gegenzug geben, für all das, was er für sie getan hatte? »Bist du sicher, dass deine Brüder nicht das Gefühl haben, dass wir sie ausnutzen?«

»Absolut. Wir tun ihnen damit einen Gefallen.«

Abby atmete aus und ging in die Küche, stützte sich auf der abgenutzten Resopal-Arbeitsfläche ab. »Es ist okay, wenn wir mit Noah mal hinfahren, aber wenn er sich aus irgendeinem Grund unwohl fühlt oder unser Zuhause nicht verlassen will, dann werde ich deiner Idee nicht zustimmen.«

»Verständlich.«

»Huiiii!«, kreischte Noah, als er im Vorgarten des Cade-Anwesens herumrannte, und Abby zuckte zusammen. Offenbar hatte sie den Enthusiasmus ihres Sohnes unterschätzt, was ein neues Zuhause anging. Besonders eins, das eine dreistöckige, modernistische Villa am Berghang war.

Hunt hob eine Braue, als er sie ansah.

»Na schön«, gab sie zu. »Ihm gefällt der Garten.« Sie blickte zur Eingangstür hinauf. »Aber dieses Haus ist riesig. Was, wenn er sich darin verirrt?«

Hunt nickte wissend, obwohl ihr klar war, dass sie sich lächerlich machte. »Das muss man immer in Betracht ziehen. Allerdings ist meinen Brüdern und mir das nie passiert, und ich habe Vertrauen in Noahs Orientierungssinn. Er wird sich wahrscheinlich besser auskennen als wir, wenn wir ihn mal ein, zwei Tage herumrennen lassen. Aber wir wollen ja keine voreiligen Schlüsse ziehen.« War das ein selbstsicheres Lächeln in Hunts Gesicht? »Werfen wir doch mal einen Blick hinein und schauen, wie es ihm gefällt.«

Ja, das war eindeutig Selbstsicherheit, die Hunt aus allen Poren drang. Verdammt. Er wusste etwas, das Abby nicht wusste.

Er eilte die Stufen zur Eingangstür hinauf und tippte einen Code in das Tastenfeld ein.

Die Tür ging auf, und Abby hielt unwillkürlich den Atem an. »Ach du Scheiße.«

»Mom«, tadelte Noah sie kichernd.

»Ich meine natürlich: Ach du grüne Neune.« Schon war sie ein schlechtes Vorbild, und ihre Wurzeln, ihre Kindheit im Trailerpark kam an die Oberfläche.

»Wow!«, staunte Noah und blickte sich überwältigt um. »Wohnst du echt hier?«

Hunt ging neben dem Jungen in die Hocke und ließ den Blick durch den zweistöckigen Raum wandern, dessen Fenster zum Wald hinausblickten.

»Als ich ein Kind war, habe ich hier gewohnt. Wie findest du es?«

»Es ist riesengroß«, stellte Noah mit leuchtenden Augen fest. »Darf ich mich umschauen?«

»Na klar, lauf los.«

Noah rannte los wie der Blitz, durchs Foyer und den langen Flur hinunter. Abby hörte ihn den ganzen Weg entlang grölen und johlen.

Sie warf Hunt einen kritischen Seitenblick zu. »Das bedeutet rein gar nichts.«

Er lächelte. »Was immer du sagst, Eheweib.«

Ein Schauer lief ihr über den Rücken. Seine Worte waren humorvoll gemeint, aber ihr kam es so vor, als gefiele es ihm, sie seine Ehefrau zu nennen, und das brachte sie ganz durcheinander. »Bist du sicher, dass du noch nie verheiratet warst? Denn du scheinst das ganze Arsenal passender Antworten auf Lager zu haben, um das zu bekommen, was du haben willst.«

Er lachte leise. »Noch nie verheiratet. Aber ich bin aufmerksam.«

»Und deswegen kommst du so gut bei den Frauen an«, schlussfolgerte sie und hörte sich das selbst nur ungern sagen.

Hunt nahm ihre Hand, und sein Lächeln erstarb. »Wir

haben eine Abmachung, Abby. Ich bin nur bei dir, solange wir zusammen sind.«

Ein Prickeln lief ihren Arm hinab, wo seine warme Handfläche ihre hielt. Sie las zu viel in seine Worte hinein. Fragte sich, ob da noch mehr sein könnte.

Langsam entzog sie ihm ihre Hand wieder und ging durch das Esszimmer in die dahinterliegende Küche. Hunts Schritte erklangen hinter ihr.

Sie schaute sich über die Schulter nach ihm um und erwischte ihn dabei, wie er ins Leere starrte, bevor er mit ernstem Gesicht den Blick durch die Küche wandern ließ.

Sie vergaß ihre Bedenken wegen der Ehe. Was bedeutete dieses Haus wirklich für Hunt?

Er wollte, dass sie hier mit ihm lebte, aber sobald er die Villa betreten hatte, wirkte er zurückhaltend. »Ist alles in Ordnung?«

Er nickte. »Ich war bloß schon eine ganze Weile nicht mehr hier.« Seine Schultern bebten ganz leicht. »Es ist alles älter, als ich es in Erinnerung hatte. Die Küche ist Mist.«

Die Küche war spitzenmäßig und schick, eine Million mal besser als das, was sie mit Noah teilte. Hunt schien sich bei ihr in der Bude an gar nichts zu stören, aber dafür hasste er diese Villa? Wenn sie wirklich in sein angestammtes Heim ziehen würden, wäre das das feinste Zuhause, in dem sie je gelebt hatte.

Allerdings begriff sie, dass man die Küche renovieren müsste, wenn man das Haus verkaufen wollte. Sie war mindestens zwanzig Jahre alt. Wer so viel Geld für ein Haus hinblätterte, würde etwas Moderneres erwarten. Dennoch klang er übertrieben negativ, was die altmodische Küche anging. »Ist das alles, was dir nicht passt?«

Hunt schob die Hände in die Taschen seiner Jeans und stand stockstеif da, gab ihr keine Antwort. Vielleicht konnte er es nicht.

Etwas an diesem Haus machte ihn zornig. Wenn sie hier wohnen wollten, dann wollte sie sichergehen, dass er mit dieser Entscheidung auch wirklich leben konnte. Sie versuchte es mit einer anderen Taktik. »Wie war es denn so, hier aufzuwachsen?«

»Kalt«, gab er einsilbig und tonlos zurück.

Abby lachte freudlos. »Und dennoch willst du, dass wir hier einziehen?«

Hunt schaute sich erneut um und stieß einen langgezogenen Seufzer aus. »Es ist ja nur vorübergehend. Außerdem habe ich vor, die Bude zu entkernen, bis man sie kaum wiedererkennt.«

Sie zog die Brauen zusammen. »Was ist der wahre Grund, warum du dieses Haus nicht magst?«

Er blickte zur Seite, so als wolle er sich nach Noah umsehen. Abby hörte ihren Sohn eine Etage über ihnen herumrennen. »Meine Kindheit war ... anders. Es war nicht furchtbar, aber es war einsam. Meine Mutter starb, als ich noch ein Baby war, und mein Vater war ein Workaholic. Wenn er da war, achtete er trotzdem nicht wirklich auf uns. Ich weiß nicht.« Seine Schultern hoben sich zu einem steifen Achselzucken. »Wir waren fünf Jungs und alles andere als leicht zu handhaben. Ich kann es ihm irgendwie kaum verdenken, dass er uns abservieren wollte.«

Abby schluckte und spürte einen Stich in ihrer Brust. Sie wollte ihn in den Arm nehmen. Sie wollte seinen Vater anbrüllen und ihm sagen, dass er für seine Söhne hätte da sein sollen. Sie kämpfte darum, dass sie ihren Sohn großziehen durfte, während sein Vater seine Chance, seine Kinder selbst großzuziehen, einfach weggeworfen hatte.

Abby gab schließlich dem Impuls nach, ihren Arm unter seinen zu haken, denn sie war unsicher, wie sich ein Mann – ihr Ehemann – dabei fühlte. »Du gehst so wunderbar mit den Kindern im Club Kids um, und Noah liebt dich. Wenn du keine glückliche Kindheit hattest, merkt man davon jedenfalls nichts.«

Er wandte den Blick ab. »Ich mag es nicht zu sehen, wenn die Kinder sich einsam fühlen. Außerdem«, fügte er mit neuem Grinsen hinzu, »behaupten meine Brüder immer, dass ich im Geiste das gleiche Alter habe wie meine Schützlinge. Wir passen also gut zusammen.«

Abby drückte seinen Arm. »Deine Brüder haben unrecht. Du bist ein wunderbarer Mann und wirst einen tollen Vater abgeben. Du bist doch schon ein großartiges Vorbild für Noah.«

Hunt musterte sie, als wolle er herausfinden, ob sie es ernst meinte. Und dann wurde sein Blick wärmer und wanderte über ihr Gesicht, fixierte ihren Mund.

Abbys Gedanken eilten augenblicklich zurück zum vorherigen Morgen und zu dem Ausdruck in seinen Augen, als er ihr diese unglaubliche Lust bereitet hatte.

Herr im Himmel, er hatte eine solche Macht über sie.

Sie räusperte sich. »Wir sollten nach Noah sehen. Ich glaube, er hat sich doch im Labyrinth verirrt.« Sie wollte sich ihm entziehen, aber er legte seine Hand auf ihre.

»Abby.« Er wartete, bis sie ihm in die Augen sah. »Ich werde dich nicht enttäuschen.«

Er hatte ihre Gedanken gelesen, denn sie hatte tatsächlich Angst. Aber nicht vor ihm. Sie hatte Angst, dass sie bereits zu viel für jemanden empfand, den sie nicht haben konnte.

KAPITEL 22

Hunt schaffte es nicht, die geballten Fäuste zu lockern, als sie durch das alte Haus gingen und nach Noah suchten. Was hatte er sich bloß dabei gedacht, sie zu überreden, hier einzuziehen?

Als er den Entschluss gefasst hatte, ging es nur darum, Abby und Noah zu beschützen. Er hatte das Verhängnis vergessen, das er an diesem Ort immer im Nacken spürte. Und nun stürzte das alles wieder auf ihn ein, eine Erinnerung nach der anderen mit jedem Zimmer, das er betrat, und jedem Möbelstück, das er nie anfassen durfte.

Hunt fand Noah in seinem alten Kinderzimmer, und das nahm ihn einen Augenblick lang mit in die Vergangenheit.

»Das ist dein Zimmer«, erklärte Noah, der auf dem Teppichboden lag und die Arme unter dem Kopf verschränkt hatte, statt sich ins extralange Bett zu legen, das an der Wand stand. »Wenn wir hier wohnen, will ich dein Zimmer.«

Im Gegensatz zum Rest des Hauses machte Hunt sein Zimmer nichts aus. Es war immer sein Zufluchtsort gewesen. »Woher weißt du, dass das mein Zimmer war?«

Noah sprang auf und rannte zum begehbaren Kleiderschrank. Er zeigte auf die Innenseite des Türrahmens.

›Hunt war hier‹ war dort ins Holz geschnitzt. Das hatte er gemacht, als er acht Jahre alt war, ein paar Jahre älter als Noah heute.

Eines Abends war Hunts Vater nicht nach Hause gekommen, und er und seine Brüder waren mit der Haushälterin allein, die sie alle schon um sieben ins Bett geschickt hatte, um sich nicht mit ihnen befassen zu müssen. Hunt hatte sich in seine Schrankkammer gesetzt und sich ein Fort gebaut, war länger als sonst aufgeblieben. Es war einer der vielen Abende gewesen, an denen er sich vorgestellt hatte, er wäre ein Pirat, der Erretter der Unschuldigen.

Hunt schüttelte den Kopf. Jemand hätte seinem jüngeren Ich mal erklären sollen, was ein Pirat war. Selbst heute betrachtete er einen Schiffsführer oder eine Schiffsführerin instinktiv als Beschützer des Meeres – oder in seinem Fall, des Sees. Er hatte sich selbst das Versprechen abgenommen, Menschen zu retten, weil ihn niemals jemand gerettet hatte. Aber das einzige, was ihn in diesem Moment tapfer bei der Stange und davon abhielt, einfach davonzulaufen, waren Abby und Noah. Er tat das hier für sie.

Es war ein beängstigender Gedanke.

Seine neue kleine Familie wuchs ihm immer mehr ans Herz. Vielleicht war er in der Lage, ihnen jetzt zu helfen, aber er war kein Narr. Tief drinnen wusste er, dass seine Brüder recht hatten. Irgendwann würde er Mist bauen und er wäre nie auf lange Sicht gut für irgendjemanden.

Noah rannte von Zimmer zu Zimmer, staunte und begeisterte sich für jedes Detail, und selbst seine skeptische Braut Abby strahlte. Die einzigen, denen das Haus zu schaffen machte, waren er und seine Brüder.

Er würde das Haus leerräumen, vollständig entkernen, wenn nötig. Irgendwie würde er daraus einen Ort machen, in dem Abby, Noah und er selbst wohlfühlen konnten.

Hunt fuhr sich mit der flachen Hand über die feuchte Stirn.

»Hunt«, sagte Abby, die hinter ihm stand. »Er hatte sie nicht nähertreten gehört, weil er zu sehr in seinen Erinnerungen gefangen gewesen war. »Wir müssen hier nicht leben.«

Er zeigte Schwäche wegen eines bescheuerten Hauses. Das ging so nicht. »Bedeutet das, dass du es in Betracht ziehst?«

Sie machte eine Geste über den Flur hinweg Richtung Noah, der gerade auf seinem alten Bett herumhüpfte. »Ich glaube kaum, dass wir eine Wahl haben. Noah liebt das Haus. Aber wir haben hier keine Vergangenheit, die uns verfolgt wie dich. Wir wären in meinem Haus ebenso glücklich.«

Hunts Rücken versteifte sich. Die einzigen Lichtblicke an Abbys Haus waren die Menschen, die darin wohnten. Abgesehen davon war die kleine Hütter heruntergekommen und befand sich in einer zwielichtigen Ecke der Stadt. Das Häuschen war einfach nicht gut genug für Noah und Abby. Nicht, wenn sie Noahs Großeltern ein für alle Mal klarmachen wollten, dass sie das Sorgerecht für ihren Enkel niemals bekommen würden.

Hunt musste jetzt seinen Mann stehen und die Vergangenheit abschütteln. »Dann wäre das geregelt. Wir ziehen ein, sobald die groben Arbeiten erledigt sind. Ist es okay für dich, wenn Lewis' Arbeiter hier herumwerkeln? Ich kenne die meisten von ihnen und würde Lewis mein Leben anvertrauen.«

»Ich vertraue dir, also passt das für mich«, antwortete sie.

Hunts Brustkorb wurde ihm eng. Niemand schenkte ihm je sein volles Vertrauen. Frauen, seine Brüder – sie liebten ihn alle, aber sie waren klug genug, ihm nicht zu vertrauen. Bis auf Abby.

Abby war lieb, eine liebevolle Mom, die ihren Sohn behüten wollte. Sie war nicht leicht herumzukriegen, und doch schien sie vollstes Vertrauen in ihn zu haben. Wie zur Hölle hatte er das geschafft?

Dieses verfluchte Haus. Es brachte ihn dazu, an sich zu

zweifeln, weil es ihn an die Vergangenheit erinnerte und daran, woher er kam.

Es war ein Mittel zum Zweck, beruhigte er sich. Das Haus beeindruckte jeden und würde Noahs Großeltern zum Schweigen bringen. Und seinen Brüdern konnte er beweisen, dass er der Herausforderung, es zu renovieren, gewachsen war.

Jeder seiner Brüder hatte sich für Club Tahoe ins Zeug gelegt, seit sie die Leitung übernommen hatten. Jeder außer Hunt. Nun konnte er zeigen, dass auch er würdig war.

ALS HUNT ABBY nach Hause zurückbrachte, war es schon spät. Sie bereitete rasch Nudeln mit Fleischklößchen zum Abendessen zu, während er Noah ein Buch vorlas.

»Noch eins!«, bettelte Noah in seinem Zimmer. Er war völlig aus dem Häuschen, dass sein bester Freund aus dem Club jetzt bei ihnen wohnte. Er konnte auch nicht aufhören, vom ›neuen Haus‹ zu reden.

Abby kam zur Zimmertür. »Auf keinen Fall, kleiner Mann. Wir hatten ein paar anstrengende Tage. Du brauchst deinen Schlaf.«

Hunt und Noah schauten sie beide mit zusammengezogenen Brauen vom Bett her an. Was für ein trauriger Anblick.

»Na schön«, gab sie nach. »Eins noch, aber dann wird geschlafen.«

Noah sprang auf und rannte zu seinem kleinen Bücherregal, während Hunt ihn lächelnd beobachtete. Er schien ebenso begeistert darüber zu sein, Noah noch eine Geschichte vorzulesen, wie Noah war, sie zu hören. Erstaunlich.

Nach dem letzten Buch sagten Abby und Hunt Noah gute Nacht, und dann zog Abby leise die Tür zu seinem Zimmer zu.

Im Flur verlagerte sie nervös das Gewicht. »Also ...«, sagte sie.

»Also?«, echote er. Seine Mundwinkel zuckten nach oben. Meine Güte, war das alles merkwürdig. Sie waren kein Paar, aber am gestrigen Morgen hatten sie einige Dinge miteinander gemacht, die nur Erwachsene machten.

Gestern Abend waren sie dann so damit beschäftigt gewesen, auszupacken und umzuräumen, Platz für Hunts Sachen zu schaffen, und dabei war Noah ihnen alle zwei Sekunden in die Quere gekommen, weswegen die Sache vom Morgen nicht mehr zur Sprache kam. Hunt hatte mit Abby im Bett geschlafen, aber sie waren beide in Tiefschlaf versunken, sobald das Licht aus war.

Heute Abend waren sie nicht erschöpft vom Umräumen. Erwartete er, dass erneut das passierte, was gestern passiert war? Wollte sie, dass er das noch einmal machte?

Eine Hitzewelle durchfuhr ihren Unterleib. Verflixter Hunt Cade mit seinen verflixten Händen. Daran könnte sie sich gewöhnen, aber wo wäre sie dann am Ende? Allein und ohne Hunt. »Willst du zuerst ins Bad, oder soll ich?«

»Geh du zuerst«, sagte er. »Ich muss noch eine E-Mail an Lewis schreiben. Ich würde mich gern morgen beim Haus mit ihm treffen, damit die Mannschaft mit der Sanierung beginnen kann.«

Richtig, die Sanierung. Abby war hier die einzige, die über sexuelle Erlebnisse mit Hunt nachdachte. Das war aber ganz allein seine Schuld; er hatte es ganz schön drauf.

Reiß' dich zusammen, Mensch!

Hunt hatte Bedenken, wenn es um sein Elternhaus ging. Aber vielleicht konnte sie ihm ja auf diese Weise etwas zurückgeben für all das, was er für sie tat. Sie würde ihm bei dieser Renovierung helfen, da sie ja nun keine Doppelschichten mehr machen musste, um über die Runden zu kommen, und dann würden sie gemeinsam all die bösen Erinnerungen wegwischen.

Abby putzte sich die Zähne, zog sich ein T-Shirt und Shorts

an und kuschelte sich in ihr Bett. Sie hörte, wie Hunt ins Badezimmer ging, aber zu diesem Zeitpunkt wurden ihre Lider bereits immer schwerer, und sie konnte sich kaum noch auf ihr Buch konzentrieren.

Also legte sie den Roman auf den Nachttisch. Ihr stand eine weitere Nacht im selben Bett mit Hunt bevor, und der Gedanke ließ sie lustvoll von Kopf bis Fuß erschauern. Von jetzt an würden sie immer in einem Bett schlafen, denn Noah war ja auch noch da. Aber ungeachtet dieser anregenden Gedanken gewann ihre Müdigkeit Oberhand, und sie schlief augenblicklich ein.

Es schien nur wenige Minuten später, als Abby ihre Augen öffnete, und ein bläulich-graues Licht durch die Jalousien fiel. Es war Morgen, aber es musste noch sehr früh sein.

Sie dachte an den gestrigen Abend zurück, sie musste sofort in Tiefschlaf gesunken sein, denn sie erinnerte sich nicht daran, wie Hunt ins Zimmer gekommen war, und während sie langsam immer wacher wurde, stellte sie fest, dass er nicht neben ihr lag. Sie erinnerte sich doch genau an seinen großen, warmen Körper an ihrer Seite. Aber da war keine Wärme, keine Delle in der Matratze, kein langer Arm, der sie besitzergreifend festhielt.

Abby setzte sich auf. War er etwa bereits gegangen? Er schien es eilig zu haben, seinen Freund Lewis zu treffen und die Renovierung in Gang zu setzen ...

Und dann erblickte sie ihn.

Hunt lag auf seiner Decke auf dem Boden; sein nackter Oberkörper eine Augenweide. Einen Arm hatte er unter den Kopf gelegt, das Haar war zerzaust, die langen Wimpern lagen auf den markanten Wangenknochen.

Abby saugte den Anblick in sich auf wie eine Ausgehungerte. Ihr Blick wanderte die Wölbung seines Bizeps' hinab, über breite, muskulöse Schultern zu einem Bauch mit definierten Muskeln, von denen sie den Blick nicht lösen konnte.

Bisher hatte sie ihn noch nie so ausgiebig betrachtet. Hunt Cade war eine Schönheit, Herrgott im Himmel.

Als sie wieder hochblickte, waren seine Augen geöffnet und beobachteten sie. Er starrte sie an, während sie ihn anstarrte. Er hatte sie beim Gaffen erwischt, und es schien ihn nicht zu stören. Nicht einmal ein kleines bisschen. Im Gegenteil, er sah sie an, als würde er am liebsten in sie hineinbeißen.

Das war gar nicht gut.

»Mom?«, rief Noah schläfrig vom Flur.

»Mist.« Abby blickte sich hastig um. Erwischt. Nicht wegen der schmutzigen Gedanken, die durch ihren Kopf wirbelten, sondern weil Hunt eigentlich bei ihr im Bett sein müsste. Selbst Noah wusste, dass verheiratete Menschen im selben Bett schliefen. Das hatte er ihr erst gestern Abend eröffnet, als er sich sorgte, ob sie denn auch wisse, wie sie mit ihrem Ehemann umgehen müsse.

Hunt riss die Augen auf und warf die dünne Decke von sich, hechtete zu ihr ins Bett. Ihr blieb nur der Bruchteil einer Sekunde, um seine muskulösen Beine zu bewundern, bevor er sich auch schon an sie schmiegte. Seine riesige Erektion presste sich gegen ihren Rücken.

Abby quiekte, und Hunt drückte kurz ihre Hüfte.

»Pst«, machte er und sah sie warnend an.

Wie sollte sie wohl still bleiben, wenn er seinen großen, erregten Körper an ihren drängte?

»Ist deine Schuld«, murmelte er. »Du kannst mich nicht früh am Morgen so ansehen und dann erwarten, dass sich bei mir nichts regt.«

Sie wollte sich zu ihm umdrehen und etwas Schnippisches antworten, aber da betrat Noah auch schon das Zimmer.

»Hi, mein Süßer«, sagte Abby, und ihre Stimme klang höher als sonst.

Noah kletterte zu ihr ins Bett und merkte nichts von ihrem inneren Aufruhr.

Hunt zog sie noch näher an sich heran, um Platz für den Jungen zu machen.

»Ich habe gut geschlafen«, verkündete der und gähnte dann. »Was gibt's zum Frühstück?«

Abby räusperte sich und zwang ihren Verstand, nicht an den heißen, lächerlich scharfen Mann zu denken, der sie in seinen Armen hielt. »Wieso putzt du nicht schnell Zähne, und ich mache uns ein paar Eier?«

»Ich will French Toast.«

Abby schob ihm das hellbraune Haar aus der Stirn und drückte einen Kuss darauf. »Dann eben French Toast.«

»Zwei Scheiben bitte«, sagte Noah.

»Ich nehme sechs«, meldete sich Hunt zu Wort, was Noah zum Kichern brachte.

Abby verzog den Mund. »Wenn man bedenkt, dass ihr beide hier das meiste esst, frage ich mich, wieso ich eigentlich diejenige bin, die kochen muss.«

Noah kletterte wieder vom Bett herunter und lachte immer noch.

Einen Augenblick später hörte sie, wie er die Badezimmertür ins Schloss fallenließ.

Sie atmete aus. Aber Hunt ließ sie nicht los, obwohl Noah weg war. Oh nein, stattdessen senkte der ungezogene Kerl langsam den Kopf und küsste eine empfindliche Stelle in ihrem Nacken.

»So wird das nichts«, mahnte sie und reckte den Hals von ihm weg, denn es war einfach zu viel, wenn dieser heiße Mann ihre zarte Haut liebkoste. Und diese andere Sache hatte nur ein paar Tropfen in den sexuellen Brunnen laufen lassen, der vor Jahren ausgetrocknet war.

»Oh doch, das wird«, widersprach er.

Wollte er damit auf die Erektion anspielen, die sie zwischen ihren Oberschenkeln spürte. »Du bist ein ganz Schlimmer.«

»Das wäre ich gern. Ich finde, wir sollten nochmal über die

Regeln unserer Ehe nachdenken.« Er fuhr sachte mit den Lippen über die Haut an ihrem Hals.

Oh Gott. Sie hatte Hunt geheiratet, um Noah zu beschützen, aber ihr wurde immer klarer, welche Gefahr darin lag – denn sie hatte gleichzeitig den heißesten Mann der Stadt geheiratet. Keine Frau konnte dem ewig widerstehen. »Ich kann nicht, Hunt.«

Er hob den Kopf und starrte mit ernstem Gesichtsausdruck auf sie herab. »Ich werde warten.«

Sie verzog den Mund. Sie hatte nicht erwartet, dass er so etwas sagen würde. Er wusste ebenso gut wie sie, dass sie mit dem Feuer spielten, wenn sie nachgaben und intim wurden.

»Du scheinst dir deiner Sache ja schrecklich sicher zu sein. Wir sind doch bereits übereingekommen, dass es eine schlechte Idee wäre, uns zu sehr darauf einzulassen.«

»Ich habe zugestimmt, dass es nicht gut wäre, uns emotional zu sehr darauf einzulassen. Aber ich finde, es würde uns beiden nur guttun, wenn wir uns körperlich mehr darauf einlassen. Das haben wir doch vorgestern schon herausgefunden.« Er warf ihr ein großspuriges Grinsen zu.

Als sie aus dem Bett stieg, stieß sie ihn leicht ihren Ellbogen in den Magen, und er lachte erstickt auf.

Er blieb auf dem Rücken liegen, verschränkte die Arme hinter dem Kopf und lächelte. »Ich bin hier, wann immer du mich brauchst.«

Und das war genau das Problem. Sie brauchte ihn viel zu sehr.

KAPITEL 23

Hunt blickte sich in der Küche um, die er gestern zum ersten Mal nach mehr als einem Jahrzehnt wiedergesehen hatte, und schnitt eine Grimasse. Welcher Idiot hatte geglaubt, es wäre eine gute Idee, in die alte Villa zurückzuziehen? Er hätte sich gerade selbst in den Hintern treten können. »Reißt alles raus«, wies er Lewis an.

Der holte sein Maßband aus der Tasche. »Ich gebe unserem Konstrukteur die Maße für die Neugestaltung der Küche weiter, aber abgesehen davon können wir in den nächsten Tagen anfangen.«

Hunt dachte darüber nach, was sonst noch nötig wäre, um diesen Ort mit all seinen traurigen Erinnerungen lebenswert zu machen. »Ich will, dass ihr auch den Eingang rausreißt. Auch das Kranzprofil. Und wenn ihr schon dabei seid, könnten wir auch den Boden rausreißen. Und ich will komplett neue Innentüren.« Er drehte sich langsam im Kreis. »Die Wände zwischen Küche und Esszimmer müssen ebenfalls weg. So wie die Wand zwischen Küche und Wohnzimmer. Zu viele Wände in dieser verdammten Bude.«

Lewis hob eine Braue. »Du hast gesagt, dass das eine Modernisierung werden soll.«

Hunt schluckte den bitteren Geschmack hinunter, der ihm die Kehle hinaufgekrochen war, als er das Haus betreten hatte. »Ich habe meine Meinung geändert. Wenn ich unter diesem Dach leben soll, muss es aussehen wie ein anderes Haus.«

»Wieso demolieren wir es nicht gleich komplett?«

Hunt warf ihm einen Blick zu. »Können wir das machen?«

Lewis lachte in sich hinein. »Himmel, Hunt, ich wollte einen Witz machen. Dieses Haus zu bauen, muss ein Vermögen gekostet haben, und es ist in exzellentem Zustand. Aber mach dir keine Sorgen, wir tauschen alles aus, und dann wird es wie ein anderes Haus aussehen.«

»Und ihr reißt auch die Innenwände raus?«

Lewis wanderte in den nächsten Raum. »Kann ich machen, wenn es keine tragenden Wände sind. Lass mich erst die Jungs mit auf den Speicher nehmen und den Konstrukteur dazuholen, damit er sich das anschaut. Welchen Stil soll das denn später haben?«

Hunt überlegte kurz. »Etwas, das sich nicht mit dem Äußeren beißt. Warm. So wie Abby ihr Haus eingerichtet hat.«

»Willst du, dass der Konstrukteur das mit deiner Frau bespricht?«

Wollte er das? Möglicherweise hätten seine Brüder etwas dagegen, denn Abby war ja gerade erst Teil der Familie geworden, und es handelte sich um das Haus, in dem sie alle aufgewachsen waren ... Andererseits hatten sie ihm freie Hand gelassen, und Abby hatte ein Talent dafür, ein Haus zu einem Heim zu machen. Selbst die armselige Hütte, die sie mit Noah gemietet hatte. »Ja. Der Konstrukteur soll sich mit Abby zusammensetzen. Ich nehme, was immer sie für richtig hält.«

»Kluger Mann. Gen fände das super.« Lewis machte sich Notizen. »Sie fand Abby übrigens wirklich nett, nachdem sie sie bei der Hochzeit kennengelernt hat. Sie meinte, du hast dir eine Gute ausgesucht.«

Lewis war älter als er, so wie seine Brüder, aber eben auch

Teil des Rudels, mit dem er aufgewachsen war. Und offenbar hatte seine Verlobte Gen einen exquisiten Geschmack, denn Abby war definitiv eine Gute.

Hunt hatte noch nie jemanden wie Abby gekannt. Hinter der Krankenhauskleidung und den dunklen Augenringen verbarg sich eine wunderschöne Frau. Ehrlich gesagt fand Hunt sie auch in ihrem Kittel scharf, und die dunklen Ringe verblassten bereits, weil sie ja jetzt nicht mehr ganz so viel arbeitete. Aber all das bezog sich nur auf die Oberfläche. Sie war eine unglaublich gute Mom, sie war lustig, temperamentvoll und – verdammt – höllisch sexy. Sie wusste das vielleicht nicht, aber sie brachte ihn langsam um mit dem Zimmer, das sie teilten.

In der Hochzeitsnacht hatte Hunt eine Kostprobe bekommen, und nun konnte er an nichts anderes mehr denken als an die leisen Geräusche, die sie von sich gab, als er sie befriedigt hatte, das glatte Gefühl ihrer Haut unter seinen Händen, und der Ausdruck des Vergnügens in ihrem Gesicht, als sie ihren Höhepunkt erreicht hatte. Er wollte Abby jeden Tag aufs Neue zum Höhepunkt bringen, am liebsten den ganzen Tag lang. Aber er hielt sich zurück. Was bedeutete, dass er irgendwann platzen würde.

Nachts neben ihr zu liegen und sie nicht berühren zu können? Das war Folter. Die süßeste Folter. Aber er würde keinen Vorstoß wagen, bevor sie ihm nicht das Okay gegeben hatte.

Eine Woche verging, in der sich Hunt ganz in das Renovierungsprojekt stürzte. Entweder das, oder er hätte sich vor sexueller Frustration von einer Klippe gestürzt.

Das hier war bestimmt gut für ihn. Er hatte sich nie zuvor das Vergnügen mit einer Frau versagt. Es formte den Charakter, erinnerte er sich immer wieder.

Verdammt, wenn seine Brüder wüssten, wie lange er keinen Sex gehabt hatte, seit er Abby begegnet war. Sie glaubten, er würde sich mit seiner frischgebackenen Ehefrau vergnügen. Wie hätten sie auch ahnen sollen, dass dies die längste enthaltsame Phase war, die Hunt je durchlebt hatte.

Lewis und seine Abbruchmannschaft rissen Küche und Bäder heraus und entfernten die Zwischenwände im Erdgeschoss. Eine der Wände war tragend, aber Hunt wollte sie trotzdem weghaben- Also stimmte er zu, ein kleines Vermögen zu bezahlen, um einen riesigen Tragebalken in die Decke einzulassen, und das war es wert. Je mehr sich das Haus veränderte, desto weniger erinnerte es ihn an seine Kindheit. Wenn er jetzt noch in der Lage wäre, seine zeitweilige Frau zu überreden, ihn auch im übertragenen Sinne in ihrem Bett willkommen zu heißen ...

Vielleicht würde er den Verstand verlieren. Nicht wegen der Abstinenz an sich, auch wenn die es nicht gerade leichter machte, sondern weil er Nacht für Nacht neben einer Frau lag, die er mit jedem weiteren Tag verzweifelter begehrte.

Je mehr er über Abby und ihre ›Abmachung‹ nachdachte, desto überzeugter war er, dass eine körperliche Beziehung der richtige Weg für sie beide war. Na schön, ja, er war rattenscharf auf sie, und seine falsche Ehefrau war unglaublich schön. Sie musste sich nur vornüberbeugen, um die Plastikfolie aus der unteren Schublade zu nehmen, und schon wurde er steif. Es trieb ihn in den Wahnsinn.

Wann immer Hunt sich eine Zukunft mit einer Frau vorgestellt hatte, war da nur Leere in seinem Kopf gewesen. Aber zum ersten Mal hatte er keine Angst vor einer echten Bindung, einer Verpflichtung. Vorausgesetzt, es ging um Abby. Für ihn war das eine Riesensache. Es musste am fehlenden Sex liegen. Alles andere ergab keinen Sinn. Er zog sein Handy aus der Hosentasche und schickte ihr rasch eine SMS.

Was gibt's zum Abendessen?

Er hatte diese Woche schon ein paar Mal vorgeschlagen, etwas Fertiges vom Club Tahoe mitzubringen, aber Abby hatte das jedes Mal abgetan. Sie grummelte zwar manchmal über die Mengen an Essen, die er und Noah verdrückten, aber das Kochen schien ihr nichts auszumachen, auch wenn sie das nie so deutlich sagen würde.

Noah hatte gerade Mac & Cheese. Bist auf dich gestellt. Maria und ich wollen ausgehen und Musik hören.

Er schrieb zurück: Wer passt auf Noah auf?

Ihre Antwort kam ebenfalls umgehend: Ich hatte gehofft, dass mein Mann das macht. Und dann gleich hinterher: Aber wenn du nicht kannst, kann ich seine Großeltern anrufen. Wobei ich es hasse, sie um etwas zu bitten. Ich kann auch zu Hause bleiben ...

Auf keinen Fall. Erstens, wenn jemand etwas Zeit für sich brauchte, dann war das Abby. Sie arbeitete mehr als jeder, den er kannte, und belegte dazu noch Fortbildungskurse. Hunt war schon froh, dass sie ihre Stundenzahl nach der Hochzeit ein wenig heruntergeschraubt hatte. Außerdem war es sicher am besten für sie beide, wenn sie einander Raum gaben. Die sexuelle Spannung in dem kleinen Häuschen war heftig. Eine weitere Nacht im selben Bett, ohne sie anzufassen, und er befürchtete, das Dach könnte abheben.

Ich passe auf Noah auf. Jungsabend!

Abby beantwortete seine Nachricht mit einem Herz-Emoji, und sein Brustkorb blähte sich stolz.

Es war ganz einfach, die Frau zufriedenzustellen. Und auf Noah aufzupassen, machte auch einfach Spaß. Sie würden irgendetwas Leckeres, Ungesundes essen, worüber Abby sich beklagen würde, aber bei einem Jungsabend gehörte Junkfood einfach dazu.

Hunt ging die Möglichkeiten durch, als er in die Einfahrt ihres kleinen Häuschens einbog, seit einer Woche auch sein

Zuhause. Burger und Pommes? Eis? Im Resort gab es außerdem diese Schokoladen-Lava-Törtchen, die Noah liebte ...

Er ging die Stufen hinauf und öffnete die Tür mit dem Schlüssel, den Abby ihm vor einer Woche gegeben hatte. Noah saß am Esstisch und baute einen Turm aus magnetischen, geometrischen Formen. »Hey, Noah. Wie war dein Tag?«

»Toll! Mom sagt, dass du heute Abend auf mich aufpasst.« Noah hüpfte auf dem Stuhl auf seinem Hosenboden auf und ab.

Hunt lächelte und legte seinen Schlüsselbund und seine Brieftasche auf der Arbeitsfläche in der Küche ab. »Das habe ich auch schon gehört. Dann mach dir mal Gedanken, welchen Film du anschauen möchtest.«

Er goss sich ein Glas Wasser ein und trank einen Schluck. Dann geschahen mehrere Dinge gleichzeitig: Noah fing an, die Titel mehrerer Zeichentrickfilme herunterzurattern, und Abby betrat das Wohnzimmer. Sie blickte an sich hinunter und rückte den Saum ihres Kleides zurecht.

Hunt verschluckte sich an seinem Wasser und spuckte ein paar Tropfen hustend wieder aus.

Abbys langes, hellbraunes Haar fiel ihr in weichen Wellen über die Schultern, und sie war geschminkt, was aus der natürlichen Schönheit ein umwerfendes Supermodel machte.

Was zur Hölle hatte er sich dabei gedacht, seine Frau ohne ihn ausgehen zu lassen? Sie würde doch von allen Typen angequatscht werden.

Noah krümmte sich vor Lachen. »Du hast dein Wasser ausgespuckt!«

Dann rannte er zu seiner Mutter und schlang die Ärmchen um ihre Taille. »Mommy, du siehst so hübsch aus.«

Abby lächelte und küsste ihn auf den Scheitel. »Danke, mein Liebling.« Sie blickte zu Hunt auf und machte große Augen.

Was glaubte sie eigentlich, was sie da machte? Wollte sie wirklich so rausgehen? Sie war eine verheiratete Frau, Herrgott nochmal. Na schön, die Ehe bestand nur auf dem Papier, aber es fühlte sich doch echt an. Es fühlte sich an, als wäre sie sein. Und Hunt teilte nicht gern.

»Kann ich einen Moment mit dir reden?«, bat er.

Abby starrte ihn immer noch unsicher an, nickte aber und wandte sich an Noah. »Sei heute Abend brav, ja? Iss bitte nicht zu viel von dem Mist, den Hunt für euch bestellen wird.« Noah kicherte.

Erwischt. Aber Hunt schämte sich keineswegs. Jungsabend.

Er berührte ihren Ellbogen, als sie ihre Handtasche nahm, und ging mit ihr vor die Haustür, damit sie unter vier Augen sprechen konnten. »Wo gehst du hin?«

Abby kramte in ihrer Handtasche und zog schließlich den Autoschlüssel hervor. »Habe ich dir doch vorhin geschrieben. Ich will mir mit Maria ein bisschen Musik anhören.« Sie kniff ein Auge zusammen. »Ich glaube, wir gehen in eine neue Brauerei, die Nachwuchsbands auf die Bühne bringt.«

Hunt stützte sich mit einer Hand am Türrahmen ab und legte die andere auf Abbys Hüfte. »Das gefällt mir nicht.«

Sie blickte auf die Hand an ihrer Hüfte und zog die Stirn in Falten. »Du willst nicht auf Noah aufpassen? Denn ich ...«

»Darum geht's nicht.« Er ließ seinen brennenden Blick an ihrem Körper hinabwandern, verharrte auf ihren Hüften und Brüsten unter dem enganliegenden, schwarzen Kleid aus dehnbarem Material. Schwarze Pumps lenkten den Blick auf ihre straffen Beine; das war das Sahnehäubchen des Ganzen. Er wollte sie Zentimeter für Zentimeter mit der Zunge erforschen. »Ich traue den Single-Männern da draußen nicht über den Weg, wenn sie dich erst zu Gesicht bekommen.« Er dachte kurz darüber nach, was er gerade gesagt hatte. »Den verheirateten Männern traue ich übrigens ebenso wenig.«

Ihre Mundwinkel zuckten nach oben. »Hunt, ist dir eigentlich klar, wie albern das klingt?«

»Als wäre ich ein besitzergreifender Arsch? Ja.« Er beugte sich vor und atmete tief ein. »Du riechst auch noch verflucht gut.«

Abby unterdrückte ein Lächeln, aber sie beugte sich ebenfalls näher zu ihm herüber. »Das ist doch albern. Ich hatte nichts mehr mit einem Mann seit Noahs Vater. Unsere Hochzeitsnacht war der meiste Sex, den ich seit ewigen Zeiten gehabt habe.«

Er überbrückte die letzten Zentimeter und strich mit seinen Lippen über ihre. »Ganz genau. Und deshalb wartet ja hier noch viel mehr auf dich. Ich will dich.«

Sie seufzte. »Das ist alles deine Schuld. Ich gebe deinem Bizeps die Schuld. Und deiner Brust. Deinen wandernden Händen. Nachdem wir ... Naja, die ganze Woche war heikel. Wir hätten das nie anfangen sollen, was wir da am Morgen nach der Hochzeit gemacht haben, denn jetzt muss ich andauernd daran denken.«

Endlich waren sie auf einer Wellenlänge. »Wir begehren einander. Wir sind verheiratet. Wenn man es sich genau überlegt, ist es unsere Aufgabe, uns zu vermehren.« Er schenkte ihr ein schiefes Grinsen.

Sie zeigte mit dem Finger auf ihn. »Das ist nicht wahr, und das weißt du auch. Sex würde die Dinge zwischen uns nur verkomplizieren.«

»Oder es würde alles weniger kompliziert machen. Nichts verursacht mehr Stress als die sexuelle Spannung, die sich in diesem Haus aufgebaut hat. Sieh es doch als Therapie, wenn wir unsere Bedürfnisse befriedigen. Denn ich kann dir versichern, dass du tiefenentspannt sein wirst, wenn ich mit dir fertig bin.«

Sie schluckte. »Ich werde darüber nachdenken. Nachdem ich mit Maria aus war. Ich habe alles aufgegeben, als ich mit

Noahs Vater zusammengekommen bin. Das werde ich nicht noch einmal machen.«

»Ich will doch gar nicht, dass du deine Freundinnen aufgibst. Du sollst nur nicht vergessen, was zu Hause auf dich wartet.« Er küsste sie, schlang dabei diesmal den Arm um ihre schmale Taille und zog sie an seine Brust, drückte mit seinen Lippen all die Dinge aus, die er am liebsten mit dem gesamten Körper getan hätte.

Dann ließ er sie sachte wieder los, aber sie schwankte in ihren hohen Schuhen und starrte ihn benommen an. »Ruf mich an, wenn du einen Leibwächter brauchst«, sagte er und ließ den Blick erneut an ihr hinabwandern. »In diesem Kleid wirst du die gesamte männliche Einwohnerschaft dieser Stadt ins Chaos stürzen.«

Dann tat Hunt das, wovon er bis dahin nicht sicher gewesen war, dass er es konnte. Er sah ihr nach und ließ sie gehen.

KAPITEL 24

𝒟ieser verflixte Hunt und seine verflixten Küsse. Wie sollte Abby sich jetzt noch darauf konzentrieren, Spaß zu haben, wenn sie an nichts anderes denken konnte als daran, wie er sie nur mit seinem Mund, seiner Zunge zum Schmelzen brachte? Automatisch dachte sie darüber nach, was er noch alles mit seiner Zunge anstellen konnte ... Abby verbarg ihr Gesicht in ihren Händen.

»Alles in Ordnung?«, fragte Maria.

Abby sah wieder auf und lächelte. »Ja, bestens.«

»Bist du sicher? Denn ich hätte schwören können, dass du gar keine Lust hast, heute Abend mit mir auszugehen, nachdem du jetzt einen heißen Ehemann in deinem Bett hast.« Sie zwinkerte Abby übertrieben zu.

Maria wusste von ihrer Abmachung mit Hunt, aber offenbar starb die Hoffnung tatsächlich zuletzt.

»Hunt hatte nichts dagegen.« Das stimmte natürlich nicht ganz. Er hatte sehr wohl etwas dagegen gehabt. Aber er hatte sie ohne Diskussion gehenlassen.

Hunt mochte besitzergreifend sein, aber er vertraute ihr, und diese Kombination war verdammt sexy. Natürlich hatte er sie praktisch gebrandmarkt mit diesem heißen Kuss vorhin, dieser Teufel, und sichergestellt, dass sie die ganze Zeit nur daran denken konnte, was passieren würde, wenn sie nach Hause kam. Und je mehr sie darüber nachdachte, desto mehr zog sie in Betracht, sein Angebot anzunehmen.

Sex. Mit Hunt Cade, dem Meister aller sexuellen Heldentaten.

Aber da war mehr zwischen ihnen, und das war der riskante Teil. Die Anziehung war nicht nur körperlich, war es nie gewesen. Hinter dem sexy Äußeren verbarg sich ein großzügiger, liebevoller Mensch, der nach und nach zum Vorschein gekommen war. Und er liebte ihren Sohn. Abby könnte sich nur allzu leicht in ihren Ehemann verlieben, und das wäre katastrophal. Denn jeder wusste, dass Hunt Cade nicht der Typ war, der Beziehungen einging.

Einige Stunden später, nachdem sie sich Musik angehört und eine Unterhaltung bestritten hatte, auf die sie sich nur schwer konzentrieren konnte, stieg sie aus dem Auto und eilte die Einfahrt zu ihrem Haus hinauf. Alles war still, die Lichter drinnen gedimmt, und das Flackern des Fernsehbildschirms drang durch die Jalousien. Hunt war offenbar noch wach.

Sie atmete tief ein und öffnete leise die Tür, wollte Noah nicht aufwecken, was leicht passieren konnte, weil das Haus so klein war und alle Zimmer so nah beieinander lagen.

Aber Abby fand Hunt nicht hellwach vor, und Noah war auch nicht in seinem Bett.

Hunt lag quer auf der Couch, ein Bein lose auf dem Boden aufgestützt, den Kopf auf die Armlehne gebettet. Und Noah hatte es sich auf seinem Bauch bequem gemacht, lag mit dem Rücken auf ihm, schlief mit offenem Mund. Hunts Arm war um Noahs Mitte geschlungen, hielt ihren Sohn selbst im Schlaf sicher und geschützt.

Abby atmete ein und stieß den Atem dann kontrolliert wieder aus. Die Atemübung sollte sie eigentlich beruhigen, aber die Tränen kamen ihr dennoch. Sie hatte ihren Sohn noch nie mit einer echten Vaterfigur gesehen, und der Anblick Noahs an Hunt gekuschelt beglückte sie zutiefst. Ein erstickter Laut löste sich aus ihrer Kehle.

Hunt öffnete blinzelnd die Augen. Sein Blick war zunächst verwirrt, dann blieb er an ihr hängen. Ein dunkles, besitzergreifendes Grinsen huschte über sein Gesicht, bevor er an sich hinabschaute und sich offenbar wunderte, dass Noah auf ihm schlummerte.

Mit einer geschmeidigen Bewegung erhob er sich und hielt Noah sicher im Arm. Schweigend trug er den Jungen nach hinten in sein Zimmer.

Abby glitt aus den Schuhen und ging in die Küche, um ein Glas Wasser zu trinken. Sie musste einen klaren Kopf bewahren. Die allerliebste Szene mit Hunt und Noah sollte keinen Einfluss haben auf ihren Entschluss, der Sache ihren Lauf zu lassen oder eben nicht.

Na schön, es brachte sie ins Schwanken.

Sie hatte noch nie erlebt, dass ihr Sohn einen Mann so gernhatte, so liebte wie Hunt. Und Abby konnte es Noah nicht verdenken, denn sie war ja selbst schon zur Hälfte in Hunt verliebt.

Hunt kehrte ins Wohnzimmer zurück und fuhr sich durch das zerzauste Haar. »Alles in Ordnung?« Er streckte den Rücken und gähnte.

Abby stellte ihr Glas auf die Arbeitsfläche und kam zu ihm. »Schläft Noah weiter?«

»Der ist durch.« Er lächelte peinlich berührt. »Ich schätze, ich war auch völlig weggetreten. Tut mir leid, ich hatte nicht geplant, dass Noah hier auf dem Sofa einpennt.«

Abby war es egal, dass Noah zu lange aufgeblieben war. Ihr Sohn war in guten Händen gewesen, und der Mann, der auf ihn geachtet hatte, hatte gar keinen Grund, den Jungen zu lieben, tat es aber trotzdem.

Sie öffnete den Reißverschluss am Rücken ihres Kleides und sah, wie Hunts Blick ihren Händen folgte.
»Abby«, sagte er leise. »Wir müssen das nicht tun. Ich meine, wir können es tun. Ich werde es dir sicher nicht ausreden.« Er rieb sich über das Kinn, als sie das Kleid hinunterzog und es über ihre Hüften schob, die in schwarzem Satin steckten. Der Stoff glitt zu Boden. »Aber ich will dich nicht unter Druck setzen.«

Unter Druck setzen? Sie war der größte Glückspilz auf Erden, weil Hunt sie auf diese Weise anschaute. Er hatte ihren Körper angestarrt, während er sprach. Aber nun blickte er direkt in ihre Augen, und sie las so viel in seinem Blick. Einige Dinge konnte sie nicht zuordnen. Da waren Lust, Ehrfurcht und etwas Tieferes.

Sie machte einen Schritt auf ihn zu und schmiegte sich an ihn, zog seinen Kopf zu sich herunter, um ihn zu küssen.

Und mehr brauchte es gar nicht.

Hunt schlang die Arme um ihre Taille und hob sie hoch, machte sie mit seinen Lippen und seiner Zunge willenlos. Er trug sie ins Schlafzimmer und schloss leise die Tür, auch jetzt noch voller Rücksicht auf den kleinen Jungen im anderen Zimmer.

Er ging mit ihr zum Bett und ließ sich daraufsinken, und Abby fiel auf ihn.

Hunt glitt ein wenig zur Seite, und sie lag mit dem Rücken auf der Matratze. »Willst du's immer noch tun?« Er ließ seine Hand an ihren Rippen entlangwandern und strich dann über ihren schwarzen Satin-BH; ein Finger fuhr über ihren Nippel.

»Wenn du jetzt aufhörst«, warnte sie ihn, »werde ich dich umbringen.«

Hunts Lippen strichen ihren Hals hinab, und aus seinem Mund kam ein männliches, zustimmendes Knurren. Und dann verschwand ihr BH, und ihr Höschen wurde hinuntergezogen.

Sie hatte gar nicht richtig mitbekommen, dass er ihren BH geöffnet hatte, bis der kühle Luftzug ihre Brüste umspielte.

Abby setzte sich auf. Sie mochte ja bereits gänzlich nackt sein, aber Hunt war noch angezogen. »Hemd aus. Jetzt.« Das war nicht sehr eloquent gewesen, aber das war ihr egal. Wenn sie es jetzt taten, dann wollte sie nichts verpassen. Sie wollte ihn in seiner ganzen Pracht sehen.

Er griff in seinen Nacken und zog sich das Hemd über den Kopf, während Abby sich am Reißverschluss seiner Jeans zu schaffen machte. Auch wenn ihre Finger zitterten, hatte sie in diesem Augenblick das Gefühl, Macht zu besitzen und Kontrolle auszuüben. Das hier war ihr Mann. Vielleicht nicht für immer, aber vorerst schon.

Hunt stand auf und schob die Jeans und seine Unterhose nach unten. Er beförderte beides mit einem Tritt beiseite und glitt dann wieder zu Abby ins Bett.

Das Licht war gedämpft, aber es fiel noch ausreichend von draußen durch die Jalousien, dass sie große Augen machte. Niemand besaß eine schönere Statur als Hunt.

Mit der flachen Hand fuhr sie langsam über seine breiten Schultern, über seine Brust, die schräg zulaufenden Bauchmuskeln, und nahm dabei jede Kante, jede Kuhle wahr.

Ein Lächeln spielte um seine Mundwinkel, und sein Blick war nachsichtig. Bis sie ihre Hand um seine Erektion legte.

Hunt stieß scharf den Atem aus und spannte die Muskeln an. »Abby, gehen wir das besser langsam an. Ist eine Weile her. Ich habe sonst nie so lange keinen …«

Sie sah ihm in die Augen. »Ist dein Ruf so zutreffend?«

Er nickte. Sein Blick war ernst. »Du kannst immer noch einen Rückzieher machen.«

Hunt war mehr als sein Aufreißer-Ruf. Er hatte ihr nie Grund gegeben, an seiner Loyalität zu ihr und Noah zu zweifeln. »Ich mache ganz sicher keinen Rückzieher. Aber wir sollten verhüten.«

»Immer. Ich benutze immer ein Kondom«, sagte er.

»Na dann.« Abby fuhr fort, mit ihren Händen seinen Körper zu erforschen. Sie wollte Hunt mehr, als sie je einen Mann gewollt hatte.

Er rollte sich über sie und blickte in ihre Augen hinunter. Dann wanderte sein Blick über ihren Busen und ihre Arme. »Du bist so schön; ich weiß gar nicht, wo ich anfangen soll. Du bist wie ein Festmahl für einen ausgehungerten Mann.«

Sie lächelte, aber dann bedeckte sein Mund den ihren, und sie lächelte nicht mehr. Seine Zunge tauchte ein, neckte sie, und dann rutschte er tiefer und leckte über ihren Nippel. Kein Vorspiel mit Händen und Fingern, sondern direkt mit der Zunge über die harte Spitze ihrer Brust.

Abby sprang fast von der Matratze hoch, aber Hunt hielt sie mit der flachen Hand fest, die er ganz leicht gegen ihren Oberkörper drückte.

Und dann rückte er noch weiter hinunter, die Hand um die Brust gelegt, während sein Mund einen Pfad hinab zu ihrem Bauch küsste. Dort verharrte er und leckte über ihre Haut, wanderte dann weiter mit seinen weichen Lippen und seiner Zunge, bis er die Falte ihres Beins erreichte.

Hunt hob ihr Knie an, sodass sie ihm ihre Mitte öffnete, aber ihr blieb keine Zeit, Scham zu empfinden. Er saugte an der Falte zwischen Oberschenkel und Vulva, und sie wand sich vor Lust.

Er war so nah ...

Seine Hand wanderte von einer Brust zur anderen, umkreiste und zupfte sachte an ihren Brustwarzen, während er abwechselnd die empfindliche Innenseite ihres Oberschenkels küsste und daran saugte. Er fuhr mit der Hand an ihrem Bein hinab, fand die kitzligen Stellen in ihrer Kniekehle und strich dann wieder hinauf, neckte sie.

Abby wollte gerade etwas sagen, um ihn zum nächsten

Schritt zu drängen, als er ihren Nippel zusammendrückte und seine Zunge gegen ihre Klitoris presste.

Sie bäumte sich auf und stieß einen Schrei aus.

»Pst«, machte er. »Wir wollen doch Noah nicht wecken. Ich habe heute noch Pläne mit dir.«

Oh, wie unanständig und vielversprechend ... Und wie zur Hölle machte er das, so viele erogene Zonen auf einmal zu berühren?

Vielleicht war sein Ruf ja wohlverdient – nicht wegen der Anzahl der Frauen, die er verführt hatte, sondern wegen der Kunstfertigkeit, mit der er das tat. Sie sollte sich Gedanken darüber machen, wie er diese Fertigkeiten erworben hatte, aber in diesem Moment war ihr das wirklich vollkommen gleichgültig.

Abbys Augen rollten nach oben weg. Sie konnte nur noch die Lust hinnehmen, die seine Berührung ihr schenkte. Und dann kehrte seine Zunge erneut zur Mutter aller erogenen Zonen zurück, leckte und saugte und übte gerade so viel Druck auf die kleine Kugel aus Nervenenden aus, dass diese zum absoluten Zentrum des Universums wurde. Schamlos wand sie sich auf dem Bett und stöhnte, um nicht vollends zu schreien.

Sie würde genau wie beim letzten Mal kommen, heftig und schnell. Und sie brachte die Energie nicht auf, sich dafür auch nur im Geringsten zu schämen. Stattdessen sehnte sie sich mit aller Kraft nach dieser Erlösung.

Und dann war Hunts Mund auf einmal nicht mehr dort unten, und er setzte sich auf.

»Was ...?«, war alles, was sie hervorbrachte, bevor er sie gekonnt auf den Bauch drehte. Hunt schlang seinen Arm um ihre Taille und hob sie an, bis sie die Wärme seiner Brust in ihrem Rücken spürte. Seine Oberschenkel waren zwischen ihren Knien, und seine Hand kehrte zurück zu ihrer Klitoris, wo er sie mit seinen Fingern weiter entflammte.

Er tat schon wieder mehrere Dinge gleichzeitig. Das

Geräusch einer aufreißenden Folie kam von hinten, während seine Finger weiterhin ihren Zauber ausübten, um ihre Klit kreisen und in sie hineintauchten. Bevor sie es sich versah, breitete er ihre Knie mit seinem Oberschenkel noch weiter auseinander, während eine Hand wieder zu ihrer Brust wanderte und die andere sie auf bestmögliche Art folterte, mit dem gewandten Finger an ihrem zuckenden Nervenbündel.

Er drang zentimeterweise in sie ein.

Hunt Cade war gut gebaut. Überall. Sie hatte es bereits gesehen, aber nun, da er sich langsam in sie hineinbohrte, wollte sie es laut herausschreien. Er fühlte sich perfekt an. Oder vielleicht lag das auch an seiner warmen Haut und dem erotischen Rhythmus seiner Hände auf ihrem Körper. Was es auch war, er setzte sie unter Drogen. Und trieb sie an die Schwelle ihres Höhepunkts, bevor er sich überhaupt ganz in ihr versenkt hatte.

Abby buckelte, und Hunt füllte sie bis zum letzten Millimeter aus. Er hörte auch jetzt nicht auf mit seiner langsamen Folter; seine Hände machten weiter, als er in ihr war. Sie waren beide auf den Knien, ihr Rücken an seiner Brust, also hatte er Zugriff auf jeden Teil ihres Körpers, und das nutzte er aus.

Sie bog den Nacken nach hinten, als die Erlösung kam, und Hunt ritt sie durch ihren Orgasmus hindurch, behielt seinen gleichmäßigen Rhythmus bei, bis er ihr auch noch den letzten Tropfen Lust abverlangt hatte.

Augenblicke später erschlaffte Abby und konnte sich nicht mehr auf Händen und Knien halten.

Er ließ sie auf den Bauch hinabgleiten und drehte sie dann wieder um, als wöge sie gar nichts. Erneut drang er in sie ein, und das Blau seiner Augen leuchtete intensiv, als er in ihre starrte. Er hob ihr Knie und verlagerte sein Gewicht minimal, bis er einen Punkt tief in ihr erreichte, der sie aufstöhnen und einen weiteren Höhepunkt heranschwellen ließ.

Was zur Hölle?

Als ihr nächster Orgasmus sie überrollte, war Hunt am selben Punkt angelangt, küsste ihre Lippen, ihren Hals und stöhnte seine eigene Erlösung hinaus. Der Klang seiner Stimme und seine zuckenden, nunmehr unkontrollierten Bewegungen, als er sich völlig gehenließ, waren verdammt sexy.

Abby hielt sich an ihm fest, als ihr Körper mit seinem zuckte, und eine wunderbare Euphorie machte sich in ihr breit.

Sie würde ihn niemals loslassen – nicht, solange sie ihn haben konnte.

Hunt brach auf ihr zusammen, stützte sich aber mit den Armen ab, um nicht zu schwer auf ihr zu liegen, während sein Atem sich langsam beruhigte.

Nach einigen Minuten hob er seinen Kopf, den er zwischen ihrer Schulter und ihrem Hals vergraben hatte. Ein verruchtes Funkeln spielte in seinen Augen. »Das hat Spaß gemacht. Bereit für Runde zwei?«

KAPITEL 25

»*R*unde zwei?«, wiederholte sie verblüfft. »Ich muss mich erst noch von Runde eins erholen. Wieso bist du überhaupt noch bei Bewusstsein?«

Hunt rollte sich zur Seite und zog Abby an sich. »Du inspirierst mich eben«, murmelte er gegen ihren Hals, sodass es kitzelte.

»Oder ich bin einfach nur die einzige willige Frau in Reichweite«, sagte sie. »Du hast mir versprochen, mit niemandem sonst zu schlafen. Du hast also gar keine Wahl.«

Ein mulmiges Gefühl machte sich in ihrer Magengegend breit. Hunt hatte klar gesagt, dass diese Ehe nur seine Methode war, ihr zu helfen, nicht mehr. Aber nun, nachdem sie Zeit mit ihm verbracht und ihn besser kennengelernt hatte, war sie nicht mehr so sicher, ob sie ihn wieder gehenlassen wollte. Sie hatte geglaubt, dass sie das Ganze locker sehen könnte. Aber jetzt war sie ziemlich sicher, dass sie nach Hunt keine anderen Männer mehr toll finden würde.

Sie hatte schon vor dem explosiven Sex Schwierigkeiten gehabt, ihre aufkeimenden Gefühle für ihn im Griff zu behalten.

Hunt versteifte sich, und sie befürchtete, dass er ihre Gedanken gelesen hatte und spürte, dass sie mehr wollte.

»Ist alles okay?«, fragte sie.

»Ich will nicht nur mit dir schlafen, weil du die einzige verfügbare Frau bist. Das weißt du aber doch, oder?«

Nicht wirklich. »Wir fühlen uns zueinander hingezogen«, sagte sie zögernd. Denn es knisterte wirklich extrem zwischen ihnen.

»Zueinander hingezogen ist untertrieben.« Er schüttelte den Kopf und wandte den Blick ab. »Ich klinge jetzt sicher wie ein Arsch, aber du bist die einzige Frau, bei der ich je gewillt war, mich zu binden und Verantwortung zu übernehmen.«

»Aber das doch nur, weil du mir und Noah helfen wolltest«, gab sie zu bedenken. Er hatte der Ehe auf dem Papier zugestimmt, und Abby war nicht so naiv, dass sie nicht wusste, dass Hunts Zuneigung zu ihrem Sohn die treibende Kraft hinter dieser Entscheidung gewesen war.

»Vielleicht. Zu Beginn. Jetzt bin ich mir da nicht mehr so sicher«, erwiderte er.

Abbys Gesichtszüge erstarrten.

»Was ist denn?«, fragte er.

»Nichts«, sagte sie und lächelte und küsste ihn. Aber innerlich spürte sie den Aufruhr im Herzen und auch in ihrem Verstand. Sie konnte nicht riskieren, die Abmachung über den Haufen zu werfen, wenn die Gefühle auf unsicherem Boden wuchsen. Was, wenn Hunt plötzlich Panik bekäme, wenn sich die Beziehung entwickelte, und sie verließe? Dann wäre sie wieder da, wo sie angefangen hätte, allein und mit Noahs Großeltern im Nacken.

Seit ihrer Heirat mit Hunt hatte Vivian sich zurückgehalten, und das hatte Abby eine riesige Last von den Schultern genommen. Sie konnte nicht riskieren, den Boden unter den Füßen zu verlieren, den sie in der Sache mit seinen Großeltern gutgemacht hatte. Nicht einmal für die Chance auf Liebe.

Sie war eine alleinerziehende Mutter, und wenn irgendetwas sie dazu bringen konnte, ihre Gefühle unter Kontrolle zu behalten, dann war das ihre Verantwortung für Noah.

LEIDER STELLTE Hunt in der folgenden Woche ihren Entschluss, die Sache nicht zu vertiefen, fortlaufend infrage. Er machte sein Versprechen von Ausdauer wahr und bewies ihr dieselbe wieder und wieder.

Sobald Noah abends eingeschlafen war, zogen sich Abby und Hunt in ihr Schlafzimmer zurück und blieben die halbe Nacht wach, um Hunts Fertigkeiten auf die Probe zu stellen. Sie profitierte so viel mehr von dieser Scheinehe als er, dessen war sie sich sicher.

Sex mit Hunt war der beste Sex ihres Lebens. Und er schien auch nicht gerade zu leiden.

Letzte Nacht hatte er mitten in der Nacht die Hand nach ihr ausgestreckt und gesagt: »Nur noch einmal«, und sie hatte nicht das Gefühl, dass es dabei nur um Sex ging. Er schien sie ebenso sehr festhalten zu wollen wie sie ihn.

Abby beugte sich über den Bettrand und spürte, wie ihr die Erinnerung die Röte in die Wangen trieb. Sie suchte nach ihren Leggings, die ihr Hunt gestern Abend ausgezogen hatte. Es war Samstagmorgen, und sie hörte Noah in seinem Zimmer. Ihr Sohn würde jede Minute zur Tür hereinstürzen.

Hunt strich mit der Hand über ihren Hintern. »Hmm.«

Sie schlug seine Hand weg. »Wir sind doch eben erst fertiggeworden!«

Er legte den Kopf schief. »Gibt es überhaupt sowas wie ›fertig‹, wenn es so viel Spaß macht?«

Sie lehnte sich zu ihm hinüber und küsste ihn auf den Mund. »Du bist furchtbar.«

»Aber macht es dich an?«

Sie kicherte und streckte die Hand nach einem T-Shirt aus, um die Wahrheit zu verbergen. Denn ja, das tat es.

So ziemlich alles, was dieser Mann machte, machte sie an. Dieser Tage brauchte sie ihn nur anzusehen, und schon wanderten ihre Gedanken dorthin, wo seine Hände noch wenige Stunden zuvor gewesen waren.

»Das setzen wir nachher fort«, versprach er und wackelte mit den Brauen. Dann zog er seine Unterhose und eine kurze Sporthose an und stand auf.

»Was meinst du, kann Noah mich heute zum Haus begleiten?« Das ›Haus‹ bedeutete in diesem Fall die Cade-Villa. Das Haus, in dem Hunt aufgewachsen war, musste sicher tausend Quadratmeter umfassen. Es war soweit von allem entfernt, was Abby als Kind gekannt hatte, dass es sich ebenso gut in einem anderen Universum befinden könnte.

»Aber wirst du nicht beschäftigt sein?«, wollte sie wissen.

Hunt zuckte die Achseln. »Er kann doch im Garten spielen.«

»Oh, richtig. Der Garten.« Abby lächelte. »Auch bekannt als die zwei Quadratkilometer gestutzter Rasen, die die Villa umgeben, inklusive eines zweistöckigen Baumhauses, das aussieht wie eine waschechte Holzfällerhütte.«

»Da habe ich mich früher immer versteckt. Ich kann Noah seinen ausgezeichneten Geschmack nicht verdenken.«

»Aber meinst du das ernst?«, vergewisserte sie sich, jetzt selbst ernster. »Meinst du nicht, er wird im Weg sein?«

Hunt schlang seine Arme um ihre Schultern. »Noah ist mein Kumpel. Wir hängen zusammen ab. Ich werde eh nicht lange dort sein. Ich muss nur nach ein paar Dingen sehen. Wir haben wirklich Glück. Lewis hatte so viele seiner Leute verfügbar, nachdem sein anderes Projekt auf einen späteren Zeitpunkt verschoben wurde, sodass wir schon bald umziehen können. Ich will mich vergewissern, dass auch wirklich alles bereit ist, bevor wir das tun. Außerdem, wenn ich Noah auf

Trab halte, dann ist meine Frau nachher schön ausgeruht, wenn ich nach Hause komme.« Seine Stimme hatte dieses dunkle Timbre.

Er war unmöglich. Sie konnte nicht nein zu ihm sagen, wenn er mit dieser tiefen, sexy Stimme mit ihr sprach. Und doch würde sie ihm gegenüber nie so unterwürfig bleiben, wie sie das bei Noahs Vater gewesen war.

Abby hatte Trevor die Entscheidungen überlassen, auch in der Beziehung, denn sie hatte geglaubt, dass ihn sein Wohlstand und seine Erziehung zu etwas Besserem machten. Aber sie hatte sich geirrt. Und dann fast alles verloren, nachdem Trevor gestorben war. Was auch der Grund war, warum sie sich umgehend wieder im hiesigen College eingeschrieben hatte, um ihr Studium weiterzuführen, nachdem Hunt eingezogen war. Sie wollte nie wieder von einem Mann abhängig sein.

Abby wollte einen Partner. Unglücklicherweise war Hunt der perfekte Partner geworden, der sie nach ihrer Meinung fragte, wenn es um die Neugestaltung der Villa ging, und sich ihrem Geschmack unterwarf. Er schrieb ihr nie irgendetwas vor und er liebte sie, als gäbe es kein Morgen. Was sollte sie bloß machen?

»Wieso nur bekomme ich das Gefühl, dass du mir aus reinem Eigennutz Zeit für mich schenkst?«, hakte sie nach und versuchte dabei, locker zu klingen.

»Weil dem so ist?« Er zog sie ganz nah an sich, sodass ihre Körper gegeneinanderdrückten.

Abbys Augen weiteten sich. »Wie kann er schon wieder steif sein, nachdem wir doch eben erst Sex hatten?«

»Ich habe es dir doch gesagt.« Er schob ihr eine Locke aus dem Gesicht und strich mit seinen Lippen über ihre Haut. »Du inspirierst mich.«

»Ist das alles?«, fragte sie, während ihre Gedanken schon wieder völlig benebelt von ihm waren.

»Vielleicht mag ich dich auch ein bisschen.« Hunt zögerte und rückte von ihr ab, wirkte abgelenkt.

Ein dummes, aufgeregtes Flattern durchfuhr sie. Es war zu viel verlangt, dass seine Gefühle für sie sich ebenso entwickelt hatten wie ihre für ihn. Er hatte ihr doch schon so viel gegeben. Daher versuchte sie sich an einem neckenden Tonfall. »Nur ein bisschen?«

»Ich mag dich sehr.« Er blickte sie an. »Abby, das mit dir ist die erste, ernsthafte Beziehung, die ich seit langer Zeit hatte.«

Beziehung. Nicht bloß eine Abmachung. »Und ist das schlecht?«

»Da bin ich nicht sicher. Ich habe keine gute Bilanz vorzuweisen, wenn es darum geht, eine Frau zu lieben.«

Er hätte ihr ebenso gut einen Eimer kaltes Wasser über den Kopf gießen können. Weswegen sie sich daran erinnern musste, was sie alles verloren hatte, als sie sich das letzte Mal verliebt hatte.

Sie wusste nicht, ob Noahs Großeltern ihr rechtlich gesehen irgendetwas konnten, aber sie würde kein Risiko eingehen. Darum hatte sie Hunt ja auch überhaupt geheiratet. Und sie musste sich auf diesen Punkt konzentrieren.

Er musste ihr angesehen haben, dass sie einen innerlichen Kampf ausfocht, denn er sagte: »Ich werde dir nicht wehtun.«

Aber es würde ihr wehtun, wenn er sie verließ, ganz gleich, ob sie ihre Gefühle für ihn unter Verschluss hielt oder nicht. Sie konnte ihn belügen, was die Tiefe dieser Gefühle anging, aber sich selbst konnte sie nicht belügen.

Hunt war der erste Mensch seit Ewigkeiten, der sich wirklich um sie kümmerte, dem sie wichtig war, und nun war er auch ihr Liebhaber. Sie mochte seinen Geruch, selbst nach dem Sport. Kein Mann roch gut nach einem Workout, aber irgendwie tat Hunt das. Wenn er schlief, kuschelte sie sich an ihn, damit ihr warm wurde, und er zuckte nicht einmal vor ihren kalten Füßen zurück. So einen musste man doch behalten.

Was sollte sie bloß machen? Hunt durfte sie nicht verlassen, denn sie war dabei, sich in ihn zu verlieben.

KAPITEL 26

Einige Tage später war das Cade-Anwesen zum Einzug bereit.

Levi, Adam, Bran und Wes entstiegen mit ihren langen Gliedmaßen aus diversen Fahrzeugen und kratzten sich gähnend an unterschiedlichen Körperstellen.

»Ihr seht verkatert aus«, stellte Hunt fest, als er einen nach dem anderen musterte. »Was zum Teufel habt ihr denn gestern getrieben?«

Bran hob eine müde Braue, als wolle er sagen: ›Echt jetzt?‹ »Wir haben gestern Abend Outlander geschaut, und Ireland war von dem schottischen Akzent inspiriert. Sie hat mich lange wachgehalten.«

Es gab schon Vorteile am Zusammenleben mit einer Frau, und Hunt spürte die Wirkung dieser Art von gebundenem Glück ja am eigenen Leib. Zum Beispiel war er erst vor wenigen Tagen abends die Stufen zum Haus hinaufgesprintet, um bei Abby zu sein, bevor Noah nach Hause kam. Aber ein Quickie war ja nicht wirklich ein Quickie, wenn beide Parteien ihre Befriedigung erlangten und immer noch Zeit für eine kleine Kuschel-Unterhaltung nach dem Sex hatten.

Eine Kuschel-Unterhaltung? Er verlor wirklich den Verstand. Aber auf die angenehmste Art und Weise.

Und dann wurde Hunt noch etwas anderes klar. Zum ersten Mal, seit er sich erinnern konnte, war er auf derselben Wellenlänge wie seine Brüder, was diese ganze Sache mit dem Glück in einer festen Bindung anging.

Aber es gab auch einen Nachteil an einer solchen Bindung, und vielleicht war das genau der Grund, warum Hunt sie bisher instinktiv gemieden hatte. Er fühlte sich Abby mit jedem Tag, der verging, immer noch näher und verbundener, und so etwas war ihm noch nie widerfahren.

Wes funkelte sie beide böse an. »Wir können nicht alle zum Spaß aufbleiben. Ich habe ein Kleinkind zu Hause. Das einzige, was ich getrieben habe, ist, meiner Tochter am laufenden Band hinterherzurennen.«

»Du kannst sie mir jederzeit vorbeibringen, wenn Kaylee und du mal etwas Zeit für euch braucht«, sagte Hunt. »Harlow hat mich eh lieber.«

Wes schnaubte. »Von wegen. Kaylee hat mir erzählt, dass du versuchst, sie einer Gehirnwäsche zu unterziehen, damit sie deinen Namen sagt.« Er zeigte mit dem Finger auf Hunt. »Bleib bloß von meinem Kind weg.«

»Also soll ich sie morgen abholen?«, gab Hunt zurück.

Wes verdrehte die Augen. »Gib ihr keine Süßigkeiten. Bisher hat sie noch nichts mit Kristallzucker zu essen bekommen. So wie ich dich kenne, würdest du sie damit bestechen.«

Großartige Idee, dachte Hunt.

Er liebte seine Nichte. Nachdem sein Bruder und dessen Frau ein Kind bekommen hatten, hatte er selbst daran gedacht, irgendwann mal eine eigene Harlow haben zu wollen. Bis jetzt hätte er sich allerdings keine Frau vorstellen können, mit der er ein Kind haben wollen würde, aber Abby war eine großartige Mutter. Und er hatte verdammt viel Spaß dabei, das Kindermachen schonmal mit ihr zu üben.

Er wurde ihre Gegenwart nie leid, hatte nie das Gefühl, dass er Raum für sich brauchte. Wenn er irgendwas zu bemängeln hätte, dann wäre das eher, dass sie zu unabhängig war. Da sie nun etwas mehr Zeit hatte, war sie fest entschlossen, ihren Abschluss zu machen, was er auch ohne Einschränkung unterstützte. Nur dann nicht, wenn sie das Bett frühmorgens verließ, um zu den Kursen zu gehen. Diesen Teil mochte er gar nicht – er wollte Abby morgens für sich haben, bevor die kleinen Füße aus dem anderen Zimmer hereingetappt kamen.

Hunt kratzte sich den Kopf, während seine Brüder den stark duftenden Kaffee hinunterkippten. Sie waren hier, um dabei zu helfen, seine und Abbys Sachen in die Cade-Villa zu schaffen, denn das alte Haus stand vor der Fertigstellung. Der Plan war gewesen, es zu verkaufen, aber vielleicht wäre das ja am Ende gar nicht nötig? Das Cade-Anwesen war ein bisschen zu groß für eine dreiköpfige Familie, aber da war ja auch noch die Idee mit dem Baby ...

Seit Lewis und seine Mannschaft das Haus auseinandergenommen und wieder zusammengesetzt hatten, hatte Hunt sich vorgestellt, mit Abby dort zu leben, wo er aufgewachsen war. Das war schon schockierend genug, wenn man es nüchtern betrachtete. Er hätte nie gedacht, dass er einmal in das Haus seines Vaters zurückziehen wollen würde. Aber heute war er wegen des bevorstehenden Umzugs so aufgeregt gewesen, dass er früh aufgewacht war und in der Küche die letzten Sachen zusammengepackt hatte.

Um die Wahrheit zu sagen, war Abby weitaus besser in solchen Dingen und hatte den Großteil des Packens erledigt, aber heute hatte sie anderes zu tun. Sie war zu ihrem Unterricht aufgebrochen, also hatte er Noah zum Club Kids gebracht und dann seine Brüder einbestellt.

Hunt konnte nicht erklären, wie er auf einmal in dieses häusliche Glück geraten war, außer, dass es von Anfang an unvermeidlich gewesen zu sein schien. Er hatte gesagt, dass er

Abby wegen Noah zur Seite stehen wollte. Er hatte gesagt, dass er über die Mittel verfügte, um sie vor Noahs Großeltern zu schützen. Das stimmte ja auch alles. Aber darüber hinaus wollte er Abby auch einfach für sich, selbst wenn er sich das bis eben nicht eingestanden hatte.

Hunt war schwer verliebt. Erst gestern hatte er versucht, Abby zu sagen, dass er mehr für sie empfand, aber das war misslungen.

Sie waren verheiratet. Musste er ihr so etwas da überhaupt mitteilen? Es schien ihm, dass doch alles klar sein sollte zwischen ihnen, wenn er es nicht völlig vermasselte.

Wes schaute sich in dem kleinen Wohnzimmer um, das Hunt mit Abby und Noah teilte. »Bist du sicher, dass ihr den Krempel behalten wollt? Sieht nicht aus, als wäre das Zeug die Arbeit wert, es rüber ins neue Haus zu schaffen.«

»Die Möbel, die Abby und der Konstrukteur ausgesucht haben, sind noch nicht gekommen. Abby sagte, dass es vorerst so gehen würde. Glaubst du, ich bin dumm genug, mich der Meinung meiner Frau zu widersetzen?«

Bran und Wes wechselten einen Blick und nahmen dann umgehend die Couch in Angriff, trugen sie hinaus zum Umzugswagen, den Hunt gemietet hatte. Kluge Kerle.

Hunt war wohlhabend. Er hätte Leute anheuern können, die das hier erledigten, aber er quälte lieber seine Brüder damit. So funktionierten ihre Familienbande.

Es dauerte zwei Stunden, alles aus Abbys Haus in den Wagen zu laden und es dann in einer Ecke des Wohnzimmers der Cade-Villa wieder auszuladen. Noah wollte in Hunts altem Bett schlafen, also hatten sie Noahs Bett als Spende abgegeben und Abbys Bett nach oben ins große Schlafzimmer gestellt.

Levi sah sich im renovierten Erdgeschoss um, ging von einem Raum in den nächsten. »Es sieht ganz anders aus.«

»Das war Absicht«, sagte Hunt, der ihm folgte.

Levi schaute sich nach ihm um. »Ich dachte, es ginge

darum, es zu renovieren und dann zu verkaufen? Was ist das mit den neuen Möbeln, die du erwähnt hast?«

»Die Bude ist eine Bühne. Wir haben grundlegende Dinge gekauft. Die meisten Zimmer oben bleiben leer«, erklärte Hunt. Was er seinem Bruder nicht auf die Nase band, war, dass er damit rechnete, eine ganze Weile mit Abby hier zu leben, bevor sie es verkauften. Nicht nur, weil das Anwesen seiner Familie sowieso schon gehörte und es ein kinderfreundliches Grundstück für Noah bot, sondern auch, weil dieses Anwesen auch perfekt den Wohlstand signalisierte, mit dem er die Großeltern in ihre Schranken verweisen wollte. Sie waren Abby nicht mehr auf den Zeiger gegangen, seit Hunt sie geheiratet hatte, aber es konnte nie schaden, ihren Träumen, Noah seiner Mutter wegzunehmen, ein für alle Mal einen Dämpfer zu verpassen.

»Sei bloß froh, dass Abby einen erstklassigen Geschmack hat«, sagte Hunt. »Sie und der Konstrukteur haben ganze Arbeit geleistet. Das wird wie aus einem Film aussehen, wenn die Küchenschränke und die Arbeitsplatte eingebaut werden.«

Lewis und seine Männer hatten Wände eingerissen und dafür Rigipswände hochgezogen, sie reliefiert und gestrichen. Sie hatten Stromleitungen umgelegt und neue Rohre verlegt, um der geänderten Küchenplanung gerecht zu werden. Jetzt fehlten nur noch die abschließenden Arbeiten, was bedeutete, dass es bald an der Zeit wäre, Noahs Großeltern einzuladen, um ihnen zu zeigen, wie gut situiert Abby und Noah inzwischen waren.

Levi und Hunt gingen ins Wohnzimmer zurück, und die Verärgerung strahlte offenkundig von Levis steifen Schultern ab.

Hunt seufzte. Es war wohl zu viel erwartet gewesen, dass sein Bruder die Arbeit würdigte, die er in die Villa gesteckt hatte. Seine anderen Brüder schienen mit allem zufrieden, aber Hunt hätte wissen sollen, dass er Levi niemals zufriedenstellen konnte. Wieso er es überhaupt noch versuchte, wusste er selbst nicht. Vielleicht wollte er immer noch die Vergangenheit wiedergutmachen. Aber er hatte jetzt andere Prioritäten. Allen voran Abby und Noah.

Levi warf einen Blick auf die kleine Ecke mit den Sachen, die sie hereingetragen hatten. »Das ist nicht viel, was?«

»Nein«, stimmte Hunt ihm zu.

Levi legte den Kopf schief. »Wenn man drüber nachdenkt, ist das ganz schön irreführend.«

Sein Bruder hatte wohl nicht genug Koffein abbekommen. »Was ist irreführend?«

»Nun«, meinte Levi und kratzte sich das unrasierte Kinn. »Wie ich das sehe, trägt Abby Altlasten mit sich herum, aber das würde man nicht denken, wenn man ihre Besitztümer anschaut.«

Was zum Teufel? »Mir gefällt es nicht, wie du über meine Frau sprichst.« Levi wusste nichts von Hunts und Abbys Abmachung, also gab es absolut keinen Grund für seinen Bruder, so einen Mist von sich zu geben.

Levi drehte sich zu ihm um. »Du bist doch gefühlsmäßig gar nicht reif genug, mit einer Frau verheiratet zu sein, die bereits ein Kind hat. Nicht nur das, ein Kind, dessen Vater gestorben ist. Das hast du schlichtweg nicht drauf.«

Vielleicht war es der Überrest von Zorn aus seiner Kindheit, der von den Wänden dieses Hauses widerhallte. Vielleicht war es der Druck, unter dem Hunt stand, Abby auf keinen Fall enttäuschen zu wollen. So oder so, Levi ließ seit zehn Jahren keine Gelegenheit aus, Hunt klarzumachen, wie enttäuscht er von ihm war, und Hunt hatte die Schnauze voll. »Ein weiteres Wort und ich trete dir in den Arsch.«

Levi blickte ihn erneut an. »Es war ein Fehler, diese Frau zu heiraten.«

Hunt stürzte sich auf Levi, schlang einen Arm um den Hals seines Bruders und nahm ihn in den Schwitzkasten.

Levi war mehr als fünf Kilo schwerer als Hunt, weil er auch ein paar Zentimeter größer war, aber Hunt hatte deutlich mehr Muskeln. Mit dem Schwung seiner Attacke hatte Levi keine Chance. Er ging krachend zu Boden.

Er wälzte sich herum und stieß Hunt seinen Ellbogen in den Magen. »Hast du den Verstand verloren?«

»Ich habe dich gewarnt«, knurrte Hunt. »Ich habe deinen Scheiß sowas von satt.«

Adam rannte zur Vordertür herein. »Nicht schon wieder«, stöhnte er. »Wird das jetzt eine regelmäßige Chose? Denn ich war der Meinung, ihr hättet eure Aggressionen damals bei meiner Verlobungsparty rausgelassen.« Adam versuchte, Hunt von Levi wegzuziehen, aber Hunt verpasste ihm eine Kopfnuss, und er stolperte rückwärts.

Hunt machte sich erneut über Levi her; diesmal boxte er seinem Bruder in den Bauch und stieß ihm den Ellbogen gegen das Kinn. Blut sammelte sich auf Levis Lippe.

Adam riss Hunts Schulter nach hinten und knöpfte ihn sich noch einmal vor, rammte ihm seinen Ellbogen in den Rücken.

Hunt versuchte, sich Adam zu entwinden, aber ehe er sich versah, lag er flach auf dem Rücken. Adam hatte ihm die Beine weggetreten.

»Hey, du verklemmter Yuppie«, fauchte Hunt ihn an. »Wo lernst du diese Tricks in deinem Maßanzug?«

Adam rang mit ihm, damit er auf dem Boden blieb, und ignorierte den Seitenhieb. »Ich habe es verdammt satt, dass ihr beide euch ständig bekriegt.«

Hunt ließ den Kopf nach hinten sinken und stieß einen Seufzer aus. Adam hatte ja recht. Hunt musste aufhören, sich Levis Kommentare zu Herzen zu nehmen. Dieser dumme Stress konnte so nicht weitergehen.

Adam ließ ihn langsam los, und Hunt kam mit einem Ruck auf die Füße. »Ich bin gern bereit, die Vergangenheit zu begraben«, brachte er hervor, während er Levi finster anstarrte, »aber ich weigere mich, irgendwelches Scheißgerede über Abby hinzunehmen.«

Wes und Bran standen jetzt ganz in der Nähe, denn auch sie hatten den Aufruhr inzwischen mitbekommen. Ihre Arme baumelten locker an ihrer Seite, als wären sie darauf vorbereitet, sich, wenn nötig, einzumischen. »Das war ein Schlag unter die Gürtellinie, Levi«, stellte Bran fest.

Levi wischte sich einen Blutfleck von der Lippe. »Ich hab' gar keinen Scheiß über Abby erzählt. Nur Hunt und seine Unreife kritisiert.«

»Mir scheint es eher«, mischte Adam sich ein, während er seine Hosenbeine abklopfte, »dass ihr euch beide unreif verhalten habt. Hunt ist kein Kind, das du ausschimpfen musst, Levi. Er ist ein erwachsener Mann. Wenn er Fehler macht, ist das seine Sache.«

Hunt funkelte ihn an. »Danke sehr.«

In just diesem Moment kam Abby zur Tür hereingestürzt, und jeder Gedanke an seine Brüder löste sich in Luft auf. Denn sie sah völlig fertig aus.

Hunt rannte zu ihr. »Was ist los?«

»Ich war auf dem Weg hierher«, sagte sie, »und dann rief Kaylee mich aus dem Club Kids an. Am Strand ist irgendwas Schlimmes passiert ... Noah ist in Gefahr.«

KAPITEL 27

Abby spürte Hunts Handfläche in ihrem Rücken, und dann drängte er sie auch schon zu seinem Wagen. »Wieso ist denn keiner von euch im Club?«, fragte sie.

Als sie den Anruf aus dem Club Tahoe bekommen hatte, war sie auf dem Weg zum Cade-Haus gewesen, um Hunt mit dem Umzug zu helfen. Sie hatte nicht damit gerechnet, alle fünf Brüder hier vorzufinden.

»Meine Brüder haben uns beim Umzug geholfen. Ich dachte nicht, dass es so lange dauern würde.«

»Aber ihr habt euch gestritten, als ich gekommen bin. Ich konnte den Zorn in euren Stimmen bis draußen hören.«

Er öffnete die Beifahrertür und ließ sie einsteigen, eilte dann um die Motorhaube seines Range Rovers herum und sprang auf der Fahrerseite hinein. Er ließ den Motor an und setzte schnell aus der Einfahrt zurück. »Wir streiten uns ständig.«

Abby schloss die Augen. »Ich kann das jetzt nicht auch noch ...«

»Abby«, unterbrach Hunt sie. »Vergiss meine Brüder. Was hat Kaylee am Telefon gesagt?«

Abbys Hände zitterten. »Dass es einen Unfall gegeben hat und sie die Küstenwache gerufen haben.«

Hunt packte das Lenkrad fester und trat aufs Gas. »Das wird schon alles wieder.«

Als sie nicht antwortete, nahm er ihre Hand und zwang sie, ihn anzusehen. »Ich verspreche es, Abby. Es wird alles wieder gut.«

Sein Blick war so aufrichtig, so ernstgemeint, als könne er alles reparieren. Aber so gut seine Absichten waren, ein Superheld war er nicht. »Das weißt du doch nicht.« Sie hatte angefangen zu weinen, und die Tränen liefen ihr übers Gesicht. »Kaylee wollte mir am Telefon nicht sagen, was passiert ist. Dann muss es ja etwas Schlimmes sein.«

Hunt antwortete darauf nicht, aber seine Kiefermuskeln arbeiteten, und er legte die Hand wieder aufs Lenkrad, als er den Wagen die kurvenreiche Straße entlang in Richtung Club steuerte.

Es dauerte er nicht lange, bis er an einem Seiteneingang zum Resort hielt.

Er sprang aus dem Wagen und rannte zu einer Tür.

Abby folgte ihm eilends.

Mit einer codierten Karte öffnete er die Tür, aber sobald sie drinnen waren, rannte er zum Strand – auf die Menge zu, die sich dort versammelt hatte.

»Oh mein Gott«, stieß Abby hervor, deren Brust immer enger wurde. Sie konnte nicht atmen, aber sie rannte ihm dennoch keuchend hinterher.

Hunt schien die Situation schneller zu erfassen, denn er zog sich das T-Shirt über den Kopf und hielt direkt auf den Bootssteg zu. Seine Brüder, die aus dem Nichts aufgetaucht waren, kamen dicht hinter ihm.

Abby rannte auf Kaylee zu, die am Steg stand und die Arme um die Schultern eines der Kinder gelegt hatte. Sie blickte besorgt aufs Wasser. »Was ist passiert, Kaylee? Wo ist Noah?«

Kaylee sagte leise etwas zu dem Kind, das sich davonmachte und zu den anderen Kindern stellte.

Sie nahm Abbys Hand. »Eins der Boote ist vom Steg abgetrieben, und wir können Noah nicht finden. Wir glauben, dass er an Bord ist.«

»Was?!« Abby suchte das Wasser ab. Hunt war auf einen Jetski gestiegen und startete gerade den Motor. »Wo ist das Boot jetzt?«

Kaylee zeigte auf das alte, hölzerne Boot, das mit hoher Geschwindigkeit auf eine Ansammlung von Granitfelsen weiter das Ufer hinab zusteuerte.

Abby machte unwillkürlich einen Satz nach vorn. »Nein! Ich muss zu ihm!«

Kaylee schlang ihre Arme fest um Abby und hielt sie zurück. »Hilfe ist unterwegs. Wenn Noah auf dem Boot ist, dann braucht er dich hier, damit du dich um ihn kümmern kannst, wenn Hunt und die anderen ihn zurückbringen. Du kannst ihm nicht helfen, wenn du ertrinkst, während du versuchst, ihn zu retten.«

Abby schloss die Augen. Sie würde alles geben, um ihren Sohn in Sicherheit zu wissen. Sie hatte alles gegeben, was sie konnte, um ihm ein Dach über dem Kopf zu bieten. Und nun hatte sie sogar Hunt aus demselben Grund geheiratet.

Aber Abbys Verbindung zu Hunt hatte Noah auch in Gefahr gebracht, denn sie hatte sich überreden lassen, Noah weiterhin zum Club Kids zu schicken, obwohl ihr Instinkt ihr davon abgeraten hatte. Oder war ihr Instinkt auch nur von der Angst getrieben? Auf alle Fälle war nun das Leben ihres Sohnes in Gefahr, und das lag nur am Club Tahoe. »Ich verstehe das nicht. Wie ist Noah denn auf dieses Boot gekommen?«

»Wir wissen ja nicht mit Sicherheit, dass er an Bord ist«, schränkte Kaylee ein. »Einer der Angestellten sah das Boot vom Steg wegfahren und fragte mich, was damit wäre. Da Hunt nicht hier war, hätte auch das Boot nicht auf dem Wasser sein sollen. Aber die Schlüssel fehlen, und jemand hat es vom Legeplatz losgemacht. Wir haben das Boot bereits angefunkt, aber es antwortet niemand.«

Als Kaylee den letzten Satz beendet hatte, flog Hunt bereits auf dem Jetski über das Wasser. Seine Brüder waren mit einem größeren, clubeigenen Schnellboot hinter ihm. Es sah auch ganz danach aus, als wäre die Küstenwache eingetroffen und würde sich vom offenen Wasser her ebenfalls dem Boot nähern. »Aber wie konntet ihr meinen Sohn aus den Augen verlieren?«

Kaylee schloss die Augen, als hätte sie Schmerzen. »Er war heute Morgen noch bei den anderen Kindern, das habe ich selbst gesehen. Einer der neuen Betreuer hatte die Aufsicht – er kennt die einzelnen Kinder noch nicht so gut – und hat nicht sofort gemerkt, dass Noah fehlte. Wir haben es erst bemerkt, als der Mitarbeiter auch schon wegen des Bootes nachfragte.«

Kaylee drückte Abbys Schulter. »Ich habe Leute losgeschickt, um nach ihm zu suchen. Er macht oft mit Hunt zusammen den alten Kahn sauber, und nachdem der aufs Wasser hinaus ist ... ist unsere größte Sorge, dass Noah an Deck sein könnte.«

Abby hatte selbst gesehen, wie sich ihr Sohn um das Boot kümmerte, als sie ihn früher ein paar Mal spät abgeholt hatte. »Mein Sohn ist fünf. Er könnte doch niemals allein das Boot steuern.«

Kaylee schüttelte den Kopf. »Ich schwöre dir, Abby, ich habe alle mobilisiert, um nach ihm zu suchen. Die Polizei ist benachrichtigt. Wir durchkämmen jeden Winkel hier, bis wir ihn gefunden haben.«

Aber sie mussten das Resort gar nicht durchkämmen, denn die Küstenwache gab über Funk durch, dass sie das Boot bestiegen und Noah dort gefunden hatten. Sie waren jetzt wieder auf dem Rückweg.

Wenige Augenblicke später kletterte Hunt mit Noah in den Armen auf den Steg, und Abby rannte zu ihnen.

»Mommy«, rief Noah und streckte die Arme nach ihr aus. Sie zog ihn an ihre Brust und hielt ihn ganz fest. Sie hätte ihn an sich gekettet und nie wieder losgelassen, wenn sie gekonnt hätte. »Geht es dir gut?«

Noah schniefte, seine nassen Wangen hinterließen Spuren auf ihrem Shirt. »Ich war auf dem Boot, und konnte nicht runter, und es fuhr so schnell.«

»Ich weiß, Liebling. Aber wie bist du da raufgekommen?«

Noah nahm den Kopf zurück und sah sie an. »Ich arbeite doch mit Hunt am Boot.« Abby warf dem Genannten einen Blick zu, der es in sich hatte.

Hunt versuchte gar nicht erst, sein Entsetzen zu verbergen.

»Ich habe die Seiten poliert, so wie Hunt es mir gezeigt hat, und dann habe ich die Lappen in den Eimer beim Steuer geräumt.« Ihr Sohn klang so stolz auf seine Mitarbeit. Dann quollen erneut die Tränen. »Aber es fuhr plötzlich los, als ich wieder runterkommen wollte, und ich konnte nicht mehr zurück.« Er drückte sein Gesicht an ihre Brust. »Ich hatte solche Angst.«

»Pst«, machte sie sanft. »Jetzt bist du in Sicherheit.«

Abby sah Hunt an, aber er stürmte davon, auf einen seiner Brüder zu, und wedelte wütend mit beiden Händen.

Kaylee kam erneut auf sie zu. »Abby, es tut mir so leid. Wir wissen nicht genau, was passiert ist, aber nachdem Hunt das Boot erreicht hat, sagte er, dass der Gashebel nach unten gebunden war. Jemand hat das Boot sabotiert. Ich werde herausfinden, was dahintersteckt, okay? Für mich und auch für den Rest der Mitarbeiter ist nichts wichtiger, als dass die Kinder bei uns gut und sicher aufgehoben sind.«

»Ist das so?« Erst war ihr Sohn in dieser Einrichtung getriezt worden, und jetzt, nachdem Hunt mehr Leute eingestellt hatte, um auf die Kinder aufzupassen, wäre er fast bei einem Bootsunfall gestorben.

»Nochmal, es tut mir furchtbar leid«, versicherte Kaylee

und rieb Noah über den Rücken. »Geht es dir gut, Noah? Bist du nicht verletzt?«

Ohne den Kopf zu heben, schüttelte Noah ihn.

»Ich nehme ihn mit nach Hause«, entschied Abby.

»Natürlich. Bitte sag' Bescheid, wenn du oder Noah irgendwas braucht. Ich komme dann selbst zu euch rüber.«

»Danke«, sagte Abby und warf einen Blick zu Hunt hinüber, der mit verschränkten Armen und gesenktem Kopf bei seinem Bruder stand. Levi redete auf ihn ein, und er wirkte alles andere als glücklich. »Sag' Hunt ...«

Gott, was konnte sie ihm schon sagen? Er hatte sie und Noah gerade ihres Zuhauses beraubt, also konnte sie ihren Sohn nicht in seine gewohnte Umgebung zurückbringen. »Sag' ihm, ich melde mich später bei ihm.«

Abby konnte sich jetzt nicht auch noch um Hunt kümmern. Sie konnte auch nicht zu dem Haus fahren, in dem sie nach seinem Willen von nun an wohnen sollten, denn dort war Noah noch fremd, und Hunt war ja selbst auch nicht dort. Er würde wahrscheinlich hier noch Stunden zu tun haben nach diesem Vorfall. Hunt war für den Strandabschnitt und die Bootsfahrten des Clubs verantwortlich; seine Brüder würden ihn niemals gehen lassen, bis geklärt war, was hier geschehen war.

Nein, Abby musste ihn irgendwohin mitnehmen, wo er sich sicher fühlte und auskannte.

Sie holte ihr Handy aus der Tasche, während sie den erschöpften Jungen aus dem Resort trug, und bestellte sich einen Uber. Dann rief sie ihre Freundin an.

»Maria? Es ist etwas passiert. Können Noah und ich heute bei dir übernachten?«

KAPITEL 28

»Ich kann nicht fassen, wie das geschehen konnte.« Levi schrie Hunt an, und diesmal konnte er nicht widersprechen.

Er stand selbst noch unter Schock. War vollkommen entsetzt.

Wenn Noah etwas zugestoßen wäre ... Hunt weigerte sich, überhaupt in diese Richtung weiterzudenken.

In dem Augenblick, als er Noah an Bord des führerlosen Bootes entdeckt hatte, das auf die Felsen zusteuerte, war er mit Vollgas parallel gefahren und vom Jetski abgesprungen. Hunt wäre beinahe selbst ins Wasser gefallen, bevor es ihm gelang, an der Seite hinaufzuklettern und das Steuer zu erreichen. Er hatte das Boot von den Felsen weggelenkt und den Gashebel hochgezogen, der mit einer dünnen Schnur nach unten gebunden gewesen war. Sekunden später wäre das Boot gegen die Felsen geprallt.

Mit hämmerndem Herzen hatte er Noah hochgehoben, der in einer Ecke hockte, und ihn an sich gedrückt festgehalten, bis sein Herz nicht mehr ganz so raste.

Die Küstenwache hatte neben ihnen festgemacht, und Noah war den ganzen Weg zurück stumm geblieben.

Das Ganze war Hunts Schuld. Er hatte Noah dazu ermutigt zu lernen, wie man mit Booten umging, weil er glaubte, er täte einem einsamen Kind damit etwas Gutes. Aber eigentlich war Hunt der Einsame, und er hatte Noah in Gefahr gebracht.

Als Abby den Schauplatz des Zwischenfalls verließ, unternahm er nichts, um sie aufzuhalten. Sie hätte jedes Recht dazu, ihn zu verlassen. Um ihren Sohn zu beschützen. Denn Hunt hatte Noah nur äußerst knapp rechtzeitig gerettet. Irgendwie war er für all das verantwortlich, und Noah und Abby hatten etwas Besseres verdient.

Wieso hatte er bloß geglaubt, er könnte sie beide retten?

Er hatte davon geträumt, ein Beschützer zu sein, und als Abby in sein Leben trat, hatte er geglaubt, er könne ihr und Noah zur Seite stehen. Aber Hunt war nicht der Pirat und Erlöser, von dem er als Kind geträumt hatte. Und auch kein Ehemann, der sich gut um seine Familie kümmern konnte. Er war ein Versager. Genau das, was Levi immer gesagt hatte.

»Jetzt mach' aber mal halblang, Levi«, knurrte Wes. »Es sind mehrere Leute dafür verantwortlich, auf die Kinder aufzupassen, darunter auch meine Frau. Du hast doch gehört, was Hunt gesagt hat. Der Gashebel wurde festgebunden. Und jemand muss das Boot losgemacht haben. Das war kein Unfall. Jemand hat das mit Absicht getan.«

»Das weißt du doch gar nicht«, widersprach Levi. »Was, wenn Hunt den Schlüssel in der Zündung steckenließ, und das Kind an Bord geklettert ist?«

Hunt funkelte Levi an. »Ich habe den Schlüssel noch nie in meinem Leben steckenlassen. Wir haben alle die Bootsausbildung gemacht, und ich bin der bei Weitem Erfahrenste von uns, denn das ist mein Job, Tag für Tag.«

Aber Levi ließ das alles nicht gelten. »Der Club könnte deswegen verklagt werden«, schimpfte er. »Wenn schon nicht von Hunts Frau, die jedes Recht hat, uns vor Gericht zu zerren, dann von den Eltern anderer Kinder, die ebenfalls zu Schaden hätten kommen können.« Er ging erregt am Bootssteg auf und ab. »Wir sollten das Kinderprogramm aufgeben.«

»Nein«, widersprachen Emily und Kaylee gleichzeitig.

Emily berührte Levis Arm. »Dieses Programm hat wunderbare Dinge für die Kinder hier geleistet. Hör auf deine Brüder. Hier war irgendetwas faul. Wir müssen dem nachgehen.«

Während Emily auf Levi einredete, kam Bran herüber. »Hey, alles okay?«

»Levi hat recht«, erwiderte Hunt. »Den Schlüssel habe ich vielleicht nicht steckenlassen, aber das Ganze ist meine Schuld. Ich bin für die Boote verantwortlich.« Hunt würde das gegenüber Levi nicht aussprechen, aber vor Bran konnte er es zugeben.

Bran lachte leise und freudlos. »Levi hat in fünfzig Prozent der Fälle unrecht. Er glaubt bloß selbst, er hätte immer recht.«

Hunt schüttelte den Kopf. »Ich habe es verkackt. Irgendwie, auch wenn ich nicht weiß, wo genau, habe ich Mist gebaut.«

Hatte er nicht immer schon alles vermasselt? Das hatte Levi ihm jedenfalls wieder und wieder an den Kopf geworfen. Und er hatte es schon lange vorher geglaubt, denn schließlich war seine Mutter gestorben, um ihn am Leben zu halten. Tief drinnen wusste Hunt, dass er das Problem war.

»Hunt«, rief ihn Bran lauter ins Jetzt zurück, als er beim ersten Mal nicht antwortete. »Levi war mit dir immer am strengsten, auch schon, bevor du etwas mit seiner ersten Liebe angefangen hast.«

Hunt bedachte ihn mit einem finsteren Blick. »Danke, dass du diese Altlast wieder einmal zur Sprache bringst.«

»Worauf ich hinauswill«, fuhr Bran fort, »ist, dass er der Älteste ist und du ein Kleinkind warst, als Mom starb. Dad war nicht da, und Levi übernahm die Rolle dessen, der auf uns alle aufpasst, besonders auf dich. Er hat dich behandelt, als wäre er dein Vater.«

Hunt zuckte zusammen. »Na toll. Das ist ein schrecklicher Gedanke.«

Bran grinste. »Ist es echt. Aber es ist die Wahrheit.«

»Nun, dann muss er mich endlich loslassen. Ich bin fast dreißig, und es ist ihm gelungen, mich mit seiner väterlichen Liebe richtig mordlustig zu machen.«

»Deswegen sag ich dir ja«, insistierte Bran, »dass du nicht verantwortungslos bist ...«

»Nein, mit dem Teil hat er schon recht.«

»Hunt.« Bran drückte seine Schulter. »Hör auf, dich deswegen fertigzumachen. Du und Emily, ihr habt das Kinderprogramm aufgebaut und es zu einem der größten Projekte für Kinder in der Stadt gemacht. Ihr habt dafür gesorgt, dass die Aktivitäten am Strand und auf dem See für das Resort um das Vierfache gestiegen sind, und nun bist du verheiratet, hast eine Frau und einen Jungen, die dich lieben.«

Bran irrte sich. Abby hasste ihn gerade ganz sicher.

Aber Bran war noch nicht fertig. »Außerdem hast du gerade ganz allein dafür gesorgt, dass unsere beschissene, in den Achtzigern steckengebliebene, protzige Möchtegernvilla all das nicht mehr ist. Du hast sie verdammt wohnlich gemacht.«

»Das war Abby. Sie hat die Einzelheiten für die Inneneinrichtung ausgesucht.«

»Der Großteil der Inneneinrichtung ist ja noch gar nicht da«, insistierte Bran. »Das Haus sieht deinetwegen toll aus, du Idiot. Du bist nicht der Böse. Und ich denke, das weißt du auch, denn sonst hättest du Abby nicht geheiratet.«

Hätte er nicht? Er hatte Abby gewollt und war willens gewesen, alles zu tun, um sie zu besitzen. Er hatte ihr Auto reparieren lassen, die Gebühr für ihren Sohn bezahlt, damit er im Club Kids bleiben konnte; er hatte sie geheiratet ... Aber in seinem Kopf herrschte momentan so ein Aufruhr, dass er nicht sehen konnte, ob das Liebe oder Selbstsüchtigkeit war.

Zum ersten Mal in seinem Leben fing er an zu glauben,

dass er endlich eine Frau gefunden hatte, mit der er auf lange Sicht zusammen sein könnte. Aber jetzt fragte er sich, ob das nicht nur sein egoistisches Bedürfnis war, nicht allein zu sein. Vielleicht war das, was er fühlte, gar nicht Liebe.

Aber es hatte verdammt wehgetan, sich nach ihr umzudrehen und sie weggehen zu sehen.

»Denk nach, Hunt«, drängte Bran, der ihn aus den überwältigenden Selbstzweifeln herausriss. »Ist in den letzten Tagen irgendwas Merkwürdiges passiert?«

»Was denn Merkwürdiges?«

»Du sagtest, dass sich jemand an dem Boot zu schaffen gemacht hat. War jemand auf dem Dock, der sich sonst nicht dort aufhält? Jemand, der dir irgendwie aufgefallen ist?«

Hunt blickte ihn genervt an. »Wir leiten hier ein Resort. Fast jeder, den ich sehe, ist ein Fremder.«

»Stell dich doch nicht blöd. Du weißt, was ich meine. Irgendjemand, der dir verdächtig vorkam?«

Hunt wollte die Paranoia seines Bruders schon mit einer müden Geste abtun, als ihm etwas einfiel. »Die neuen Betreuer im Club Kids ... Ich kenne die noch nicht so gut.«

»Und?«

Hunt dachte daran zurück, wie er Noah heute Morgen in der Betreuung abgeliefert hatte. »Der neue Kerl kam mir komisch vor. Es lag nicht daran, was er gesagt hat, aber er ist irgendwie nicht ...«

»Was ist er nicht?«

»Peppig?« Hunt suchte nach den richtigen Worten, aber ihm fiel kein Passenderes ein.

»Peppig«, wiederholte Bran. »Wovon redest du bitte, Mann?«

Seine Brüder machten ihn heute wahnsinnig, und er hatte schon genug Ärger, mit dem er sich herumschlagen musste. »Peppig, du Penner ... quirlig ... Mann, er wirkt einfach nicht, als wäre er froh darüber, mit Kindern zu arbeiten.«

Brans Gesichtsausdruck zeigte ihm, dass sein Bruder es endlich begriff. »Also gut, dann fangen wir bei ihm an. Wir befragen die Neuzugänge. Und auch die anderen Mitarbeiter und Mitarbeiterinnen vom Club Kids. Vielleicht wissen die irgendwas.«

∽

Als Hunt endlich zur Villa zurückkehrte, nachdem er von seinen Brüdern durch die Mangel gedreht worden war und mit der Polizei gesprochen hatte, war dort niemand. Also fuhr er zu Abbys altem Häuschen, das sie heute Vormittag ausgeräumt hatten, aber der Vermieter hatte bereits die Schlösser ausgetauscht, und Abbys Wagen stand nicht in der Einfahrt.

Hunt hatte versagt. Er hatte ihren Sohn nicht beschützt. Kein Wunder, dass sie nicht zu Hause auf ihn wartete. Aber er rief sie trotzdem an.

Abby ging nicht ans Telefon. Auch am nächsten Tag nicht.

Hunt schlich durch die Flure des frisch renovierten Cade-Anwesens wie ein Geist, spazierte abwesend zwischen den Arbeitern herum. Er hatte keinen Schimmer, wohin Abby gegangen war, und Noah war nicht wieder im Kinderprogramm aufgetaucht. Das wusste er, weil er in den letzten beiden Tagen hingegangen war, um nach Noah zu suchen und sich zu vergewissern, dass ansonsten alles glattlief.

Lewis legte sein Klemmbrett auf die neue Küchenarbeitsplatte und blickte ihn finster an. »Ich muss dich bitten zu gehen.«

»Das ist mein Haus«, gab Hunt ungläubig zurück.

Lewis schüttelte den Kopf. »Ist mir egal. Du treibst mich und meine Jungs in den Wahnsinn mit deiner Trübsal. Man sollte doch meinen, dass ein Kerl, der innerhalb von drei Wochen praktisch ein neues Haus gezaubert bekommt, irgendwie fröhlicher sein müsste.«

Hunt hatte Lewis noch nichts von dem Drama im Club oder dem Drama, seine Frau verloren zu haben, erzählt, und danach stand ihm nun erst recht nicht der Sinn. »Also schmeißt du mich einfach raus?«

»Ja, kann man so sagen«, erwiderte Lewis. »Mach dich doch irgendwo nützlich. Zum Beispiel bei deiner Arbeit oder bei deiner Frau. Wo ist die eigentlich abgeblieben?«

»Sie hat zu tun«, brummte Hunt.

Er schaute sich in der Küche um, die nun fast fertig und wahnsinnig schön war. Er wollte, dass Abby sie zu Gesicht bekam, aber das war natürlich nicht möglich. Warum sollte sie zu dem Mann zurückkehren, der ihren Sohn beinahe das Leben gekostet hatte?

Wenn Hunt nicht gewesen wäre, dann wäre Noah an dem Tag, als der Unfall passierte, gar nicht im Club gewesen. Hunt hatte ihn dort abgeliefert, weil er seine Familie unbedingt möglichst schnell in das neue Haus umziehen lassen wollte. Aber was brachte ihm das schönste Haus, wenn es keine Familie gab, die daraus ein Zuhause machte?

Er musste das alles irgendwie in Ordnung bringen.

»Habt ihr irgendetwas herausgefunden?«, fragte Hunt Kaylee, als er wieder im Club war.

Kaylee schloss die Augen. »Du wirst es nicht glauben, aber wir denken, es war einer der neuen Mitarbeiter, die wir für das Kinderprogramm eingestellt haben. Er ist nicht aufgetaucht und scheint auch nicht unter der angegebenen Adresse zu wohnen. Ich erreiche auch keine der Referenzen, die er mir genannt hat.«

Hunts Gesicht wurde ganz heiß, und er hatte das Gefühl, dass sein Kopf gleich platzen würde. »Du hast die Referenzen nicht überprüft?«

Kaylee verzog verärgert den Mund. »Doch, natürlich habe ich das. Aber jetzt geht dort keiner ans Telefon, und eine der Nummern ist nicht einmal mehr mit einem Anschluss verbunden. Alle, die mit Kindern arbeiten, haben ihre Fingerabdrücke hinterlassen, und da kommt auch nichts. Wer immer dieser Kerl ist, er wurde noch nie vorher verhaftet.«

»Aber du weißt nicht, ob er derjenige war, der das Boot losgemacht und den Gashebel festgebunden hat. Du nimmst es nur an.«

»Naja, ja«, gab sie zu. »Allerdings hat Brin ihn nachmittags noch auf dem Boot gesehen, bevor es losgemacht wurde.«

Hunt fuhr sich mit steifen Fingern durch das Haar. »Also sind das alles nur Indizien.«

»Ja, Herr Anwalt, aber in der Summe doch ziemlich belastend. Es würde helfen, wenn du mit Noah sprechen und ihn fragen könntest, ob er sich sonst noch an irgendwas erinnert.«

»Das kann ich nicht«, gab Hunt zurück und ballte die Fäuste.

Kaylee legte die Stirn in Falten. »Geht es ihm gut?«

»Das weiß ich nicht. Abby geht nicht ans Telefon, wenn ich sie anrufe.«

»Ich dachte, ihr beide lebt zusammen?«

»Das haben wir, aber sie ist nicht nach Hause gekommen.«

Hunt würde nicht weinen. Er war ein Mann. Richtige Männer weinten nicht.

Na schön, er hatte schon ein, zwei Mal geweint, aber das letzte Mal war er noch ein Kind gewesen. Verflucht, wieso war ihm jetzt zum Heulen zumute?

Kaylee musterte sein Gesicht und machte große Augen. Sie trat näher und umarmte ihn von der Seite. »Das tut mir leid. Möchtest du, dass ich mich mal bei ihr melde?«

»Nein. Warte ... doch. Finde raus, ob es ihr und Noah gut geht. Ich weiß noch nicht einmal, ob die beiden genug Geld haben. Oder wer auf Noah aufpasst, wenn sie arbeiten geht.«

Kaylee lächelte. »Ich mach das schon. Geh du nach Hause und mach dich wieder an die Arbeit mit der Renovierung.«

So weit war es also gekommen. Hunt konnte seine Frau nicht bei sich behalten; er brauchte die Hilfe seiner Schwägerin, um die Dinge wieder in den Griff zu bekommen.

Er wäre am liebsten mit dem Kopf gegen eine Wand gerannt. Sein einziger Trost bestand darin, dass Lewis sich sicher freuen würde, wenn er erneut in der Villa auftauchte.

KAPITEL 29

»Mom, du erdrückst mich ja fast«, beschwerte sich Noah.
»Tut mir leid.« Abby lockerte ihren Griff. In den letzten Tagen hatte sie sich regelrecht an Noah geklammert und im Kopf immer wieder die schlimmen Momente durchgespielt, in denen sie geglaubt hatte, sie hätte ihn für immer verloren. Nichts in ihrem Leben hatte ihr je solche Angst gemacht.

Abby stand auf und verschränkte die Hände ineinander. »Hast du Hunger, Liebling? Möchtest du etwas zu essen?«

Noah schüttelte den Kopf, schon wieder abgelenkt vom Fernseher. Abby hatte die Zügel etwas gelockert, was die Fernsehzeiten anging, solange sie bei Maria waren.

Maria und ihre Mitbewohnerin waren arbeiten, aber sie hatten den beiden Unterschlupf gewährt, und Abby hatte keinen Schimmer, wie sie ihnen das je vergelten könnte. Sie hatte etwas Geld sparen können, seit sie und Hunt zusammengezogen waren, und nun war es an der Zeit, eine neue Bleibe zu finden, denn sie konnte nicht weiter mit Hunt zusammenleben. Und bei Maria konnten sie auch nicht auf Dauer bleiben.

Abby rieb sich die Augen, um die Tränen zurückzudrängen.

Hunt zu heiraten, war ein Fehler gewesen. Ihre Gefühle für ihn hatten sie abgelenkt, und sie hatte die Sache nicht zu Ende gedacht.

Hunt war ein guter Mensch, aber er hatte ihr Kind in Gefahr gebracht, indem er Noah so viel zu den Booten beigebracht hatte. Sie war sich nicht sicher, was genau an jenem Tag im Club geschehen war, aber sie wusste, dass das Leben ihres Sohnes nicht in Gefahr gewesen wäre, wenn er und Hunt nicht zuerst diese Nähe aufgebaut hätten.

Vivian würde von dem Zwischenfall erfahren und ihn gegen Abby verwenden. Dann würde sie Abby vorwerfen, einen leichtsinnigen Mann geheiratet zu haben; Abby konnte die Argumente im Kopf schon hören. Mit Hunt verheiratet zu bleiben, konnte nur weiteren Ärger bedeuten.

Abby wusste, worauf es hinauslief: Sie würde sich entscheiden müssen. Ihr Glück oder ihr Sohn. Sie hatte bloß nicht damit gerechnet, dass diese Entscheidung ein Resultat ihrer Ehe mit Hunt sein würde. Oder dass sie sie unter solch beängstigenden Umständen fällen müssen würde.

Ihr Magen verkrampfte sich, und sie ging nervös in Marias kleiner Küche auf und ab.

Abby war nicht ans Telefon gegangen und hatte Hunt auch nicht zurückgerufen. Sie wusste nicht, was sie ihm sagen sollte. Sie sollte die Sache ganz offiziell beenden. Schließlich hätten sie die Ehe sowieso irgendwann beendet, und nun wäre es vernünftiger, das zu tun. Aber etwas hielt sie davon ab. Und um die Sache noch schlimmer zu machen, fragte Noah andauernd nach Hunt.

Abby hielt ihn und sich und Hunt hin, aber jedes Mal, wenn sie darüber nachdachte, Hunt zu verlassen, schmerzte ihre Brust, und ihr kamen beinahe die Tränen.

Sie vermisste es, neben ihm zu liegen.

Sie vermisste es, mit ihm über ihren Tag zu reden und ihm zuzuschauen, wenn er mit Noah spielte.

Nicht bei ihm zu sein, fühlte sich schlimmer an als all die Hindernisse, die sie überwunden hatte, um allein für ihren Sohn zu sorgen. Als wäre es das alles nicht wert, wenn sie und Noah Hunt nicht bei sich hätten. Aber das konnte nicht stimmen, denn ihr Leben war heute in größerem Aufruhr als vor der Heirat mit ihm.

Es klopfte an der Tür, und Noah sah auf. »Mom?«

»Ich gehe schon«, sagte sie. »Bleib' du hier.«

Abby schob den Riegel zurück und öffnete die Tür einen Spalt breit. Draußen standen Noahs Großeltern. Vivian betrachtete den Wohnblock mit gerümpfter Nase.

»Oma!«, rief Noah und kam zur Tür gerannt.

Abby machte sie weiter auf, und Noah rannte in die Arme seiner Großmutter.

»Abigail«, begrüßte Vivian sie. »Und Noah.« Sie umarmte ihn und lächelte breit. »Wie geht es meinem Lieblingsenkel?«

Noah lachte. »Ich bin dein einziger Enkel!«

»Ach ja, richtig«, erwiderte Vivian.

Wenn Vivian ihr nach Trevors Tod nicht so das Leben schwergemacht hätte, ob sie dann wohl jetzt ein gutes Verhältnis haben könnten? Denn zugegebenermaßen liebten Noahs Großeltern ihren Enkel und kümmerten sich weit mehr als ihre Eltern, die ihr Enkelkind noch nicht einmal kennengelernt hatten.

»Ich habe dir ein Geschenk mitgebracht«, wandte sich Vivian wieder an Noah und reichte ihm eine Schachtel, auf der LKWs abgebildet waren.

»Oh, super!«, rief Noah und wollte sie gleich aufreißen.

»Nicht hier, mein Lieber«, mahnte Vivian. »Mach es im Schlafzimmer auf, während dein Großvater und ich mit deiner Mutter reden. Und mach' schön die Tür zu.«

Scheiße. Das hörte sich gar nicht gut an.

Abby nickte ihrem Sohn zu, der zu ihr hochgeschaut hatte, um sich ihre Zustimmung zu holen. Dann rannte er davon und schlug die Tür hinter sich zu. Sie würde ihn noch einmal daran erinnern müssen, dass die Türen leise zugemacht wurden. Später.

Sie ging zur Couch und setzte sich hin, lud Noahs Großeltern mit einer Geste ein, es ihr gleichzutun. »Ist alles in Ordnung?«

Vivian sah ihren Ehemann an. »Wir haben von dem Zwischenfall im Resort gehört, wo dein Mann arbeitet. Wieso hast du uns davon nichts erzählt?«

Abby schluckte. »Die Angestellten haben umgehend Hilfe angefordert, und am Ende ist gar nichts passiert.« Naja, nicht gar nichts. Abby würde sicher für den Rest ihres Lebens Albträume von diesem Nachmittag haben, aber Noah war nichts zugestoßen. Das war die Hauptsache.

»Uns wurde gesagt, dass einer der Mitarbeiter im Kinderprogramm nicht auf unseren Enkel aufgepasst hat. Dass Noah sich davongeschlichen hat und auf das Boot geklettert ist, mit dem er dann auf den See hinausfuhr. Er hätte dabei sterben können. Anscheinend hat dein Ehemann seine Pflichten vernachlässigt und ist nicht zu seiner Schicht erschienen, sodass sie nicht genug Personal hatten.«

Abby konnte sich kaum vorstellen, dass Kaylee oder irgendeine andere Mitarbeiterin vom Club Kids so etwas über Hunt gesagt hatte, aber offensichtlich verfolgte Vivian mit ihrem Besuch einen Zweck. »Es war ein Unfall. Hunt war übrigens derjenige, der Noah gerettet hat. Noah liebt den Club und ist furchtbar gern dort. Ich bin sicher, dass sie dort Maßnahmen treffen werden, damit so etwas nicht noch einmal passieren kann.«

»Die haben meinen Enkel aus den Augen verloren, Abby. Deinen Sohn.«

Abby atmete aus. Sie wusste genau, dass Vivian damit nie wieder lockerlassen würde. »Niemand ist sich dessen schmerzlicher bewusst als ich.«

Vivian warf ihrem Mann einen Blick zu und wandte sich dann wieder an Abby. »Liebes, ich weiß, dass wir uns nicht immer einig waren, aber hör mir bitte zu. Wir würden dir gern helfen.«

Ihr helfen? Sie hatten noch nie angeboten, ihr zu helfen. Und wenn sie sie um etwas gebeten hatte, dann hatten sie in letzter Minute abgesagt und ihr das Leben noch schwerer gemacht.

»Wir würden dir gern die finanzielle Bürde abnehmen, mit der du seit Trevors Tod zu kämpfen hast. Das ist doch der Grund, warum du diesen Mann geheiratet hast, nicht wahr?«

Abby antwortete nicht. Sie war eine miese Lügnerin. Und sie war sich im Moment auch nicht mehr so sicher, aus welchen Gründen sie Hunt geheiratet hatte. Sie machte sich Sorgen, dass es nicht bloß um der Sicherheit Willen geschehen war, oder weil sie Noah beschützen wollte. Sie hatte Hunt gemocht und ihn für sich gewollt.

»Du brauchst das jetzt nicht zu beantworten«, sagte Vivian. »Hör mich nur bis zum Schluss an. Wir würden gern alle Ausgaben für Noah übernehmen: Privatschule, Kleidung, Essen und Unterkunft.«

»Das verstehe ich nicht«, gab Abby zu. »Bisher habt ihr mir noch nie eure Hilfe angeboten.«

Vivian schürzte die Lippen. »Das war lieblos von uns. Und als wir gehört haben, dass unser Enkelkind beinahe ernsthaft verletzt worden wäre, haben wir uns hingesetzt und besprochen, wie wir eine so schreckliche Situation verhindern können hätten. Wenn Noah bei uns leben würde ...«

»Bei euch leben?« Abby sprang auf. »Nein.«

Vivian erhob sich ebenfalls, aber ihr Gesichtsausdruck war gütig. »Wir wollen dir Noah nicht wegnehmen, Abby.«

Abby warf die Hände in die Luft. »Aber ihr wollt, dass er bei euch lebt? Wo ist da bitte der Unterschied?«

»Du könntest ihn so oft besuchen, wie du möchtest, und dir

das Sorgerecht mit uns teilen. Aber er würde eben unter unserer Aufsicht leben.«

Abby wollte gerade noch einmal unfreundlich widersprechen, als Vivian ihr eine Hand auf dem Arm legte. Sie musste sich extrem beherrschen, um ihren Arm nicht wegzureißen. »Ich schwöre dir, ich versuche nicht, dir Noah wegzunehmen«, beharrte Vivian. »Ich will wirklich nur helfen. Aber es wäre einfacher, wenn er bei uns zu Hause wohnen würde. Wir haben ihm so viel zu bieten. Die beste Ausbildung, die für Geld zu haben ist. Alles, was er braucht.«

Sie meinte das im finanziellen Sinne. Trevors Eltern waren stinkreich. Sie konnten Noah ein Leben bieten, mit dem Abby niemals mithalten könnte. Nicht allein. Sie würde immer von irgendjemandem abhängig sein.

Es war ein Hirngespinst gewesen, zu glauben, sie könne je ihr Studium beenden und dann allein für ihren Sohn sorgen. Sie hatte nie eine Chance gehabt.

Wenn sie ernsthaft darüber nachdachte, kam sie nicht umhin, sich zu fragen, ob es egoistisch von ihr war, Noah um jeden Preis bei sich zu behalten, wenn seine Großeltern ihm so viel mehr bieten konnten. Wenn Vivian nicht log und Abby ihn so oft besuchen durfte, wie sie wollte, dann wäre das möglicherweise doch ein Weg sicherzustellen, dass es ihm an nichts mangelte, und trotzdem ein Teil seines Lebens zu bleiben. »Ich weiß nicht.«

Vivian lächelte. »Mehr wollen wir doch vorerst auch gar nicht. Du sollst nur darüber nachdenken. Lass dir Zeit.« Sie ging zur Tür, ihr Ehemann schweigend an ihrer Seite.

Noahs Großvater schenkte Abby ein herzliches Lächeln.

»Wir melden uns wieder«, sagte Vivian und verließ die Wohnung. Ihr Mann folgte ihr.

Abby ließ sich wieder auf die Couch sinken. Seit Noah auf der Welt war, hatte sie sich die meiste Zeit über als Mutter als Versagerin gefühlt. Sie hätte Trevor dazu drängen sollen, ein

Testament zu machen, einen Fonds für ihn einzurichten, damit für den Jungen gesorgt wäre. Sie hätte darauf bestehen sollen, dass sie heirateten. Alles wäre besser gewesen, als Trevor zu verlieren und die Absicherung ihres Sohnes aufs Spiel zu setzen.

Aber Noah aufgeben? Selbst wenn es nur um die leibliche Obhut ging, sorgte der Gedanke allein dafür, dass Abby sich zusammenrollte und ganz klein machte.

Sie war nicht sicher, ob sie das übers Herz brachte. Aber sie war ebenso wenig sicher, ob sie Noah wirklich zwingen wollte, ebenso zu leben, wie sie selbst aufgewachsen war. Immer pleite, während die Eltern Tag und Nacht arbeiteten. Ständig allein.

Abby wollte, dass ihr Sohn es besser hatte.

KAPITEL 30

Endlich fand Hunt die Adresse von Abbys Freundin Maria heraus, bei der sie untergekommen war, und das wurde auch allerhöchste Zeit. Er verlor den Verstand, wäre am liebsten die Wände hochgegangen in seinem frisch fertigrenovierten Haus; er konnte nicht schlafen oder essen und machte sich wahnsinnige Sorgen um Abby und Noah. Er wurde auch von der Furcht geplagt, seine Familie unwiederbringlich verloren zu haben. Denn Noah und Abby waren seine Familie.

Es war nicht vorgesehen gewesen, dass Hunt und Abby verheiratet blieben. Es war auch nicht vorgesehen gewesen, dass er sie lieben würde, aber irgendwie hatte er sich irgendwann in die liebenswerte, sexy, alleinerziehende Mutter seines Lieblingskindes aus dem Club Kids verliebt. Er fragte sich beinahe, ob das nicht an jenem Abend geschehen war, als er sie im Club kennengelernt hatte, bevor er wusste, dass sie Noahs Mom war.

Abby war anders als alle anderen. Sie war stark und fürsorglich, und es fühlte sich wunderbar an, sie in den Armen zu halten. Er wusste nur, dass er sie auf Dauer in seinem Leben haben wollte. Dass er keinen weiteren Tag ohne seine Familie durchleben konnte. Deswegen war er nun auf dem Weg zu Marias Adresse, um zu betteln und zu tun, was immer nötig wäre, um seine Frau und Noah zurückzugewinnen.

Abby hatte ihn verlassen. Sie hatte es nicht ausgesprochen, aber sie war fort, und er hatte Angst, dass sie nicht wiederkommen würde. Nun, da er wusste, was wirklich am Tag des Bootsunfalls passiert war, konnte er wieder klar genug denken, um nicht zuzulassen, dass frühere Fehleinschätzungen sein Urteil trübten.

Der Zwischenfall war nicht seine Schuld gewesen, aber einen Teil der Verantwortung für alles, was am Steg oder am Strand schiefging, nahm er sehr wohl auf seine Kappe. Aber er hatte Abby auf eine andere, bedeutsame Weise hängenlassen.

Er hatte ihr nie gesagt, was er für sie empfand. Dass er mehr wollte. Dass er für mehr bereit war.

Hunt stieg die Stufen zum ersten Stock des Wohnblocks hoch, wo Abby und Noah momentan wohnten. Er suchte nach der richtigen Tür. Kaylee hatte ihm die Adresse gegeben, nachdem sie Noahs Großeltern aufgespürt und dann auf Umwegen herausgefunden hatte, wo Abby sich aufhielt. Er klopfte an.

Abby machte auf. Sie trug ihre Klinikkleidung.

Sie sah unglaublich aus, und er wollte sie in seine Arme ziehen, sein Gesicht in ihren Haaren vergraben. »Hey«, sagte er stattdessen bloß.

»Hey.« Sie spähte an ihm vorbei. »Wie hast du mich gefunden?«

»Durch Noahs Großeltern.«

Sie zog die Brauen zusammen. »Sie haben dir meine Adresse gegeben?«

»Nicht wirklich. Kaylee hat sie irgendwie aus ihnen herausbekommen. Darf ich reinkommen?«

»Oh. Ja.« Sie machte Platz. »Tut mir leid, ich war bloß überrascht, dich zu sehen.« Ihr Blick huschte über seinen Körper, und er spürte ihn überall. Verflucht. »Es ist schön, dich zu sehen«, sagte sie.

Hunt zwang sich, nicht nach ihrer Hand zu greifen. »Es ist auch schön, dich zu sehen. Geht es dir gut? Geht es Noah gut?«

»Es geht uns gut. Noah ist mit Maria kurz einkaufen gegangen. Sie wird auf ihn aufpassen, während ich eine Zusatzschicht übernehme.«

Hunt nickte. Es gefiel ihm nicht, dass Abby wieder mehrere Schichten arbeitete, aber zumindest waren sie und Noah in Sicherheit. »Gut, das ist gut. Abby ...«

»Hunt«, begann sie im selben Moment.

»Du zuerst«, sagte er.

Sie betrat das kleine Wohnzimmer des Apartments und setzte sich auf die Couch, lud ihn mit einer Geste ein, sich ebenfalls zu setzen. »Es tut mir leid. Ich hätte dich anrufen sollen.«

»Das passt schon. Ich weiß, wie sauer du auf mich warst.«

Sie verschränkte ihre Hände ineinander. »Das war ich. Bis mir klar wurde, dass das alles nicht allein dein Fehler war. Es war falsch von mir, dir alles aufzubürden. Es war falsch, dich zu heiraten.«

Er hob eine Hand. »Moment, bedauerst du etwa das, was zwischen uns war?«

Sie öffnete den Mund. »Naja, so würde ich das nicht sagen. Es ist eher, dass ich das Gefühl habe, dass es sehr egoistisch von mir war, dir die Last aufzubürden, für Noah und mich zu sorgen.«

»Es ist doch keine Last, wenn ich es selbst so wollte.«

Sie schüttelte den Kopf und sah zu Boden. »Du wolltest uns helfen ...«

»Nee. Ich habe mich in dich verliebt.«

Abbys Kopf ruckte hoch. »Was?«

»Ich liebe dich. Ich liebe deine verdammten Kittel.« Er betrachtete sie von oben bis unten. Als er den erhitzten Blick wieder hob und ihr ins Gesicht sah, errötete sie. »Ich liebe deine Clogs und sogar deine kalten Füße.«

»Über meine kalten Füße hast du dich noch nie beschwert.« Sie bedeckte das Gesicht mit den Händen. »Du hättest sagen sollen, dass es dich stört.«

»Wieso sollte ich das tun?«, fragte er. »Ich liebe deine Füße und alles andere an dir. Die Art, wie du deinen Sohn festhältst. Die Art, wie du einen Raum betrittst, schüchtern und niedlich. Und ich liebe die Laute, die du von dir gibst, wenn ich in dir bin ...«

Zwei Finger machten Platz für ihre Augen. Deren Lider schwer waren. Sie dachte an ihr altes Schlafzimmer und die vielen Male, als sie die Scheinehe vollzogen hatten.

»Unsere Ehe mag ja als pragmatische Abmachung begonnen haben – ich wollte meine Brüder beeindrucken, du brauchtest jemanden, der für dich sorgt –, aber ich wollte dich auch. Und ich habe mich in dich verliebt, als wir verheiratet waren.« Ihre Hand sank herab. »Du hast doch den Verstand verloren.«

»Seit du und Noah weg seid, ja. Frag' unseren Bauingenieur, Lewis. Er wird dir bestätigen, dass ich in den letzten Tagen völlig wahnsinnig war.«

»Hunt.« Sie seufzte, als täte es ihr weh weiterzusprechen. »Ich will mit dir zusammen sein, aber ich kann das Risiko nicht eingehen. Der Unfall mit dem Boot ... und Vivian. Sie wird den Zwischenfall dazu benutzen, mich zu diskreditieren, und alles andere, was sie finden kann, ebenso. Das wird niemals aufhören, auch wenn wir verheiratet bleiben.«

»Vivian kann diesen Zwischenfall nicht gegen dich verwenden«, widersprach Hunt. »Jemand hat das Boot präpariert und es vom Steg losgemacht. Die Polizei untersucht den Vorfall. Niemand wird glauben, dass es deine oder meine Schuld war.«

Er rieb sich über die Stirn. »Abby, es gibt so viel zu sagen, aber vertrau mir, wenn ich dir versichere, dass Vivian nichts in der Hand hat, was irgendwie gegen dich sprechen würde.«

Hunt ging auf ein Knie hinunter, direkt vor ihren Füßen. »Bitt komm zurück. Es bringt mich um, dass ich nicht bei Noah und dir sein kann. Ich werde alle Boote verkaufen, überall Überwachungskameras installieren, damit du Noah in Sicherheit weißt ... was immer du willst. Aber bitte lass dich nicht von mir scheiden.«

Abby blinzelte. »Das Boot, auf dem Noah gefangen war, wurde also mit Absicht losgemacht? Und warte ... Bootfahren ist dir das liebste auf der Welt. Wieso solltest du das aufgeben wollen?«

»Du bist mir das liebste auf der Welt. Und ich würde alles aufgeben, was nötig wäre, um mit dir zusammen zu sein.«

Sie realisierte erst jetzt, wie er auf dem Boden vor ihr auf einem Knie hockte. »Willst du ... hältst du gerade um meine Hand an?«

»Natürlich nicht«, sagte er. »Wir sind bereits verheiratet.« Er schenkte ihr ein großspuriges Grinsen und zog sie in seine Arme. »Also, was sagst du?«

»Ich weiß nicht, was ich sagen soll, da wir ja bereits verheiratet sind«, erwiderte sie in einem neckenden Tonfall.

Er lachte und rückte ein bisschen von ihr ab, um ihre Hand in die seine nehmen zu können. »Abigail Cade, willst du mich heiraten?«

Sie hielt inne. Viel zu lange für sein Seelenheil. Dann sagte sie: »Ich glaube nicht, dass es noch schlimmer werden kann, als es ohne dich war. Noah und mir ging es ganz schrecklich.« Und dann breitete sich ein Lächeln auf ihren Lippen aus, das auch ihre Augen zum Strahlen brachte. »Ja, ich will dich heiraten. Das Leben ist nichts wert ohne dich, Hunt Cade.«

Hunt dachte, er wäre derjenige, der sich am meisten darüber freute, endlich mit seiner Familie zurück in die Cade-Villa zufahren, die jetzt sein und Abbys Zuhause war, aber er irrte sich.

Noah umarmte ihn nur ganz flüchtig, bevor er auch schon aufgeregt durch das Haus rannte und all die glänzenden, neuen Küchengeräte und die frisch gestrichenen Wände berührte. Seine Spuren darauf hinterließ.

»Noah«, mahnte Abby. »Nicht mit den Händen an den Wänden.«

»Ist doch egal«, sagte Hunt und zog sie in seine Arme. »Dieses Haus soll ein Zuhause sein, in dem Kinder einfach leben und auch mal eine Sauerei machen können.«

Sie hörten Noah freudig aufschreien und dann auf einem der Betten im oberen Stock herumspringen. Jedenfalls klang es ganz danach.

Abby sandte einen bösen Blick zur Decke, aber dann schaute sie sich um. »Es ist so hübsch. Ich kann gar nicht fassen, wie schön das alles geworden ist.«

»Du hast das toll gemacht mit der Auswahl«, flüsterte er und küsste ihren Nacken. Himmel, er hatte ihren Geruch, ihren Geschmack vermisst.

Warten zu müssen, bis sie ihre Schicht abgeleistet hatte, um sie hierherbringen zu können, war die reinste Folter gewesen. Sie hatte sich geweigert, sich einfach krankzumelden, also hatte er Maria abgelöst und Noah mit zum Angeln genommen.

»Vielleicht sollten wir uns mal das Schlafzimmer anschauen«, murmelte er.

Abby seufzte. »Das geht nicht. Noah ist noch wach.«

Hunt blickte zur Decke und rechnete nach. »Um wie viel Uhr geht der Junge ins Bett?«

»In etwa vier Stunden. Kannst du nicht mehr so lange warten?«, fragte sie leise kichernd.

»Nein.«

»Hunt!«

»Na schön«, gab er nach und stieß einen gespielten Seufzer aus. »Ich kann warten. Komm mit.« Er nahm sie bei der Hand und zog sie mit sich. »Wir können uns ebenso gut alles anschauen, während du mich leiden lässt.« Es klingelte an der Tür.

Abby sah Hunt an. »Erwartest du jemanden?«

»Niemanden. Ich habe meinen Brüdern gesagt, sie sollen erstmal wegbleiben.«

Sie drückte seine Hand. »Du Schlingel.«

Er lachte. »Das war das Klügste, was ich je gemacht habe. Wenn ich es nicht getan hätte, würde sie jetzt alle hier herumhängen, mir auf den Geist gehen und mich davon abhalten, so etwas zu tun.« Er beugte sich vor und küsste sie, schnappte dann sachte nach dem Mundwinkel, an dem Abby immer knabberte.

Hunt hob den Kopf, und Abbys Blick war ganz vernebelt.

»Okay, jetzt leide ich dann mit dir«, sagte sie.

»Gut.« Er ging auf die Tür zu. »Wir können sofort loslegen, wenn Noah schläft.«

Hunt öffnete die Haustür, und ein älterer Mann und Vivian standen mit verkniffenen Gesichtern auf der Schwelle.

Wunderbar, dachte Hunt mit einem Seufzer. »Kann ich Ihnen helfen?«, wandte er sich an Noahs Großmutter.

»Sie sind dieser Mann«, rief Vivian.

Hunt lachte. »Ich bin ein Mann, das ist richtig.« Er musterte den Kerl neben ihr. »Wie ich sehe, haben Sie einen eigenen.«

»Machen Sie sich nicht lächerlich«, schimpfte sie und drängte sich ins Haus.

»Vivian?«, sagte Abby. »Wieso bist du hier?«

»Wir hatten einen Deal«, erwiderte Vivian. »Unser Enkelkind soll doch bei uns leben.«

Abby verengte die Augen. »Ich sagte, ich würde darüber nachdenken.«

Vivian straffte den Rücken. »Und hast du dich entschieden?«

»Ja. Noah bleibt bei mir. Wir werden hier wohnen, mit meinem Mann. Das ist unser neues Zuhause.« Abby breitete die Arme aus. »Mein Ehemann und ich können Noah alle Besitztümer und jede Ausbildung bieten, die er braucht. Und Liebe. Er wird so viel Liebe haben, dass er gar nicht weiß, wohin damit.«

Hunt trat hinzu und legte einen Arm um Abbys Taille. »Gibt es sonst noch etwas?«

Vivian zeigte mit dem Finger auf ihn. »Dieser Mann hätte beinahe den Tod unseres Enkelkindes zu verantworten gehabt, Abby. Er ist für die Boote verantwortlich, auch für das Boot, das beinahe zur Todesfalle für Noah geworden wäre.«

»Was hat man Ihnen denn sonst noch über jenen Tag erzählt?«, wollte Noah wissen.

Vivian blickte ihn abfällig an. »Nur, dass Sie für die Sicherheit am Steg verantwortlich waren, und dass Menschen wie dieser Donovan, der auf die Kinder aufpassen soll, nicht zuverlässig sind. Abby hat unseren Enkel in eine gefährliche Situation gebracht, indem sie ihn in Ihrer Einrichtung unterbrachte, und wir haben die Jugendfürsorge eingeschaltet.«

Hunt blickte sich um. »Ich sehe hier niemanden von der Fürsorge. Ich schätze, die sind also nicht allzu besorgt.«

»Nun hören Sie mal ...«, begann Vivian.

»Nein«, schnitt Hunt ihr das Wort ab. »Das werde ich nicht.«

»Hunt?«, sagte Abby fragend.

Er sah zu ihr hinunter und drückte ihre Taille. »Wir hatten bisher noch keine Gelegenheit, die Sache im Detail durchzugehen, aber ich habe ein bisschen nachgeforscht, während du weg warst. Und habe einige Dinge herausgefunden, die du wissen solltest.« Er musterte Noahs Großeltern. »Als erstes wohl, dass Trevors Eltern einen Betreuer angeheuert haben, der dann im Club Kids angenommen wurde. Woher hätten sie sonst seinen Namen wissen können? Ich habe ihn nie erwähnt.«

Abby sah Vivian an. »Ist das wahr?«

Diese plusterte sich zunächst auf. »Glaub' diesem Mann kein Wort. Ich kann nicht glauben, dass du wieder mit ihm zusammenziehen willst. Ich hatte gehofft, dass du endlich zur Vernunft kommst, als du bei deiner Freundin untergeschlüpft bist.«

»Ich habe einen privaten Ermittler hinzugezogen«, erläuterte Hunt weiter. »Auf diese Weise konnte der Club den jungen Donovan ausfindig machen. Noahs Großeltern haben ihn dafür bezahlt, dass er sich beim Club Kids bewirbt und dann dafür sorgt, dass es dort zu Zwischenfällen kommt. Donovan hat Noah an jenem Tag dabei beobachtet, als er sich um das Boot kümmerte«, fuhr Hunt fort. »Und als der Junge an Bord ging, um die Lappen aufzuräumen, hat er das Boot vom Steg losgeschnitten. Er hatte vorher abgewartet, bis ich mal nicht vor Ort war, und den Gashebel schon im Vorfeld präpariert. Er ist derjenige, der beinahe für den Tod Ihres Enkels verantwortlich gewesen wäre.«

»Nein«, stieß die blass gewordene Vivian hervor. »Das ist unmöglich.«

»Was ist unmöglich? Dass Sie ihn beauftragt haben oder dass er das Boot präpariert hat? Denn wir haben sein Geständnis.«

Vivian öffnete den Mund und schloss ihn dann wieder. Sie warf ihrem Ehemann einen Blick zu, der mindestens ebenso besorgt dreinblickte. »Wir haben ihn niemals dazu angestiftet, das Boot loszumachen.«

»Aber Sie haben ihn dafür bezahlt, im Club Kids anzufangen?«, hakte Hunt nach.

»Naja, schon«, gab sie schnippisch zurück. »Um ein Auge auf Noah zu haben.«

»Seiner Aussage nach«, wandte Hunt ein, »um dafür zu sorgen, dass der Eindruck entstehen würde, die Einrichtung und seine Mutter würden seine Sicherheit vernachlässigen.«

Vivian schwieg. Es war ihr Ehemann, Noahs Großvater, der sich diesmal zu Wort meldete. »Wir hätten doch niemals zugestimmt, wenn wir gewusst hätten, dass Noah oder einem anderen Kind etwas passieren könnte. Sind Sie sicher, dass es Donovan war, der das getan hat?«

»Er wurde einer Lüge überführt und hat dann alles zugegeben.«, antwortete Hunt. »Er hat der Polizei auch gesagt, dass er Sie aus der Kirche kennt.«

Noahs Großvater nahm seine Frau beim Ellbogen. »Komm jetzt, Viv. Lassen wir die beiden in Ruhe.«

Sie machte sich los. »Nein. Er irrt sich. Donovan hätte sowas nie gemacht. Es ist dieser Mann, der Noah in Gefahr gebracht hat.«

Hunt richtete sich zu seiner vollen Größe auf. »Ich würde Noah mit meinem Leben beschützen.«

Der Großvater drängte Vivian erneut zum Gehen. Sie folgte ihm schließlich, drehte sich aber noch einmal über die Schulter um. »Ihr werden von unseren Anwälten hören.«

Hunt schloss die Tür hinter ihnen, und Abby musterte ihn verängstigt. »Bist du sicher, was diesen Donovan angeht?«

»Er wurde nach seinem Geständnis angeklagt. Ich bin ganz sicher.«

»Aber Vivian und ihr Anwalt ...« Abby starrte auf die Tür, durch die Noahs Großeltern verschwunden waren.

»Mach dir über die keine Sorgen. Ich stehe mit unseren Anwälten schon seit den Tagen vor unserer Hochzeit in Kontakt. Sie wissen alles. Noahs Großeltern haben überhaupt nichts in der Hand. Hatten sie auch nie. Sie können dir Noah nicht wegnehmen. Und wenn du dich entscheidest, sie zu verklagen, kannst du auch eine einstweilige Verfügung erwirken, um sie davon abzuhalten, Noah überhaupt zu sehen.«

»Nein«, erwiderte sie. »Das würde Noah nur wehtun, und ich will nicht, dass er alles verliert, was ihn noch mit seinem Vater verbindet. Sie sind keine schlechten Menschen; sie sind nur schrecklich traurig, seit sie ihren Sohn verloren haben. Sie haben sich verändert, nachdem er gestorben ist.«

Hut zog sie in seine Arme. »Dann werden wir das auch nicht machen. Aber ich möchte, dass du weißt, dass du nie wieder Angst vor ihnen zu haben brauchst. Und dass ich für dich da bin.«

Sie blickte ihm in die Augen. »Ich liebe dich, Hunt Cade.«

Er lächelte das breiteste Lächeln, das sie jemals gesehen hatte. »Ich liebe dich, Abby Cade. Und hey, ist doch super, du musst nach unserer nächsten Hochzeit nicht einmal mehr deinen Namen ändern, weil du das schon beim ersten Mal getan hast.«

Abby grinste. »Wie habe ich es nur geschafft, einen so sexy und klugen Ehemann an Land zu ziehen?«

»Es waren die Clogs.«

Abby lachte. »Wenn ich gewusst hätte, dass die mir den heißesten Typen der Stadt bescheren würden, hätte ich sie viel häufiger angezogen.«

»Wie viele Stunden noch bis zur Schlafenszeit?«, wollte Hunt wissen.

Abby schaute auf den Bildschirm ihres Telefons. »Drei Stunden und fünfzehn Minuten.«

Er seufzte. »Ich schätze, so lange kann ich noch warten.«

»Oder«, wandte Abby ein, »wir können Noah einen Film anmachen und uns davonschleichen.«

Hunts Lider wurden schwer. »Du bist die klügste Frau, die

ich je geheiratet habe. Ja. Los geht's.« Er hob sie hoch und warf sie über seine Schulter, und sie lachte.

»Ich bin die einzige Frau, die du geheiratet hast, du Neandertaler!« Sie schlug ihm auf den Hintern, als er mit ihr die Treppe hinaufstieg.

»Neandertaler hin oder her, ich war klug genug, dich zu wählen, und nur fürs Protokoll: Ich bevorzuge es, Pirat genannt zu werden. Ich habe meine Beute und werde sie nicht wieder loslassen.«

KAPITEL 31

Abby schaltete einen Film für Noah ein, aber ihr Sohn war so gesprächig und aufgeregt, dass sie und Hunt beschlossen, sich zu ihm zu gesellen und etwas zu essen zu bestellen.

Stunden später schloss Hunt die Tür ihres Schlafzimmers hinter ihnen. »Endlich allein.« Er bedachte sie mit einem gierigen Blick.

Sie schaute sich betont locker um, als ginge sie das gar nichts an. »Ist dies das Elternschlafzimmer?«

Hunt zog sich das Hemd über den Kopf, und Abby stockte der Atem. »Wenn du willst«, antwortete er. »Aber es gibt noch vier weitere mit angeschlossenen Bädern auf dieser Etage. Dieses ist nicht das größte, hat aber die schönste Aussicht.«

Abby blickte aus einem der Fenster in den Garten hinaus und erspähte das große Baumhaus. »Also können wir Noah von hier beim Spielen zusehen?«

»Ja. Und unseren anderen Kindern.«

Abby verschluckte sich. »Andere Kinder? Soweit ich weiß, habe ich nur eins.«

Hunt zog sie an sich und half ihr im gleichen Atemzug aus dem Oberteil. »Ich habe mir überlegt, dass wir noch ein oder zwei weitere brauchen. Und ich möchte Noah offiziell adoptieren. Mit deiner Zustimmung.«

Abby hob einen Finger. »Zu den ein oder zwei Kindern kommen wir gleich. Wie meinst du das, du möchtest Noah adoptieren?«

Er hielt ihr Gesicht mit beiden Händen. »Ich will nicht, dass du dir je wieder wegen irgendetwas Sorgen machen musst, ganz egal, was mit mir passiert. Ich will Noah adoptieren und einen Treuhandfonds für ihn einrichten.«

Ihre Augen füllten sich mit Tränen. »Du bist wirklich der schlechteste Aufreißer des Planeten.«

Er nahm mit einem übertriebenen Ruck das Kinn zurück. »Da habe ich aber was anderes gehört.«

»Und dazu noch dieser miese Humor. Oh, Hunt, würdest du das wirklich für Noah tun?«

Er küsste sie. »Ich würde es für dich tun und für mich und für Noah sowieso. Ich liebe den Jungen wie einen Sohn.«

Sie küsste ihn und ließ ihre Hände seinen Rücken hinaufgleiten. »Ich fände das wunderbar, wenn du Noah adoptieren würdest.«

Er öffnete den Knopf ihrer Jeans. »Da wir das nun geklärt haben, was hältst du von meinem anderen Vorschlag?«

Ihr BH war verschwunden. Wann zur Hölle hatte er ihr den denn ausgezogen? Er machte da schon wieder etwas Aufregendes mit seinen Fingern an ihren Brustwarzen. »Hmm? Welcher Vorschlag denn?«

»Ein oder zwei Babys.«

Das holte sie aus ihrem lusterfüllten Schwindel. »Wir haben noch nicht einmal unsere zweite Hochzeit gefeiert.«

»Na gut, dann nicht sofort. Du willst wahrscheinlich auch erst einmal dein Studium beenden. Aber ich bestehe darauf, dass du Kurse belegst, die nicht ganz so früh am Tag beginnen. Diese Morgenkurse zerstören bloß noch unser Sexleben.«

Sie lachte. »Ja, spätere Anfangszeiten finde ich auch besser. Das frühe Aufstehen hat mir ganz schön zugesetzt.«

»Und das Baby?«

Abby kniff die Augen zusammen. »Ich werde darüber nachdenken. Lass uns doch erst einmal sehen, was hier läuft. Ich muss ganz sichergehen, dass wir es richtig machen.«

Er hob sie hoch und warf sie aufs Bett. »Vorlautes Eheweib. Ich werde dir zeigen, wie man das macht.«

Hunt stürzte sich auf sie, und sie versuchte, ihn herumzuwerfen und die Oberhand zu bekommen, aber das war, als wolle man einen Felsbrocken beiseite rollen.

Hunt hob eine Braue. »Ja, bitte? Wolltest du irgendwas?«

»Dreh dich um, Ehemann. Ich will dich besteigen.«

Hunt blähte die Nüstern. »Ich liebe es, wenn du Dirty Talk machst.« Er legte sich auf den Rücken, und Abby krabbelte auf ihn.

Sie schaute sich um. »Es gefällt mir hier oben. Gibt mir ein Gefühl von Macht.« Sie fuhr mit den Händen über Hunts Brustkorb, kreiste um seine Nippel, so wie er ihre immer folterte.

Hunt verschränkte die Arme hinter seinem Kopf. »Und mir gefällt eine Frau, die weiß, was sie will.«

Er war so selbstsicher ... Abby glitt tiefer und öffnete den Reißverschluss seiner Jeans.

Er atmete zittrig ein. »Mach du nur. Ich werde dich nicht aufhalten.«

Abby schenkte ihm einen anzüglichen Blick und verteilte eine Spur aus Küssen seine Brust hinab. »Ach, nein? Nun, dann werde ich das ausnutzen.«

Als Abby unten an seinem Bauch angekommen war, hatte er all seine Muskeln angespannt.

Er räusperte sich. »Findest du nicht, du solltest den Rest deiner Kleidung loswerden?«

»Wie bitte?«, fragte sie. »Ich habe jetzt das Sagen.«

Er hob die Hand. »Mein Fehler. Weitermachen.«

»Das werde ich, vielen Dank.« Sie steckte die Hand in seine Hose und ließ sie an seinem Schaft entlanggleiten.

Hunt kippte den Kopf nach hinten. »Scheiße.«

»Ja?«, fragte sie. »Hast du etwas gesagt?«

»Gar nichts«, kam es erstickt aus seiner Kehle, als sie mit ihrem Daumen um die Spitze seiner Erektion strich.

Abby rückte noch weiter nach unten und zog ihm Jeans und Unterhose aus. Er starrte an sich hinab,

»Du siehst besorgt aus, Ehemann?« Sie küsste ihn auf den Oberschenkel.

»Besorgt?«, sagte er abgelenkt. »Nein, nein ... ich genieße nur die Aussicht.«

Sie grinste und leckte von der Wurzel bis zur Spitze an seinem Glied hinauf. »Ich auch.«

Hunt stöhnte und riss die Augen auf. »Ich kann nicht mehr.« Er setzte sich auf und zog sie auf sich. »Es ist zu lange her. Ich muss in dir sein. Ja?«

Sie lachte. »In Ordnung, Neandertaler. Wir probieren das nochmal, wenn dein Hirn wieder vollständig funktioniert und du ganze Sätze bilden kannst.«

Hunt brummte und fuhr mit seiner Zunge über ihren Nippel, steckte gleichzeitig die Hand in ihre Hose, ließ die Finger kreisen und eintauchen und all die Stellen berühren, die sie so schnell zum Explodieren bringen konnten.

Hunt drehte sie beide um, sodass er jetzt wieder oben war, und zog ihr dann die Hose aus. Er positionierte seine Hüften zwischen ihren Oberschenkeln. »Fangen wir mit dem Üben fürs Kindermachen an.« Und dann versenkte er sich in ihr.

Abby schrie auf, als er sie ganz ausfüllte. Es tat so gut.

Hunt hob ihr Bein an und fand mit dem nächsten Stoß irgendwo ganz tief in ihr den Punkt, der dafür sorgte, dass sie den Kopf hin und her warf. »Bleib' bei mir, Frau, oder das dauert nicht lange. Wenn du soweit bist, dann geht es auch bei mir los ...« Zu spät.

Ihr Höhepunkt erfasste sie, und sie hielt sich an Hunt fest. Er folgte ihr nur Sekunden später, stieß in sie hinein und stöhnte seine Erlösung hinaus.

Als sein Atem wieder ruhiger ging, hob Hunt den Kopf. »Verdammt, das ging viel zu schnell. Runde zwei?«

EPILOG

Bei ihrer zweiten Hochzeit trug die Braut Blassrosa. »Du siehst wunderschön aus«, sagte Hunt und küsste seine Frau.

Sie hatten sich gerade das Ja-Wort gegeben und gingen nun den schmalen Mittelgang auf der Jacht hinunter. Obwohl sein Ja-Wort auch beim ersten Mal aufrichtig gemeint gewesen war, bedeutete es diesmal mehr.

Hunt und Abby wollten den Rest ihres Lebens miteinander verbringen, und er hätte kaum glücklicher sein können.

»Oh, vielen Dank, Ehemann«, sagte Abby, als sie ihren gerundeten Bauch umfasste. »Das Baby hat während der gesamten Zeremonie getreten. Ich glaube, es wusste, dass wir beide zum ersten Mal auf einem Boot auf dem See waren.«

Hunt berührte den Sechsmonatsbauch seiner Frau. Abby hatte ein oder zwei Jahre warten wollen, bevor sie noch ein Kind bekam, aber die Natur und die Hormone hatten das Steuer übernommen. »Kluges Kind. Dabei weiß es noch gar nicht, dass wir in Zukunft noch weit mehr Zeit auf dem See verbringen werden. Am liebsten sein ganzes Leben.«

»Und jetzt in die Kamera lächeln!«, sagte der Hochzeitsfotograf, und Abby und Hunt grinsten, während er den Arm beschützend um ihre Taille gelegt hatte.

Abby verzog den Mund. »Das sind meine einzigen Hochzeitsfotos, und ich sehe aus wie ein Heißluftballon.«

Hunt zog die Schultern ein. »Beim ersten Mal hatte ich völlig vergessen, einen Fotografen zu engagieren. Aber denk' doch bloß, unser Sohn ist auf all diesen Bildern mit drauf. Das wird ihm gefallen.«

In ihren Augen blitzte etwas auf. »Du redest dauernd von einem Jungen.«

Er beugte sich rüber und küsste sie. »Das liegt daran, dass ich mir ein Mädchen wünsche, aber weil meine Eltern nur Jungs bekommen haben, bin ich sicher, dass ich denselben Fluch trage.«

»Einen Fluch«, schnaubte sie.

»Naja, die beste Art Fluch«, gab er zu.

»Was soll das überhaupt heißen?«

Er war gerade mal eine Viertelstunde verheiratet und schon auf dem besten Wege, in Ungnade zu fallen. »Du hast doch gesehen, wie meine Brüder und ich miteinander umgehen.«

»Liebevoll, ja, das habe ich gesehen.«

Hunt bedachte sie mit einem Blick. »So würde ich mein Verhältnis zu meinen Brüdern nicht wirklich beschreiben, aber okay. Jedenfalls, wenn du und ich einen Sohn bekommen, ist die Genetik nicht auf unserer Seite. Ich bezweifle irgendwie, dass deine Schönheit und Intelligenz beim Rennen stärker sind als das Cade-Spermium und sein Bedürfnis nach Dominanz.«

»Dein Bruder hat doch auch ein Mädchen bekommen«, wandte sie ein.

»Ja.« Er rieb sich das Kinn. »Das war eine Ausnahme. Passiert bestimmt nicht noch einmal.«

Der Fotograf machte sich für eine weitere Aufnahme bereit, und Hunt wandte sich in seine Richtung.

»Nun«, sagte sie. »Da irrst du dich. Wir bekommen ein Mädchen.«

Hunt klappte die Kinnlade herunter, und er starrte seine lächelnde Frau an. Klick. Klick. Klick. Der Fotograf hatte den Moment eingefangen.

»Was?!«

»Hast du dich nicht über die Farbe meines Kleides gewundert?«

Er schaute sie an. »Es ist rosa. Ich hätte erwartet, dass du dieses typische Cremeweiß einer zweiten Ehe wählen würdest.«

»Ja, aber rosa?« Ihre Augen funkelten.

»Aber ... wie?«

Abby winkte ihren Gästen zu, die sich am anderen Ende der Jacht versammelt hatten, die sie für die Feier gemietet hatten. Sie hatten allen gesagt, dass sie ihre Liebe ein zweites Mal feiern wollten. Die Gäste warteten ungeduldig darauf, dass sie endlich mit den Fotos fertig waren. »Ich stelle mir vor, dass es bei einem der hunderten Male passiert ist, wenn du mich mitten in der Nacht oder früh am Morgen geweckt hast, bevor Noah aufgewacht ist, oder abends, nachdem er im Bett war ...«

»Verstanden, okay«, bremste er sie lachend. Seine Spermien konnten offenbar schwimmen, und er war mächtig stolz auf seine triumphalen, männlichen Spermien. Besonders denen, die Mädchen machten. »Aber wann hast du das herausgefunden?«

»Oh, vor etwa einem Monat.«

»Vor einem Monat! Du weißt es schon seit einem Monat und hast mir nichts verraten?«

»Ich wollte den perfekten Zeitpunkt abwarten.« Sie sah sich um. »Das war der perfekte Zeitpunkt. Möchtest du jetzt die Runde machen und unsere glücklichen Neuigkeiten verkünden?«

Hunt atmete zittrig ein. Ein Mädchen. Sie würden ein

Mädchen bekommen. Er blinzelte eine Träne weg und küsste seine Frau. Leidenschaftlich. Dann hob er den Kopf und blickte in ihr schönes Gesicht. »Ich liebe dich.«

»Ich liebe dich, Hunt Cade, Mann mit den vielen Talenten.«

Hunt drehte sich zur Menge der Freunde und Familienmitglieder um, unter denen sich auch alle vier Großeltern befanden – selbst Abbys Eltern, die Hunt extra eingeflogen hatte.

Er reckte eine Faust in die Luft. »Wir bekommen ein Mädchen!«

Die Gäste jubelten, und dann kamen Hunts Brüder zu ihm und schlugen ihm auf den Rücken.

»Willkommen im Club«, sagte Wes.

Levi näherte sich ihm und blieb einen Moment unsicher stehen. Und dann tat sein Bruder das Seltsamste, was Hunt je erlebt hatte. Er löste sich von Emily und umarmte Hunt. »Herzlichen Glückwunsch.«

Oh Mann. Hunt war bereits aufgrund der Neuigkeit den Tränen nahe gewesen, aber nun fiel es ihm ernsthaft schwer, sie zurückzuhalten. »Danke.«

»Ich habe mir Sorgen gemacht«, gab Levi zu. »Sieht aus, als wäre das gar nicht nötig gewesen.« Er spähte an Hunt vorbei und betrachtete Abby. »Du kümmerst dich wunderbar um deine Frau, Hunt. Und du wirst auch ein toller Vater sein.«

Und da wurde Hunt etwas klar. Levi regte sich immer am meisten auf, wenn er wirklich Angst hatte oder völlig gestresst war. Seine Ausraster, die Art und Weise, wie er mit Hunt redete, aus all dem hatte stets die Furch gesprochen.

Nanu. Das erklärte so manches.

Hunt konnte es kaum abwarten, bis Levi und Emily ein Kind hatten. Levi würde durchdrehen, wenn sein Kind zum ersten Mal Fieber hatte, oder hinfiel, oder ihm sonst irgendwas passierte.

Emily umarmte Hunt, und dann machte sie mit Abby Pläne

für ein Treffen in den kommenden Wochen, und dann traten Noahs Großeltern auf sie zu.

»Wir sind so froh, bald ein weiteres Baby in der Familie zu haben«, erklärte Vivian, während ihr Mann lächelnd neben ihr stand.

Am Ende hatte es keiner anwaltlichen Einmischung bedurft, um Noahs Großeltern umzustimmen. Sie hatten wohl einige Tage über ihre Handlungen nachgedacht und sich geschämt, weil sie ihren Enkel mit ihren dummen Ideen selbst in Gefahr gebracht hatten. Dann waren sie irgendwann aufgetaucht, um sich zu entschuldigen und es wiedergutzumachen.

Zuerst war Abby skeptisch gewesen, aber in den vergangenen Monaten waren Vivian und ihr Mann häufiger zum Cade-Anwesen gekommen – das inzwischen alle ›Noahs Schloss‹ nannten – und hatten Zeit mit Abby, Hunt und Noah als Familie verbracht. Die beiden waren sogar bei einer Therapeutin in Behandlung, um mit dem Verlust ihres Sohnes fertigzuwerden. Sie hatten um Vergebung gebeten, und Hunts Frau, die eine durch und durch großzügige Seele war, hatte ihnen sofort verziehen.

Was sie ein wenig schockiert hatte, war die Begeisterung, mit der die Großeltern die Ankündigung eines weiteren Babys aufgenommen hatten. Wie es schien, betrachtete Vivian dieses Kind ebenfalls als ihr Enkelkind, und für Hunt und Abby war das in Ordnung.

Seine Eltern lebten nicht mehr, und Abbys Eltern weigerten sich, ihren Trailer für mehr als ein langes Wochenende alleinzulassen. Noahs Großeltern waren ein Teil ihres Lebens, und das konnte sicher nicht schaden, denn ein Kind konnte nie genug Liebe bekommen.

Hunt fühlte sich ausgesprochen gesegnet.

Er mischte sich unter die Gäste, stopfte sich Essen in den Mund und behielt seine hochschwangere Frau im Auge, als Esther auf ihn zukam.

»Mein lieber Junge«, sagte sie und umarmte Hunt herzlich. Sie hielt seine Arme fest und lehnte sich zurück. »Ich freue mich so für dich, ich wusste einfach, dass die richtige Frau dich irgendwann zähmen würde.«

Interessant. Hunt hatte sich nie vorgestellt, dass er irgendwann eine Frau finden würde, die er lieben und auch an sich binden konnte. »Woher wusstest du das denn?«

Esther schenkte ihm ein warmes Lächeln. »Nenn' es einfach die Intuition einer Ersatzmutter. Etwas wirkte nicht ganz koscher, als ich deiner ersten Hochzeit mit Abby beiwohnte, aber diesmal ist es zu hundert Prozent echt.« Sie hielt ihm einen Umschlag hin. »Der ist für dich.«

Typisch, dass Esther diejenige war, die auf die Wahrheit stieß. »Danke, Esther. Und danke, dass du auch der zweiten Hochzeit mit Abby beiwohnst.« Er zwinkerte ihr zu.

»Ich werde immer für euch Jungs da sein. Ihr seid die Kinder, die ich nie hatte.«

Ein Mann gesellte sich hinzu und legte Esther eine Hand in den Rücken. Die andere streckte er aus, um Hunt zu gratulieren. »Glückwunsch. Ihre Braut ist wunderhübsch. Sie haben Glück.«

»Allerdings«, stimmte Hunt zu.

»Möchtest du noch Champagner?«, fragte er Esther.

Sie nickte, und er trollte sich wieder, eine Hand in der Tasche seiner grauen Anzughose, die dieselbe Farbe hatte wie sein Haar.

Als er außer Hörweite war, nickte Hunt mit dem Kinn in seine Richtung. »Also, wer ist der neue Kerl?«

Esther verpasste ihm einen Klaps auf den Arm. »Lenard ist ein Freund, und fang' du ja nicht an, in meinen Angelegenheiten herumzuschnüffeln.«

Hunt hob abwehrend die Hände. »Ich dachte, das gilt in beide Richtungen.«

»Nein«, sagte sie. »Nicht bei deiner Ersatzmutter. Mein Liebesleben gehört mir ganz allein.«

Hunt hatte sich immer gefragt, ob Esther und sein Vater in dessen späten Jahren etwas am Laufen hatten. Keiner von beiden hatte je etwas gesagt oder getan, was diese Art von Beziehung nahelegte, aber wenn man bedachte, wie Esther ein mütterliches Auge auf sie gehabt hatte ... es schien durchaus möglich, dass es eine Art Übereinkunft gegeben hatte.

Andererseits war sein Vater nie wirklich über seine Mutter hinweggekommen, also wer konnte schon wissen, was da gelaufen oder nicht gelaufen war? Er würde es nie herausfinden, das hatte Esther ihm gerade klargemacht. »Na schön. Behalte du deine Geheimnisse für dich. Nur fürs Protokoll, er scheint doch ein schnieker Typ zu sein.«

Esther blickte sich über die Schulter um, und Hunt hätte schwören können, dass sie Lenard auf den Hintern starrte. »Das ist er, nicht wahr?«

Gütiger Himmel. Hunt zuckte innerlich zusammen. »Na gut«, sagte er laut. »Ich werde dann mal meine Braut suchen.«

»Mach das«, erwiderte Esther. »Und lies den Brief mit ihr, wenn du sie gefunden hast.«

Hunt überquerte das Deck, begrüßte Gäste und hielt Ausschau nach seiner Frau. Er fand sie schließlich, als sie von der Toilette heraufkam. Dieser Tage musste seine Frau stündlich pinkeln, also hatte er schon damit gerechnet, sie hier aufzuspüren.

Er legte einen Arm um ihre Taille und zog sie an seine Brust, bevor sie um die Ecke verschwinden und sich wieder zu den Gästen gesellen konnte. »Da bist du ja.«

»Hunt, wir müssen zur Party zurück«, mahnte sie, aber sie lächelte und kuschelte sich an seine Brust, wobei sich ihr Bauch wie eine warme, runde Kugel zwischen ihnen anfühlte.

»In einer Minute«, sagte er und küsste sie. Dann ließ er die

Hände an ihren Hüften hinabgleiten und umfasste ihre Pobacken.

»Hunt«, warnte sie ihn. »Wir haben doch die Flitterwochen und die Babyzeit vor uns. Da werden wir noch genug Zeit dafür haben.« Sie stellte sich auf die Zehenspitzen und spähte über seine Schulter. »Die Gäste warten auf uns.«

»Esther hat mir einen Brief gegeben und gesagt, dass ich ihn mit dir lesen soll.« Abby blickte auf den weißen Umschlag hinab, den er aus der Innentasche seines Jacketts zog.

Hunt blinzelte. »Ich glaube tatsächlich, der ist von meinem Vater. Das ist komisch. Da steht mein Name auf dem Umschlag, und es ist seine Handschrift.«

Er öffnete den Umschlag und faltete den Brief auseinander, und Abby lehnte sich auf seinen Arm, um mitzulesen.

Lieber Hunt,

bevor du geboren wurdest, wünschte sich deine Mutter ein Mädchen, aber ich wollte noch einen Jungen. Das hast du wahrscheinlich nicht gewusst, oder?

Von all meinen Söhnen hat dir am meisten gefehlt. Du hast nicht genug von der Liebe erleben dürfen, die eure Mutter euch entgegengebracht hat. Ich dachte, sie zu verlieren, wäre das Schlimmste gewesen, was mir je zugestoßen ist. Aber wie sich herausstellt, sind es Entscheidungen, die ich später im Leben traf, die ich heute am meisten bereue, und die ich mir selbst niemals verzeihen kann.

Es tut mir leid, dass ich für dich und deine Brüder nicht wirklich da war. In meinem Kopf wart ihr Jungs meine Welt. Ich dachte, das würde ich euch beweisen, indem ich den Club zum Erfolg führte und gut für euch sorgte. Wie sich ebenfalls herausstellt, macht ein guter Geschäftsmann noch lange keinen guten Vater. Ich habe euch weggestoßen. Das weiß ich jetzt. Und glaub mir, ich habe mich dafür fertiggemacht.

Glaub' bitte niemals, dass du ungewollt gewesen wärst. Ich will nicht, dass du Scham oder Schuld für die Krankheit deiner Mutter empfindest. Sie hätte dich um nichts in der Welt hergegeben, und ich ebenso wenig. Nicht einmal, um dann mehr Zeit mit ihr gehabt zu haben.

In dir sehe ich sie am meisten. Du hast ihr Lächeln und ihre Augen, aber was mir erst klar wurde, als du älter wurdest, ist Folgendes: Ihr nehmt das Leben mit beiden Händen und liebt es. Du bist einer der fünf Segen, die deine Mutter und ich uns gemeinsam erträumt haben, und ich hoffe, dass dir eines Tages die gleiche Freude beschieden ist, die wir empfanden.

Versuch aber, mehr wirklich da zu sein als dein alter Herr.

Oh, und eine letzte Sache noch: Lass dich von Levi nicht fertigmachen. Er hat dich herumgetragen, als wärst du sein Söhnchen, als er in der Grundschule war. Das war ja zu diesem Zeitpunkt auch niedlich, aber nicht mehr so sehr, als du selbst alt genug für die Highschool warst. Der Junge glaubt, dass er alles besser weiß. In dieser Hinsicht kommt er nach seinem Papa. Er liebt dich wirklich, hat aber ebenso wenig einen Schimmer wie wir alle.

Vertraue deinen Instinkten. Du warst immer ein guter Mann, und ich habe keine Zweifel, dass du im Leben die richtigen Entscheidungen treffen wirst.

Ich liebe dich,
Dad

HUNT SAH AUF, und diesmal wurden seine Augen wirklich feucht. »Verdammt.«

»Oh, Hunt«, sagte Abby und nahm ihn ganz fest in den Arm. »Das ist so ein schöner Brief. Und was für ein wunderbarer Zeitpunkt, dass Esther ihn dir gerade jetzt gegeben hat.«

Hunt wischte sich über die Augen, und Abby küsste ihn auf die Wange. »Da frage ich mich irgendwie, ob meine Brüder auch solche Briefe bekommen haben. Weißt du, als sie geheiratet oder sich verliebt haben.«

»Ich weiß nicht«, erwiderte Abby, »du solltest sie mal danach fragen.« Hunt nickte und atmete langsam ein paar Mal ein.

Er blickte auf Abby hinab und lächelte. »Ich bin echt der größte Glückspilz, der rumläuft. Ich habe einen Sohn, ein Töchterchen ist unterwegs, und dann habe ich da noch die unglaublichste Ehefrau, die ein Mann sich nur vorstellen kann.«

Abby strahlte. Und dann schwand das Lächeln wieder. »Abgesehen davon, dass ich fett bin.«

»Das ist nur das wunderschöne Mädchen, das in dir heranwächst. Und ich werde dir gleich heute Nacht zeigen, für wie scharf ich dich gerade halte.«

Abby wurde knallrot. »Dir ist klar, dass meine Hormone am Ende des zweiten Trimesters verrücktspielen, oder? Wir sollten besser bald nach Hause gehen.«

»Das brauchst du mir nicht zweimal zu sagen.« Hunt überlegte, ob er sie einfach durch die Menge davontragen sollte, verwarf den Gedanken aber gleich wieder. Er wollte nicht riskieren, dass seine Frau in ihrem Zustand von irgendjemandem gestoßen wurde. Er drückte sie stattdessen eng an sich und führte sie mit sich durch weitere Glückwünsche und Segenssprüche von allen Seiten.

Es schien ewig zu dauern, bis sie an diesem Abend endlich wieder zu Hause waren, während Noah zum Übernachten bei seiner Cousine Harlow blieb. Hunt und Abby würden erst am nächsten Tag in die Flitterwochen fahren, also hatten sie noch eine zweisame Nach in ihrem Zuhause.

Sie setzten sich im Schneidersitz auf den Teppichboden in ihrem Schlafzimmer, und Hunt hob ein Champagnerglas. »Ich liebe dich, Abby Cade. Danke, dass du mir die beste Familie geschenkt hast, die ich mir vorstellen kann. Obwohl ich nie gedacht hätte, dass ich eine haben würde, aber insgeheim immer davon geträumt habe.«

Abby kamen die Tränen, und sie hob ihr Glas mit Apfelschorle. »Danke, dass du für Noah und mich einstehst. Dass du mich liebst. Und mich immer wieder liebst.« Sie zwinkerte ihm zu.

Hunt hob die Brauen. Das war ganz eindeutig eine Einladung gewesen.

Abby beugte sich vor, um ihn zu küssen, und er nutzte das prekäre Gleichgewicht aus, um sie sachte auf den Boden kippen zu lassen.

Abby lachte. »Du Schlingel.«

»Aber immer doch.«

Ins Bett schafften sie es erst sehr viel später.

Liebe Leserinnen und Leser,

ich hoffe, euch hat HUNTS BEKEHRUNG, das letzte Buch in der Reihe über die Cade-Brüder, gefallen.

Habt ihr auch schon die »Die Männer von Lake Tahoe«-Reihe gelesen? Darin begegnet ihr Charakteren wie Jaeger und Cali wieder, ebenso wie Lewis und Gen, die auch in HUNTS BEKEHRUNG eine Rolle gespielt haben.

Das erste Buch der 'Die Männer von Lake Tahoe'-Reihe findet ihr hier: https://julesbarnard.com/er-ist-tabu/

Alles Liebe,
Jules

ER IST TABU
DIE MÄNNER VON LAKE TAHOE, 1

Mein Plan war perfekt. Meine beste Freundin brauchte ein Date und der beste Freund meines Bruders war Single. Problem gelöst.

Doch dann sah ich Jaeger zum ersten Mal seit Jahren wieder und die Funken sprühten in die falsche Richtung.

Jaeger ist nicht nur erwachsen, sondern auch muskulöser geworden. Aber das sollte keine Rolle spielen, denn ich habe das perfekte Leben. Wirklich.

Und dann lösen sich meine Pläne in Luft auf und Tagträume von Jägers harten Bauchmuskeln, breiten Schultern und intensiven grünen Augen nehmen ihren Platz in meinem Kopf ein.

Ich sollte mich zurückhalten, falls meine Freundin Interesse an ihm hat. Und wegen einer Million anderer Gründe. Aber wenn Jaeger nicht bereit ist, sich an die Regeln zu halten, kann ich das wohl auch nicht.

"Süchtig machend und herrlich erfrischend." ~ Rumpled Sheets Blog

"Realistische Figuren und ein intelligenter Schreibstil". ~ Lauren Layne, USA Today Bestseller Author

BÜCHER VON JULES BARNARD

Die Cade-Brüder

Levis Versuchung (Band 1)

Wes' Herausforderung (Band 2)

Brans Verführung (Band 3)

Hunts Bekehrung (Band 4)

Die Männer aus Lake Tahoe

Er ist tabu (Band 1)

Er ist unwiderstehlich (Band 2)

Seine zweite Chance (Band 3)

Mehr als nur Freunde (Band 4)

Er ist mein Feind (Band 5)

DANKSAGUNG

Jede Autorin wird euch bestätigen, dass das Ende einer Reihe auch immer mit Wehmut verbunden ist. Ich werde diese Cade-Brüder vermissen. Ich habe es geliebt zu sehen, wie die Zuneigung, die sie für einander hegen, mit jeder Geschichte aufs Neue zum Vorschein kam. Und natürlich auch zu sehen, wie sie sich in die Frauen verliebt haben, die sie zum Lachen brachten, die ihnen die wahre Liebe zeigten und bei denen sie ihr Zuhause gefunden haben.

Die Briefe des Vaters am Ende eines jeden Buches sind aus einer Idee entstanden, die mir beim Schreiben des ersten Bandes kam, und als sie erst einmal Teil der Geschichte geworden war, wusste ich, dass es in jedem Buch einen solchen Brief geben musste. Auf eine Art waren die Briefe des Vaters der notwendige Abschluss, den diese Männer brauchten, um mit den Frauen, die sie liebten, einen wirklichen Neuanfang zu wagen. Aber sie zeigten ihnen auch eine Seite des Vaters, die sie zeitlebens nie zu Gesicht bekommen hatten. Man stelle sich das nur mal vor!

Als Schriftstellerin beschränke ich mich auf das Schreiben, denn ich weiß, was ich am besten kann. Daher möchte ich an dieser Stelle all denen ein riesiges Dankeschön aussprechen, deren Talente ich eben nicht besitze, aber die mir zur Seite stehen. Gel von *Tempting Illustrations*, die besonders schöne und sexy Cover gezaubert hat, meine Lektor*innen Arran, Martha und Chris, und die Sprecher der englischen Hörbücher der Cade Brothers-Reihe, die mit ihren Stimmen meine Figuren zum Leben erweckt haben. Ein Dank an euch, Susannah Jones und Zachary Webber, und danke auch an *Lyric Audiobooks* für die Produktion.

Ich bin so dankbar, dass ich beruflich Geschichten erzählen darf, und das funktioniert nur dank meiner Leserinnen und Leser. Also danke ich euch, dass ihr mich auf meiner Reise begleitet. Jedes Mal, wenn ihr eins meiner Bücher aufschlagt.

ÜBER DEN AUTOR

Jules Barnard ist *USA Today*-Bestsellerautorin und schreibt Liebesromane und Romantic Fantasy. Zu ihren Contemporary-Reihen gehören die *Men of Lake Tahoe* und die *Cade Brothers*, die nun erstmals auch auf Deutsch erscheinen. Ganz gleich, ob sie über sexy Kerle in Lake Tahoe oder eine Feenwelt schreibt, die sich auf einem College-Campus verbirgt, Jules' Geschichten machen sofort süchtig und sind voller Herz und Humor.

Wenn Jules nicht in der Jogginghose am Schreibtisch sitzt oder sich mit Schokolade fürs Schreiben belohnt, verbringt sie ihre Zeit mit ihrem Mann und den zwei Kindern in einer Kleinstadt an der Küste Kaliforniens. Auf ihre Fähigkeit, auch auf dem Laufband oder beim Kochen lesen zu können, ist sie mächtig stolz. Manchmal brennt dabei allerdings auch das Abendessen an.

Ihr wollt mehr über Jules erfahren? (auf Englisch)

Besucht Jules' Webseite: www.julesbarnard.com

Printed in Poland
by Amazon Fulfillment
Poland Sp. z o.o., Wrocław

75456346R00160